S

Inka Parei

Humboldthain

Roman

Schöffling & Co.

Die Autorin dankt dem Deutschen Literaturfonds
und dem Künstlerhaus Edenkoben
für die Förderung der Arbeit an diesem Buch.

Erste Auflage 2024

Einbandgestaltung: Schöffling & Co.
Satz: Fotosatz Amann, Memmingen
Druck & Bindung: Pustet, Regensburg
ISBN 978-3-89561-108-7

www.schoeffling.de

Für Jona

Berlin, Humboldthain

Bruno schlägt die Augen auf und sieht vor sich eine weiße Fläche. Wenn man es genau nimmt, ist sie grau. Sie wäre weiß, wenn er eine Lichtquelle in seiner Nähe hätte. Aber um ihn herum ist nichts. Überall Dunkelheit.

Er liegt auf einer Schicht aus hellem Pulver. Anfangs hat er das nicht gleich bemerkt. Kalk, ist seine Befürchtung, als es ihm etwas später klar wird, und sofort kneift er panisch die Augen zusammen und bildet sich einen ätzenden Geruch ein. Dann überlegt er, ob es Zement sein könnte oder Mörtel. Vor ihm, neben ihm und unter ihm bedeckt die Substanz den Boden.

Aber einen Moment lang starrt er einfach nur in das matte Weiß und denkt: Keine Ahnung, was das jetzt ist. Es ist die erste Überlegung, seit er das Bewusstsein wiedererlangt hat. Sie gefällt ihm so gut, dass er sie mehrmals wiederholt: Keine Ahnung, was das jetzt ist. Ich weiß es nicht.

Das *jetzt* hat eine besondere Bedeutung. Das ahnt er. Es heißt, dass es nur noch die Gegenwart gibt und dass er einfach in die Mitte dieser Fläche schauen kann. Dorthin, wo sie unbegrenzt ist. Er muss sich um alles, was darüber hinaus existiert, nicht mehr kümmern.

Nicht um seinen körperlichen Zustand, der nach dem Sturz von der Plattform durch das zerstörte Treppenhaus des alten Bunkers erbärmlich ist. Nicht um die Frage, ob es gut wäre, sich durch Schreien bemerkbar zu machen, obwohl man durch den größtenteils zertrümmerten, mit Erde bedeckten Stahlbeton wahrscheinlich nichts hört. Auch nicht darum, ob seine Zeit in Berlin, zwei aufwühlende Wochen, in denen er Menschen von früher begegnet ist und Orten, die ihm einmal wichtig waren, einen Sinn hatte. Das ist jetzt alles ohne Belang.

Und deshalb, nur deshalb, kann er die weiße Fläche vor sich noch ein weiteres Mal scharf betrachten. Er muss das nicht tun. Das ist offensichtlich. Er muss gar nichts mehr tun.

Da ist etwas, ganz an ihrem Ende, fast an der Wand. Ein kleiner Gegenstand, der nicht hierhergehört. Er angelt danach. Als er ihn mit den Fingern umschließt, sieht er für eine Sekunde die Situation wieder vor sich, in der er ihm das erste Mal aufgefallen ist, und ganz kurz fühlt sich das an wie eine Rückkehr nach draußen.

Als er das nächste Mal zu Bewusstsein kommt, sieht er das kleine Gerät vor sich im Staub, es scheint unversehrt zu sein. Es hat ein Gehäuse aus silberfarbenem Plastik und in der Mitte ein winziges Display. Hoffentlich ist kein Schmutz eingedrungen, denkt er. Hier ist überall Schmutz. Vorsichtig wischt er es mit dem Ärmel seines Mantels ab und drückt den Einschaltknopf. Ein Piepen ertönt, dann ein drängelnder greller Klang. Dann wieder Stille. Er wartet. Ich bin erschöpft, denkt er. Und ich will keine Erinnerungen. Aber wenn nichts passiert, erinnert man sich eben.

Für einen Augenblick weiß ich nicht, wo ich bin. Ich friere. Über mir sehe ich plötzlich den Himmel, grenzenlose Schwärze, durch die von Stadtlichtern matt gelb gefärbte Wolken ziehen. Ich halte meine Arme in das Innere eines

Bogens aus Stahl, um sie vor dem Wind zu schützen, aber das hilft nicht. Das Metall ist kalt wie Eis. Ich sitze auf dem Gerüst einer Brücke, an einem ihrer vier höchsten Punkte, fünfzehn Meter über dem Asphalt und warte. Um meinen Hals hängt eine mit Steinen gefüllte Tüte, die ich mühsam hier hochgeschleppt habe. Meine Hände habe ich in die Jackenärmel gezogen. Meine Mütze ist heruntergeklappt und unterm Kinn festgeschnürt, um die Ohren warm zu halten. Ein Nachbar, der uns Kindern manchmal im Hof auflauert, um seine alten Geschichten zu erzählen, hat mir erklärt, die Ohren erfrieren immer zuerst.

In den Achtzigern wird es Mikrofasern geben, die sind viel besser als meine drei Wollpullover und die Kaninchenfellhaube aus Vaters Keller. Das alte Hertha-Stadion wird man abgerissen haben und die Brücke restauriert, gespickt mit Stahlstacheln gegen Tauben und illegale Kletterer. Aber es ist erst 1974. Ich bin elf Jahre alt. Und ich warte.

Jetzt fährt die letzte S-Bahn aus dem Osten heran. Sie hält am rechten Bahnsteig, er ist leer. Eine Frau im braunen Mantel steigt aus. Hinter ihr zwei Männer in Lederjacken. Einer von ihnen ist klein, untersetzt und blond. Beim Gehen zieht er den rechten Fuß nach. Der andere ist groß und dünn, mit Nickelbrille und hoher Stirn. Der Zugabfertiger verschwindet im Dienstraum, kehrt mit einer Tasche zurück auf den Bahnsteig und tritt an die Säule. Über den Zugtüren leuchten die Lampen auf. Eine Tür schließt knallend. Der Hinkende hebt seinen Arm und sieht die Frau dabei an. Sie geht einen Schritt auf ihn zu, nimmt seine Hand und lässt sie wieder fallen. Der Mann mit der Brille holt die beiden ein. Sie laufen zur Treppe, lachen.

Der Aufstieg hat eine halbe Stunde gedauert. Ich bin zuerst auf den untersten Absatz des Stahlgerüsts geklettert, das auf beiden Seiten der Brücke niedrig ansetzt und sich bald immer steiler hochschwingt, bis zu den Pfeilern in der Mitte. Dann habe ich mit den Händen höher liegende Teile umklammert, die Füße nachgeholt, mich hochgezogen, etwas verschnauft und die Hände gewärmt, achtzehn Mal. Bis ich oben an dem Gitter angelangt bin, das beide Seiten der Brücke miteinander verbindet. Es besteht aus Stangen mit kleinen Querstreben, die aussehen wie Leitern mit zu wenigen Sprossen. Um eine von ihnen habe ich meine Hände gekrallt, mir eine bequeme Sitzposition gesucht und die Schuhe in zwei schmale Zwischenräume unter mir gezwängt, die mir Halt geben.

Nach unten schauen ist in so einer Situation keine gute Idee, das weiß ich. Auch nicht, wenn man es geschafft hat und, wie ich jetzt, oben sitzt. Mein ganzer Körper wird vor Kälte langsam steif. Nur mein Kopf ist noch warm. Ein Kopf auf der Brücke. Ich kann ihn nach links wenden und sehe ein Tal aus Sandbergen, Schotterbergen und Schienen. Dahinter erstreckt sich eine zweite Brücke und graue, am Grenzstreifen endende Häuser, deren freigelegte Brandmauern nach Westen zeigen. Oder ich kann, nach rechts gewandt, hinter den Bahnsteigen den Bahnhof erkennen. Die Lichter dort sind jetzt alle abgeschaltet. Etwas Helles, vielleicht eine Papiertüte, hat sich von einem Abfallkorb gelöst, weht über den Bahnsteig und fällt auf die Gleise. In dieser Richtung ist die nächste Brücke ganz nah, eine mehrspurige Fahrbahn mit schmucklosem Geländer. Jenseits davon beginnt der Humboldthain, mit schwarzen Baumkronen, dunkler als der Himmel.

Hinter der Gleisschlucht zu meiner Rechten erkenne

ich ein großes Areal mit Baracken, die zum Teil bunt angestrichen sind. Dort gibt es einen Kiosk, an dem ich mir früher Lakritzschnecken und Gummibärchen gekauft habe, einen Eisladen, eine Autowerkstatt und zwei Kneipen. Den Eisladen mag ich besonders, ein türkisfarbener Bretterbau mit zerkratzten Italienfahnen an den Scheiben. Im Winter ist er geschlossen. Nur kurz vor Weihnachten ziehen ein paar Wochen lang Händler dort ein, besprühen die Fenster mit Dosenschnee und verkaufen billige Taschen und Kunstpelze.

Das Stadion liegt hinter mir. Ich kann mich nicht umdrehen, aber wenn ich die Augen schließe, sehe ich es vor mir. Weil ich mich an fast alles erinnere, was mir irgendwann mal begegnet ist. Auch an Dinge, die nicht für mich bestimmt sind oder die ich nicht verstehe. Sie sammeln sich in meinem Gedächtnis und bleiben dort liegen, unsortiert, wie der Sperrmüll auf den Grundstücken der Schrotthändler links und rechts der Brückenpfeiler. Ich wäre jetzt gerne dort unten, um die verlassenen Stehtribünen entlangzuwandern, die an den beiden Stirnseiten des Geländes wie Berge aufragen, und über den matschig-braunen Rasen zu laufen, der früher ein Spielfeld war. Aber ich darf meine Augen nicht schließen, und ich darf auch nicht einfach so sitzen bleiben. Ich muss es irgendwie schaffen, meine Hände, die sich am Stahl der Brücke festklammern, zu lösen.

Ein blaues Licht flammt auf, blendet Bruno und reißt ihn aus seinen Gedanken. Das Display auf dem kleinen Gerät vor ihm leuchtet jetzt hell, und er kann einen Schriftzug darauf erkennen, klar und grau: MEMO 1. Angstvoll wartet er. Ein Scharren ertönt, gefolgt von einem Pochen. Als würde jemand auf ein Mikrofon tippen. Und dann hört er plötzlich eine Stimme.

Julius, denkt er. Mein Sohn. Beim tief vertrauten Klang der ersten Worte wandert sofort Wärme durch seinen Körper. Er spürt sie im Bauch, in der Brust und in seinem Gesicht. Einen Moment lang ist er überzeugt, dass sein Sturz nicht so schlimm war, dass ihm nicht viel passieren wird. Aufgeregt hört er zu. Es fällt ihm schwer, sich auf den Inhalt des Gesagten zu konzentrieren. Es geht um New York. Er überlegt, an wen die Erzählung sich wendet, aber er kommt zu keinem Schluss. In Julius' Stimme ist ein Vibrieren zu vernehmen, wie von Angst.

Nach zehn Minuten, er sieht es auf der Anzeige, bricht der Bericht ab. Eine Zeit lang sind jetzt nur noch kratzende, schmirgelnde Geräusche zu hören. Ihm wird sofort wieder kalt, und ihn packt die Furcht, dass das alles war. Dass die Stimme wieder versiegen könnte.

Er ist mit Julius hierhergekommen. Daran erinnert er sich auf einmal. Sie sind gemeinsam durch den Humboldthain gelaufen, den Park ihrer beider Kindheit, fast wie früher. Alles hat sich vertraut angefühlt. Als wäre die Zeit gar nicht vergangen. Es ist ihm sogar so vorgekommen, als gäbe es keine Zeit. Beim Gehen haben sie miteinander gesprochen. Eher zögerlich und über Belangloses.

Er sieht verschiedene Bilder des Parks jetzt wieder vor sich. Sträucher und Bäume, Anhöhen. Ein kleines quadratisches Tor. Er versucht, sich zu erinnern, von wann diese Eindrücke stammen, aus den Siebzigerjahren, den Neunzigern? Oder von letzter Woche?

Dann sieht er eine Holztreppe. Klobig, hell, noch recht neu. In einen steilen, mit Sträuchern bepflanzten Abhang gebaut. Julius und er haben dort haltgemacht. Sie führt zum Eingang des Bunkers. Er liegt auf halber Höhe von einem der noch erhaltenen Türme.

Flakturm 3, denkt er. Dort liege ich jetzt. Ganz unten. An seinem Grund.

Zusammen sind sie die zahlreichen Stufen hochgeklettert und ein Stück um die Reste des Gebäudes herumgelaufen, bis sie vor einer großen schweren Tür standen. Er hat einen Schlüssel aus seiner Jackentasche gezogen und für sie beide aufgeschlossen. Beim Eintreten stößt man nach wenigen Schritten auf einen runden Gang. An seinem Ende folgen ein paar alte Stufen, die nach unten führen. An mehr erinnert er sich nicht. Später hat es oben geklopft. Sie sind zurückgelaufen, haben die Tür aufgemacht – und dann? Was ist passiert?

Der Bau, in dem er jetzt feststeckt, ist gefährlich. Das ist ihm klar. Er war es immer schon. Früher gab es hier sieben Stockwerke. Das hat er gelesen, auf einer der Tafeln, die weiter oben hängen, Spanplatten mit aufgezogenen Fotos, Texten und Skizzen. Man sieht dort Aufnahmen von Zwangsarbeitern, die Stahl biegen für Armierungen, von Männern, die um ein fahrbares Krangerüst versammelt sind, mit dem eine der Flugabwehrkanonen auf dem Dach ausgerichtet wird, und eine militärische Zeichnung, auf der sich zur Veranschaulichung zwanzig schwarze Gestalten mit Helm auf unterschiedliche Positionen an den Geschützen verteilen.

Er hat in einem riesigen Raum gestanden und sich das alles angesehen, irgendwann in den letzten Tagen. Ein Raum, der spärlich beleuchtet war, mit gelblichem Licht aus einer Glühbirne. Licht, das außerhalb eines kleinen Radius von der Schwärze, den fensterlosen Wänden und der Düsternis herumliegenden Schutts vollständig verschluckt wurde. Er war dabei nicht alleine. Jemand war mit ihm zusammen, hat ihn wahrscheinlich auch dorthin geführt. Und alles, was diese Person ihm gezeigt hat, wollte er später Julius zeigen, aber warum? Und wie hängt das alles zusammen mit der Situation, in der er sich jetzt befindet?

Ich muss mich erinnern, denkt er, es herausfinden.

Ein Ausflug, den er als Schüler in der fünften Klasse gemacht hat, fällt ihm jetzt wieder ein, ein Besuch in einem Museum. Er vermutet, dass es das Weddinger Heimatmuseum war. Damals hat er den Bunker das erste Mal unversehrt gesehen, auf einem Schwarz-Weiß-Foto. Quadratisch, kompakt und düster ragte er auf dieser Aufnahme aus dem Boden, scheinbar ganz unverbunden mit der Parklandschaft, die ihn umgibt, wie der Monolith in Stanley Kubricks *2001: Odyssee im Weltraum*. Direkt neben dem Bild hing ein Propagandaplakat der NSDAP, eine plumpe Zeichnung in düsteren Farben, mit der die Gefahr eines Luftkrieges heraufbeschworen wurde. Sie hat ihm als Kind Angst gemacht. Wahrscheinlich hat er sie deshalb nicht mehr vergessen. Zerstörte Straßenzüge waren darauf abgebildet, die tief unten in einem Abgrund lagen und den Straßen seines Kindheitsviertels ähnlich sahen. Eine apokalyptische Welt, in der nur noch Reste großstädtischen Zusammenlebens zu erkennen waren, ein umgekippter Bus, ein paar Schilder, eine zerbrochene Litfaßsäule. Drum herum herrschte Menschenleere und Verwüstung. Der Betrachter, er weiß es wie heute, schaute vom Sockel eines großen Gebäudes auf das Geschehen. Es war als Einziges noch unversehrt, hermetisch verschlossen, und wirkte sehr abweisend. Nur eine kleine Skizze am Rand gab Einblick ins Innere. Man sah darauf eine Höhle aus Stahl, in der viele Menschen dicht nebeneinandersaßen, geschützt und geborgen, aber steif wie Marionetten. 1931 stand über der Darstellung, in dramatisch gepinselten, etwas wackeligen Ziffern. Damals konnte er nicht viel damit anfangen.

Zwischen den Situationen vor langer Zeit im Museum und kürzlich in dem riesigen dämmrigen Raum muss es einen Zusammenhang geben, grübelt er weiter. Dann fällt es ihm ein: das Bild des unversehrten Bunkers war auch hier drinnen auf einer der Tafeln zu sehen.

Dieselbe Macht, die solche Bilder schon lange vor Kriegsbeginn erfand, um Panik zu schüren, stand den Bomben, die bei den ersten Luftangriffen im Sommer 1940 auf Menschen fielen, völlig unvorbereitet gegenüber. Auch das ist in dem Raum, der sich jetzt irgendwo unerreichbar hoch über ihm befindet, zu lesen gewesen. In der Folge zog man in den großen Berliner Parks Gebäude wie dieses hier aus Hunderttausenden Kubikmetern Stahlbeton in nur wenigen Monaten hoch. Düstere Festungen, in deren Innerem Schutz und Vernichtung aufs Engste zusammengepfercht waren: auf dem Dach Geschütze gegen Flugzeuge, unten ein Munitionslager, ein Aufzug, der die Geschosse nach oben brachte, dazwischen Schutzkammern für die wichtigen Bestände aus Museen, eine Krankenstation, Labore für kriegswichtige Forschung. In den noch verbleibenden Raum strömten bei jedem Angriff Zehntausende Menschen.

Die Zahlen und Fakten in meinem Kopf sind alle noch da, denkt Bruno. Aber trotzdem weiß ich nicht, warum ich jetzt hier bin.

Die Ruine liegt am nördlichen Rand des Parks, in dem

er den größten Teil seiner Kindheit verbracht hat. Wenn er als Jugendlicher an den zahllosen nicht enden wollenden Nachmittagen hierherkam, hat er meistens der Versuchung widerstanden, zuerst über die große Wiese zu laufen und von da aus zu einem der Spielplätze oder zum Schwimmbad. Er ist auch nicht zu dem kleinen Tor gegangen, auf das man auf diesem Weg nach ein paar Metern stößt, das Tor zum Rosengarten, einer Anlage mit zahlreichen Bänken in kleinen Laubengängen und etwas steif angeordneten Blumenbeeten. Überall dort hätte er leicht auf andere Kinder treffen können. Aber er kam trotzdem immer zuerst hierher. Man folgt einem breiten Weg, immer geradeaus, in Richtung Westen. Dann wird das Gelände in zwei Etappen abschüssig und mündet tief unten in eine Bahnböschung. Wenn man es von dort unten betrachtet, vom Fenster einer vorbeifahrenden S-Bahn, wirkt die einzig noch intakte Fassade des Bunkers auch heute noch hochmütig und uneinnehmbar wie eine Festung. Er hat diese Fahrt am zweiten Tag nach seiner Ankunft gemacht, er wollte unbedingt einmal den gesamten S-Bahn-Ring umfahren. Als die Strecke kurz nach der Jahrtausendwende nach jahrelangen Bauarbeiten endlich wieder komplett befahrbar war, hat er das kaum registriert, und kurze Zeit später war er schon nicht mehr in der Stadt.

Früher war der Bereich rund um den Bunker einsam, sich selbst überlassen. Der Hauptweg, der über die vollständige Breite des Geländes verläuft, meist menschenleer. Fast noch im Schatten der grauen Anhöhe gab es einen kleinen Spielplatz, errichtet im Stil der Fünfzigerjahre. Ein Areal mit kargen, einfältig bemalten Eisenstangen, einfache Konstrukte aus einer Zeit, in der das Verständnis des Spielens verkümmert war. Wenn er als Kind dort vorbeiging, war es fast immer verlassen und die Gerüste leicht angerostet, aber weder zerkratzt noch verbogen. Spielplätze an anderen Ecken im Park wurden nach und nach modernisiert und die nüchternen Vorrichtungen zur körperlichen Kräftigung ersetzt durch Kletterlandschaften aus Holz und Seilen. Nur dieser blieb über Jahrzehnte gleich. Er ist zweimal an der Stelle vorbeigekommen, seit er wieder hier ist, kann sich aber im Moment nicht erinnern, was aus ihr und den alten Spielgeräten geworden ist.

In den Achtzigerjahren wurde wenige Meter entfernt eine Brücke wiederhergestellt, die über die Schienen zum dahinter gelegenen Stadtviertel führt. Damals fand er, dass sie nicht in die Gegend passt mit ihrem neuen, leuchtend roten geschwungenen Geländer, das ihn an die üppigen Wandverzierungen des China-Restaurants in der Behmstraße erinnert, in dem er als Kind mit seinen Eltern manchmal sonntags essen war. Aber angesichts der Bedeutung des Ortes, die ihm erst seit seiner Rückkehr richtig aufgegangen ist, fragt er sich, ob das vielleicht keine Gedankenlosigkeit war, sondern Absicht. Früher haben wir von den grauen Überbleibseln aus der alten Zeit kaum Notiz genommen, denkt er. Wir haben mit ihnen gelebt, wie man mit Schatten lebt. Man weiß, dass sie da sind, ohne ihnen Wichtigkeit beizumessen. Das ist jetzt anders. Unten im Zug, beim Vorbeifahren, hat er es gleich gespürt. Man kann nicht sagen, dass er nach der Bahnfahrt einen Bogen um die Gegend gemacht hätte. Allerdings hat er zunächst auch kein großes Bedürfnis gehabt, sie aufzusuchen. Auch jetzt wäre er wahrscheinlich nicht hier, wenn er nicht am Nachmittag desselben Tages ganz in der Nähe eine Frau getroffen hätte, die sich für sein Leben und seine Vergangenheit in der Stadt interessierte.

Bruno lauscht angestrengt. Das Schmirgeln, das die ganze Zeit aus dem blau schimmernden Apparat gedrungen ist, hat aufgehört. Eine Zeit lang passiert nichts. Dann sind auf einmal Schritte zu hören. Es klingt, als würde jemand auf und ab gehen. Kurz darauf kommt Julius' Stimme zurück. Gut, sagt er, nach einem kurzen Wortwechsel mit anderen, die nur undeutlich im Hintergrund zu hören sind. Dann mache ich jetzt weiter.

Obwohl Julius leise spricht, klingt es nachdrücklich und entschlossen. Er ist also nicht alleine. Bruno ist jetzt sehr aufgeregt. Ich muss weiter gut zuhören, denkt er, ich darf nichts verpassen. Aber er fühlt sich für einen Augenblick weit entfernt, als befände er sich immer noch in dem riesigen dämmrigen Raum, in dem er vorher die Bildtafeln gesehen hat, er spürt hinter sich die Kühle. Und auch den Boden, auf dem er gestanden hat, während er dort oben war, kann er fühlen. Dann sieht er sich auf einmal selbst, wie er nach unten blickt, auf einen nicht ganz ebenen Lehmboden. Er ist auch noch in anderen, wärmeren und trockeneren Räumen gewesen, erinnert er sich, mit einem Betonboden. Und die ganze Zeit war jemand an seiner Seite. Ein Mann, da ist er sich jetzt sicher, etwas größer als er und kräftiger, mit einer auffällig tiefen Stimme. Zusätzlich zu dem, was um sie herum zu sehen war, hat dieser Mann ihm noch etliches erklärt. Während Bruno daran denkt, tauchen Umrisse eines Kopfes vor ihm auf, blondes Haar. Er fragt sich, ob das sein kann, und im selben Moment begreift er, dass er mit seinen Gedanken schon wieder woanders ist.

Winter 1974. Auf dem Schulhof.

Los, Kleiner. Eis essen.

Sie sind zu dritt, wie immer. Dicht vor mir steht ein blasser, schwarzhaariger dicker Junge, denkt Bruno. Ich weiß nicht mehr, wie er heißt, ich erinnere mich nur an seine wässrigen Augen und an die leuchtend roten Flecken in seinem Gesicht, die immer eine andere Form haben, je nachdem, ob er schwitzt, Schiss hat oder sich prügelt. Er trägt einen Ranzen aus grasgrünem Plastik mit einem Flugzeug aus Leuchtstoff auf der Klappe und ihm ist andauernd zu heiß, auch im Winter.

Rechts dahinter hat sich Andi postiert. Er lässt den Dicken immer zuerst reden, obwohl eigentlich er es ist, der die beiden anderen anführt. Andi ist blond, hat krumme Schultern und ist nicht sehr kräftig, aber er hat keine Skrupel. Bevor er vor einem halben Jahr zu uns gekommen ist, soll er woanders einem Neunjährigen den Arm gebrochen haben. Seine Handrücken und Oberarme sind mit Bildern aus Tinte bekritzelt, Darstellungen von Ketten, Kreuzen und Blitzen und von zerstückelten Gliedmaßen, aus denen dunkle Tropfen rinnen.

Links außen steht Eladio. Er ist auch noch nicht lange hier. Anfangs hat er nur Spanisch verstanden und war komisch angezogen, er trug handgestrickte Pullunder in blassen Farben, dicke Flanellhemden und eine zerbeulte Anzugjacke aus grobem Stoff, wie sie ältere Männer manchmal anhaben. Am Revers der Jacke war ein Abzeichen aufgenäht, das wir alle nicht kennen, ein Bündel roter Pfeile, in der Mitte durch etwas verbunden, das von Weitem wie ein geöffnetes Schloss aussieht. Eladio hat erklärt, dass er die Jacke von seinem Vater hat, und uns immer wieder wichtigtuerisch den Namen dieses Symbols nachsprechen lassen, mit einem stark gerollten R, das natürlich niemand auf Anhieb hinbekam, Flechas Rojas. Er hat sich schnell eingelebt. Inzwischen trägt er ganz normale Sachen und kann fast alles verstehen. Und er hat sehr schnell zur Bande gehört.

Die Bande, so nennen sie sich. Ohne weitere Erklärung oder einen Namen.

Unsere Grundschule liegt hinter dem großen Sportplatz an der Behmstraße, ein paar Hundert Meter vom Park und dem alten Bunker entfernt. Im Klassenraum der Sechsten hat Eladio seinen Platz direkt vor mir. Was im Unterricht passiert, interessiert ihn nicht. Man sieht es an der Art, wie er dasitzt, die Arme um den Stuhl hängt und mit dem Daumennagel versucht, von der Oberfläche der Lehne Lack abzukratzen. Wie er mit der Füllerspitze immer wieder Krater im Radiergummi aushebt und seine Hacken auf dem erbsengrünen Fußboden leise hin und her quietschen, während er von Zeit zu Zeit seufzt und den Kopf herumwirft wie ein Gefangener.

Meine Mutter würde mich am liebsten immer noch jeden Morgen zur Schule bringen. Das wissen die drei, und in den Pausen verspotten sie mich dafür. Manchmal vergisst sie absichtlich, mir Brote zu machen, und kommt später mit Essenspäckchen an den Schulhofzaun. Auch heute steht sie dort, in ihren Plateauschuhen aus Kork mit dem aufgeklebten blauen Strohherz über dem großen Zeh. Als die drei mich abgefangen haben, habe ich gerade durch die große Scheibe in der stickigen, kalten Vorhalle geblickt und sie sofort erkannt.

Bei schlechtem Wetter verbringen wir hier, in diesem sogenannten überdachten Bereich, die Pausen. Wir stehen dann dicht gedrängt und es riecht nach Regenmantelplastik, nach süßen rosa Kaugummis und nach feuchtem, ungewaschenem Haar. Brote werden aufgeklappt, angebissen, getauscht oder fallen gelassen, so wie draußen auf dem Hof, und manchmal holen die Mädchen Wollfäden aus ihren Taschen, binden sie in Mustern um ihre Finger und nehmen sie sich gegenseitig nach mir unbekannten Regeln in neuen Mustern wieder ab, während sich am Eingang, in einer Senke, langsam das Wasser staut, ein riesiger, mit Essensresten, Flaschenverschlüssen und Papierfetzen bedeckter See.

Aber heute regnet es nicht. Heute scheint die Sonne. Und ich bin mit den drei anderen hier drinnen allein. Die Tür ist etwas geöffnet und das kleine Stück Himmel, das ich durch den Spalt sehen kann, erscheint mir trotz des gleißenden Lichts, in das draußen alles getaucht ist, fast dunkelblau. Auf dem Hof spielen die anderen Jungen jetzt wahrscheinlich wie immer Fangen, tauschen Sammelkarten oder rennen ziellos herum, und die Mädchen stehen in kleinen Gruppen zusammen und reden. Manchmal sind rhythmische Schreie zu hören. Dann prügeln sich zwei Jungs miteinander. Sie ringen, bis sie am Boden liegen, dreschen wild aufeinander ein und nehmen sich gegenseitig in den Schwitzkasten. Die anderen kommen schnell dazu, bilden einen Kreis um sie und feuern die beiden mit minutenlangem Gebrüll an.

Meine Mutter hat wahrscheinlich vergeblich versucht, mich in der Menge zu finden, und jetzt hält sie sich mit einer Hand an den Gitterstangen des Zauns fest, dreht resigniert den Kopf weg und starrt auf die Straße. Von Zeit zu Zeit schlüpft dabei ihr linker Fuß aus dem Schuh und tastet nervös über den rechten, über die Schnalle, das Herz und ihren Knöchel. In der anderen Hand hält sie mein

Pausenbrot. Ich stelle mir vor, wie die Alufolie, mit der es umwickelt ist, in der Sonne glitzert. Immer wieder holt sie eine Haarsträhne aus ihrem toupierten, am Hinterkopf zu einer Welle zusammengesteckten Haar, wickelt sie um den Finger oder kaut darauf herum und wirft dabei nervöse, scheinbar zufällige Blicke in den Hof.

Ich stehe drinnen, im Halbdunkel vor dem Eisautomaten. Hinter mir vibriert die Kühlung. Mir ist übel. Das Eis, das ich in der Hand halte, ist schon das dritte in zehn Minuten. Ich befürchte, dass ich ein viertes essen muss. Während der Vanilleblock schmilzt, rutscht die weich gewordene Schokoladenhülle langsam nach unten und fällt in Stücken auf meine Schuhe.

Wir stehen uns gegenüber. Aber die drei sehen mich nicht an. Sie schauen auf das Eis. Ich sehe das Eis nicht, ich blicke über den Stiel hinweg in Richtung der Glasbausteine, zähle die Quadrate und weiß, dass ich mich gleich übergeben muss.

Sie bilden ein loses Halbrund, das die Ecke, in der der Automat steht, versperrt. Dass ich nicht abhauen werde, ist klar. So klar wie die Stoffausbuchtung in Brusthöhe auf dem Hemd von Andi, eine kleine Tasche, in der sein Feuerzeug steckt. Er muss es nur zücken und sein Kinn heben. Schon werden die beiden anderen auf mich zuspringen, sich an meine Arme hängen und sie nach hinten biegen, und ich werde, so wie neulich auf dem Klo der Junge aus der Klasse unter mir, weinen und auf die Knie gehen. Andi wird sich herunterbeugen, den Reißverschluss meiner Hose langsam nach unten ziehen, das Feuerzeug in den Hosenschlitz schieben und am Zündrädchen drehen. Ich werde stillhalten. Er wird nur ab und zu, ganz kurz, mit dem Daumen am Gasknopf hängen bleiben. Und dabei werde ich in sein Gesicht sehen, das sich dicht vor das meine schiebt, in seine großen grauen Augen mit bernsteinfarbenen Sprenkeln in der Mitte, die aufleuchten, wenn der Daumen zuckt.

Eladio tritt jetzt von einem Bein aufs andere, immer schneller, und läuft zwischen der Wand aus Glasbausteinen und der Tür nach draußen hin und her. Bis Andi ihn festhält, ihm einen Ellbogen in die Seite rammt.

Was ist, fragt er ihn, musst du aufs Klo, Kleiner?

Andi ignoriert unsere Namen. Für ihn sind wir immer die Kleinen. Eladio hustet, reibt sich die Rippen, steht still und schweigt. Der Dicke hat ein Portemonnaie aus seiner Hosentasche gezogen, wirft es mehrmals hoch und fängt es wieder auf. Andi schnalzt dazu, aber dann schüttelt er plötzlich den Kopf und sieht mich mit zynischer Nettigkeit an.

Lass ihn erst mal aufessen.

Der letzte Rest Eis sackt nach unten, läuft über meine Hand und schmilzt auf meinen Fingern. Ich muss Zeit gewinnen, denke ich und blicke wieder in Richtung Hof. Meine Mutter spricht jetzt vermutlich mit einem Mädchen aus meiner Klasse, gibt ihr die Brote, öffnet ihre Handtasche, reicht eine Münze über den Zaun. Und sobald sie gegangen ist, wird das Mädchen sich das Geld in die Rocktasche stecken und mit meinen Broten zum Abfalleimer laufen.

Schokoladengeruch dringt in meine Nase und etwas Stechendes, Saures steigt aus meinem Magen hoch. Bis ich den Mund plötzlich aufreiße, den Stiel fallen lasse.

Wir haben aufessen gesagt, erklärt der Dicke. Nicht auskotzen.

Langsam kommt er näher, schüttelt das Portemonnaie

und hält es vor mein Gesicht. Seine Fingernägel sind für einen Moment dicht an meinem Auge, quadratische, rissige Flöße, die im Fett hervorquellender Kuppen schwimmen. Aber Andi schüttelt den Kopf, beordert ihn wieder zurück, geht einen Schritt auf mich zu und legt mir seine tintenverschmierte Hand auf die Schulter.

Du musst nichts zahlen, du kannst bei uns mitmachen. Falls du die Mutprobe bestehst.

Hätte ich doch bezahlt, denkt Bruno. Er starrt in die Dunkelheit. Dann wieder auf die Anzeige. An die Bande erinnere ich mich bestimmt nicht umsonst gerade jetzt, überlegt er. Zwischen den Kindern von damals, meinem Absturz hier und Julius gibt es einen Zusammenhang, nur welchen? Oder bilde ich mir das ein?

Er sieht den Eingang zum Bunker jetzt wieder vor sich. Eine Stahltür, gesichert durch ein zusätzliches Gitter. Als Julius und er davorstanden, fing es schon an zu dämmern, es muss bereits Nachmittag gewesen sein. Beide Schlösser ließen sich mit demselben Schlüssel öffnen. Von wem hat er ihn bekommen? Er grübelt, schaut verzweifelt in die Schwärze. Es fühlt sich so an, als wäre die Antwort eben noch in meiner Nähe gewesen, denkt er. Aber vielleicht stimmt das nicht. Vielleicht war sie gar nicht bei mir, sondern dicht, möglicherweise viel zu dicht, an etwas anderem. Wut steigt in ihm hoch. Er weiß, dass abstrakte Gedanken ihm nicht weiterhelfen. Der runde Gang, überlegt er weiter, führt zu dem Wendeltreppenhaus, auf dessen Grund ich jetzt liege. Treppenhaus ist übertrieben, eigentlich ist es nur ein zylinderförmiger Schacht. Die Stufen enden nach kurzer Zeit und münden in eine neu errichtete provisorische Plattform. Wenn ich mich auf den Rücken drehen würde, könnte ich sie sehen. Er hat inzwischen festgestellt, dass er den unteren Teil seines Körpers nur schlecht bewegen kann. Das rechte Bein schmerzt und das linke spürte er nicht mehr, ebenso wenig den linken Fuß. Vielleicht wäre es eine bessere Idee, überlegt er, wenn ich es mit den Händen probiere. Ich könnte mich wie beim Liegestütz hochstemmen und den Oberkörper mit Schwung in eine andere Position bringen. Fast setzt er dazu an, zögert aber. Er ist sich nicht sicher, ob es funktionieren wird, und hat Angst, dass die Bewegung zu sehr wehtun könnte, denn sobald er den Rumpf nur ein kleines Stück bewegt, schmerzt sein Brustkorb so stark, dass er kaum noch Luft bekommt. Trotzdem kann ich den Versuch nicht ewig aufschieben, sagt er sich. Ich kann ja hier nicht einfach so liegen bleiben. Irgendwann muss ich anfangen, zu kämpfen. Mich bewegen.

Flakturm 3. Offenbar ist es wieder üblich, den an der Ostseite hervorspringenden Teil des früheren Gebäudes so zu nennen. Woher weiß er das, hat es ihm jemand erzählt? Oder hat er das auch irgendwo gelesen? Die Stelle, an der er mit Julius innegehalten hat, um den Schlüssel aus der Tasche zu ziehen, haben sie als Kinder das »untere Stockwerk« genannt. Damals gab es dort keine Tür.

Er sieht sich mit seinem Sohn in dem halbrunden Gang stehen, neben einem großen, mit einem Vorhängeschloss versehenen Korb mit Schutzhelmen, wie sie Arbeiter auf Baustellen tragen. Obendrauf liegt ein Stapel mit Handzetteln. Er hat Julius, der ihn dabei steif und gespannt anlächelte, einen der Zettel gereicht und gleichzeitig in eine seiner Hosentaschen getastet, wo noch ein weiteres Exemplar steckte. Also muss er bereits gewusst haben, was draufstand. Er hebt den rechten Arm und schiebt ihn vorsichtig nach hinten. Ein kurzer, starker Schmerz fährt durch seinen Körper, aber Bruno beißt die Zähne zusammen und tastet weiter, am halb geöffneten Mantel vorbei in Richtung seiner Gesäßtasche. Sie ist leer.

Dass das hier mal ein Bunker war, war uns früher klar, denkt er. Das musste nicht durch die Benutzung eines Wortes wie Flakturm unterstrichen werden. Aber vielleicht sind die militärischen Bezeichnungen einzelner Stellen im Gebäude inzwischen ja notwendig, weil die Jüngeren sich sonst gar nicht mehr richtig vorstellen können, was sich hier abgespielt hat.

Die Zeit, als er die vierte Klasse besucht hat und die ersten Tintenlöschstifte aufkamen, fällt ihm wieder ein. Er hat damals oft Fehler gemacht. Manchmal hat er in seinem Deutsch- oder Matheheft halbe Seiten mit dem neuen Stift ausgelöscht und anschließend immer etwas angespannt auf die erst feucht glänzende, später stumpfe und raue Stelle auf dem vorher makellos weißen Blatt gestarrt und inständig gehofft, was er gerade entfernt hat, wäre wirklich weg. Aber so war es natürlich nie. Wenn man dort, wo keine Tinte mehr haftete, mit dem Korrekturstift schrieb, fiel das immer auf. Tat man es dagegen nicht, blieben riesige weiße Flächen zurück, die vielleicht leer waren, aber nie unsichtbar.

Die Älteren haben früher oft weitschweifig vom Krieg erzählt und sich dabei von uns unbeobachtet geglaubt, denkt er. Und gleichzeitig haben sie uns gegenüber so getan, als wären die Leerstellen und grauen Reste, die im Straßenbild noch übrig waren, nicht da. Aber wir haben diese Überbleibsel immer gesehen und sie einfach hingenommen. Wir dachten, sie wären zu massiv, um jemals wieder entfernt werden zu können.

New York, Greenwich Village

Also fange meinetwegen ich an. Ich erzähle euch, wie ich vor ein paar Wochen in Manhattan auf einer Parkbank saß. Ich glaube das ist mein entscheidender Moment, mein Tag. Und danach suchen wir ja jetzt, oder? Ihr seid dann nach mir dran.

Damals wusste ich genau, dass ich mich im Kreis drehe. Ich hatte schon viel zu lange überlegt, wo ich beginnen sollte. Wie ich das, was passiert war, in meinem Kopf ordnen sollte. Mit geschlossenen Augen sah ich alles wieder vor mir: den Fußboden. Er war aus Holz. Quadrate, ein schmutziges, fast schwarzes Braun. Das riesige Wohnzimmer, in dem nur ein wackliges Regal stand und ein schwarzes Kunstledersofa. Die Küche. Den kleinen Raum, in dem ich geschlafen hatte.

Drei Monate lang war ich hier jeden Morgen aufgewacht. In den ersten Tagen lange vor der Zeit. Ich hatte durch das Fenster gesehen, wie der Himmel sich aufhellt. Dünne, alte Panoramascheiben, an denen der Wind rüttelt und auf denen sich über Nacht, wie im Badezimmer meiner Kindheit in Berlin, Eisblumen bildeten. Anschließend hatte ich mir meine Notizen vom Vortag angesehen und etwas später in einem kleinen Laden, der zwei Querstraßen entfernt lag, Brot gekauft. Danach hatte ich Spaziergänge gemacht, Museen besucht, Parks, verschiedene Stadtteile.

Das Haus, in dem meine Wohnung lag, ist ein kantiger schmuckloser Bau aus gelblichem Beton. I. M. Pei hat ihn in den Sechzigerjahren gebaut. Von dort, wo ich jetzt saß, einer Parkanlage am Washington Square, konnte ich ein Stück der Fassade sehen. Es gehört zu einer Gruppe von drei identischen Türmen, die etwas versetzt zueinander auf einem struppigen Rasen stehen. Andere Gebäude in der Nähe sind viel älter, wie das Bayard-Condict Building. Zum Teil sind sie sogar sehr alt, wie das winzige Backsteinhaus, auf das ich vom zehnten Stock aus immer heruntergeblickt habe. Dennoch wirken sie nicht aus der Mode gekommen, im Gegenteil. Sie sind ein lebendiger und extravaganter Teil der Stadt. Der vielfältigen Anstrengungen, die sie hervorgebracht haben.

Anders diese drei Hochhäuser. Es muss die Idee des Erbauers gewesen sein, Gebäude zu errichten, die sich nicht hervortun. Die so unscheinbar sind, dass man sie bewohnen kann, ohne ihre Existenz richtig wahrzunehmen. Mich zogen diese Schlichtheit und Unauffälligkeit auf besondere Art und Weise an, und ich fühlte mich die ganze Zeit, die ich hier war, wohl.

Die Bedrängnis, in der ich mich jetzt befand, war nur auf den ersten Blick etwas Willkürliches, von außen Kommendes, das ahnte ich. Der Blick des Mannes in der blauen Uniform hatte sich verfinstert. Desselben Mannes, der mir noch ein paar Stunden vorher freundlich zugezwinkert hatte. Nicht nur einmal, sondern jedes Mal, wenn ich, während er Dienst hatte, aus dem Fahrstuhl getreten und auf die Drehtür zugelaufen war. Oder wenn ich umgekehrt, von der Houston Street kommend, auf dem großen Gelände schon von Weitem gut sichtbar, zu meiner Wohnung zurückgekehrt war. Sein Name war Paul. In letzterem Fall hatte Paul für mich immer den Öffner der kleinen Tür neben der Drehtür betätigt, sodass ich, ohne meinen Schritt zu verlangsamen, eintreten konnte. Ganz egal, womit er gerade beschäftigt war, das Entgegennehmen von Schlüsseln und Papieren, Gespräche mit Handwerkern oder private Lektüre, ihm entging nichts. Dann hatte sich folgende Szene abgespielt: Ich hatte mich soeben, seine Unfreundlichkeit ignorierend, hinter einem älteren Mann, wahrscheinlich Unidozent, und einer Frau mit einem kleinen Kind und zwei prall gefüllten Trader-Joe's-Tüten dem linken der beiden Aufzüge zugewandt, als Paul mir plötzlich quer durch die Halle zurief:

Mister! I want you to leave this place. You are not welcome anymore.

Ich hatte zuerst gedacht, ich hätte mich verhört. Mein Englisch ist eigentlich ganz gut. Trotzdem kommt es manchmal vor, dass ich einfache Sachverhalte nicht verstehe. Es muss bloß um mich herum zu laut sein, jemand spricht schnell oder ich bin erschöpft.

Aber es war kein Irrtum. Er öffnete die Pforte neben der Empfangstheke, schloss sie sorgfältig wieder hinter sich und kam direkt auf mich zu. Dicht vor mir blieb er stehen. Eine kurze Pause entstand. Es war ein Augenblick, in dem ich plötzlich alles um mich herum mit großer Genauigkeit wahrnahm: die elektrischen Kerzen an dem großen Plastikweihnachtsbaum, der ein paar Tage zuvor in der Eingangshalle aufgestellt worden war, die Schließfächer in den beiden Nischen links und rechts der Eingänge, die vielen Kratzer an den Aufzugtüren. Ganz kurz kam es mir so vor, als wäre ich in der Lage, all diese unzähligen kleinen Dinge auf einmal zu erfassen. Ein grandioses Gefühl, aber es machte mich misstrauisch. Die Situation, in der ich es schon mal empfunden hatte, stieg wieder in mir auf. Sie lag lange zurück, erinnerte ich mich, und es war keine besonders gute gewesen.

Ich holte tief Luft und hielt den Schlüssel zur Wohnung krampfhaft in meiner Hand verborgen. Er war klein, messingfarben und an den Kanten schon reichlich abgewetzt. Paul begriff sofort, dass ich jetzt zu irgendwelchen Erklärungen ansetzen würde, und ein genervter, fast angeekelter Ausdruck erschien auf seinem Gesicht. Doch das hielt mich nicht davon ab, drauflloszureden. Endlos lange und ohne dass es etwas nutzte.

Wie die zwei von Paul herbeigerufenen Männer aussahen, die mich kurz danach von hinten an den Schultern packten, mir den Schlüssel aus der Hand wanden und mich aus der Empfangshalle schleiften, habe ich schon gar nicht mehr mitbekommen. Sekunden später stand ich bereits draußen auf dem großen Platz vor den drei Gebäuden. Und erst da setzte mein Bewusstsein wieder ein, ruckartig und viel zu schnell. Ich machte ein paar rudernde, hilflose Bewegungen. Wie ein Gefangener, den man unerwartet freigelassen hat und der von seiner Freiheit überfordert ist. Dabei blinzelte ich hoch zum Himmel, und meine Augen fingen sofort an zu tränen. Das ist mir während der Zeit in New York ständig passiert. In den ersten Tagen dachte ich noch, es würde am Jetlag liegen. Aber auch danach zerrten das grelle Licht und der scharfe Wind an meinen Augen und machten sie von Tag zu Tag empfindlicher. Es gab während meiner Zeit dort oft klaren blauen Himmel und viel Sonne, manchmal auch Sturm und Regen. Aber niemals vagen Dunst, wie ich ihn aus Europa kenne. Überhaupt keine milden Zwischenzustände.

In der Mitte des Platzes zwischen den drei Häusern steht eine graue, ziemlich hässliche Skulptur von Picasso. Dort ging ich hin, setzte mich auf den Sockel, atmete ein paarmal tief durch und versuchte, mich zu beruhigen. Ich würde in das Gebäude, in dem ich bis eben noch gewohnt hatte, bald wieder zurückkehren. Aber das konnte ich zu dem Zeitpunkt noch nicht wissen.

Jetzt saß ich auf der Bank und fror. Nervös kickte ich mit der Schuhspitze kleine Klumpen Schnee auf den Weg. Es macht mich immer verrückt, wenn Menschen beim Reden unsicher sind und dadurch unpräzise werden und ihre eigenen Aussagen ständig abschwächen. Wenn jemand zum Beispiel den Höhepunkt eines Satzes mit »weiß nicht« oder »irgendwie« einleitet oder nach einer glasklaren Aussage anschließend noch ein »und so« hinterherschiebt. Meine Eltern machen das oft. Überhaupt ziemlich viele Leute in eurem Alter. Ist euch das schon mal aufgefallen? Sie sagen etwas und gleichzeitig verbergen sie es. Ich finde das verwirrend. Beim Zuhören fühle ich mich immer wie auf Schmierseife. Wahrscheinlich bin ich Wissenschaftler geworden, weil man da immer genau sein muss. Allerdings kam ich jetzt selber ins Schwitzen. Wie sollte man nennen, was mir gerade passiert war, war es ein Rausschmiss? Das ergab keinen Sinn.

Ich schüttelte den Kopf und seufzte. Ein etwas zu lauter Seufzer, fast ein kleiner Schrei. Erschrocken sah ich hoch. Eine Frau in Sandalen und Pelzjacke, mit zwei Zwillingsschoßhündchen auf dem Arm, schlenderte dicht an mir vorbei, ungerührt. Während meiner Zeit hier hatte ich oft darüber nachgedacht, wie man beschaffen sein musste, um in dieser Stadt zu leben. Wenn man nicht wohlhabend war, durfte man wahrscheinlich nicht oft krank sein, man musste Körper und Geist immer fit halten. Und gute Organisation war wichtig. Arbeit, Wohnung und Freundschaften, das musste alles stimmen. Wenn man in mehr als einem dieser Bereiche Probleme bekam, geriet die Existenz hier sicher schnell ins Wanken. Und dann konnte man wahrscheinlich nicht darauf hoffen, dass ein günstiger Zufall, ein Mensch, ein Gespräch oder ein unerwartetes Angebot alles wieder herumriss. Abgesehen von der Grünanlage, in der ich jetzt saß, hatte ich während meiner Zeit hier in der Nähe keine Orte gefunden, die man aufsuchen konnte, ohne dort etwas Bestimmtes zu tun zu haben oder Geld auszugeben. Jeder schien immer irgendein Ziel zu haben, niemand bemerkte den anderen, wenn man nicht gerade miteinander verabredet war. Nur die Gestrandeten waren anders. Sie achteten auf alles ganz genau. Vor ein paar Minuten war ein ausgemergelter Mann an mir vorbeigeschlurft, hatte die Abfallkörbe nach Essensresten abgesucht und mich scharf gemustert. Ich hatte mich komplett durchleuchtet gefühlt.

Eine Zeit lang sah ich einfach nur hin zu der Straße, die sich zu meiner Linken jenseits von ein paar kahlen Sträuchern zwischen den Häuserblocks auftat, und zu der Kreuzung dahinter mit dem etwas zurückgesetzt stehenden flachen Gebäude, in dem sich ein Supermarkt befand. Meine Augen füllten sich mit Tränen. Ich wollte sie wegwischen, aber dann war ich doch erleichtert über die flüssige Wärme, die meinen Blick überschwemmte und alles in eine wohltuende, schwankende Unwirklichkeit tauchte.

Die Luft um mich herum war noch die Gleiche. Ein banaler Gedanke, aber er war tröstlich. Ich versuchte, ihn weiterzuspinnen: Ein paar Meter entfernt von der Stelle, wo ich jetzt saß, hatte ich in den ersten Tagen mit einer

Biologiestudentin, die jünger war als ich, asiatischer Abstammung und sehr schön, ein Gespräch über die Baumarten im Central Park geführt. Und der kleine Laden hinter mir, an der Straße, die an das südliche Ende des Parks grenzte: Vorhin war ich, nachdem ich mich nicht gleich entscheiden konnte, ob ich etwas kaufen wollte, vom Inhaber, der mir meine unsichere Lage offenbar ansah, sofort rausgeworfen worden. Bei meinem ersten Einkauf am Tag der Ankunft dagegen hatte ich längere Zeit vergeblich nach einer Flasche Wein gesucht, und derselbe Mann hatte mir geduldig erklärt, wo der Shop mit Lizenz ein Stück den Broadway hoch zu finden war, in dem ich welchen bekommen konnte.

Mein rechtes Knie fühlte sich heiß an. Ich griff in die Manteltasche. Dort steckte mein Telefon, es lief auf Hochtouren und suchte die ganze Zeit nach einer Verbindung. Ich sollte es abschalten, dachte ich, Strom sparen. Aber so sehr ich mir auch einredete, dass das vernünftig wäre, meine Finger umklammerten das wärmende Gerät immer fester.

Ich muss mir jetzt etwas einfallen lassen, dachte ich. Und außerdem musste ich herausfinden, warum ich in dieser Lage war. Bloß, wo sollte ich beginnen? Ein eigenartiger Tag in Berlin vor ein paar Monaten fiel mir ein. Ich hatte in meinem kleinen Institutszimmer am Schreibtisch gesessen, als plötzlich ein Besucher in der Tür stand. Es hatte ein paar Sekunden gedauert, bis ich ihn erkannte. Dann sah ich plötzlich einen Schulhof vor mir, ebenfalls in Berlin, an einer öden Straße am Stadtrand. Und ein weiteres Zimmer, genauso klein, mit einem grau gekachelten Fußboden. Andere Bilder folgten, in raschem Wechsel, aus dem Zusammenhang gerissen und in einen seltsamen Glanz getaucht, wie Treibgut.

Zu dem Treffen mit Bruno auf der Anhöhe im Park bin ich zwanzig Minuten zu früh gekommen. Ich habe mich noch etwas umgesehen und in der Nähe ein Gebäude entdeckt, das mich an die drei Häuser in New York erinnert hat, eine Kirche. Ich war als Kind oft mit meinem Vater im Humboldthain. Ich dachte, ich kenne hier jeden Winkel. Aber dieses Gotteshaus aus den Fünfzigerjahren ist mir früher nie aufgefallen. Zuerst dachte ich auch jetzt wieder, es ist eine Lagerhalle, die am südlichen Parkeingang hinter den Büschen hervorscheint. Bis mir zum ersten Mal der geziegelte, weiß gestrichene Schacht auffiel, der in der Mitte des Flachdachs aufragt. Er ist ziemlich hoch und im oberen Drittel gibt es eine simple Öffnung, aus der eine Glocke hervorschaut.

Wie stark das Bauhaus noch in den Nachkriegsjahrzehnten weitergedacht wurde und auch hierzulande nach dem widerlichen Pomp und Pathos der Nazizeit eine ständige Inspirationsquelle war, ist mir erst durch die New-York-Reise bewusst geworden. Erst dort wurde ich aufmerksam auf diese sachliche, karge Art des Bauens, bei der der Innenraum meistens großzügiger ist, als man es aufgrund der bescheidenen Umrisse vermutet. Auch dieser Bunker hier hat mich, wenn ich ehrlich bin, nie sonderlich interessiert. Für mich war er immer nur der Berg, auf den ich als kleiner Junge mit meinem Vater geklettert bin, um zur Aussichtsplattform zu gelangen. Ich habe mich immer gefreut, wenn wir oben waren und auf den nördlichen Wedding schauen konnten, auf die S-Bahnen und Regionalbahnen, die vom Bahnhof Gesundbrunnen herausfahren oder auf ihn zurollen. Von so weit oben sehen sie aus wie Modellbahnen, und wenn ich sie betrachtete, hatte ich das Gefühl, dass ich alles komplett übersehen und kontrollieren kann. So was liebt man als Kind.

Den Weg, den ich gleich nach meinem Rausschmiss eingeschlagen hatte, ohne weiter darüber nachzudenken, und der direkt zum Washington Square Park führt, die Straße LaGuardia Place Richtung Süden, war ich in den vergangenen Wochen fast täglich gegangen. Entweder, um von dort aus über die West 4th Street zur 6th Avenue zu kommen, wo sich ein Eingang zur Subway befindet, den ich häufig benutzt habe. Oder um zum Gebäude 40, Washington Square South zu gelangen, zur Vanderbilt Hall, in der oft Veranstaltungen stattfanden, die mich interessierten.

Ich hatte drei Monate mit einem Promotions-Stipendium an der NYU verbracht und nebenbei Veranstaltungen zur Geschichte und Politik des 20. Jahrhunderts besucht. Auf eine Vorlesungsreihe war ich besonders gespannt gewesen. Sie trug den Titel *Freud and Free Speech: A Conversation Between Psychoanalysis and Democracy*. Es ging darin um die freie Meinungsäußerung als einen Grundwert des menschlichen Zusammenlebens, wie sie in demokratischen Staaten als Recht verankert ist, während ein solcher Schutz in nicht demokratischen fehlt. Darum, welchen Stellenwert das freie Sprechen oder Schreiben und die Möglichkeit, es zu entwickeln, für das Individuum hat, und welche Erkenntnisse gewonnen werden können, wenn man die großen gesellschaftlichen Rahmenbedingungen und die des Einzelnen zueinander in Beziehung setzt. So hatte es im Einführungstext gestanden, und ich war zweimal an den Veranstaltungsort gekommen, um etwas darüber zu hören, aber der Raum war jedes Mal leer gewesen, und es gelang mir trotz mehrmaligen Nachfragens nicht, die Stelle zu finden, an der man mir über eine Raumänderung hätte Auskunft geben können. Inzwischen denke ich, dass das symptomatisch dafür war, dass ich mich die ganze Zeit nur auf der Oberfläche dieser Stadt bewegt habe, obwohl ich mir einbildete, mich gut in ihr auszukennen. Wenn ich beide Male danach noch längere Zeit draußen herumgelaufen war, um schließlich die Bowery oder die Seitenstraßen östlich der 2nd Avenue nach dem richtigen Ort für ein Bier abzusuchen, grübelte ich immer noch darüber nach, warum mich gerade diese Thematik so interessierte, dass ich mich nach dem Ausfall der Veranstaltung den ganzen restlichen Abend lang leer fühlte. Vielleicht hing es damit zusammen, dass ich selbst so weit weg war von einem Leben unter irgendwelchen Verboten oder Zwängen. Wie fühlt es sich wohl an, wenn man nicht sagen kann, was man denkt, und mit seinem Lebensweg einen von außen bestimmten Zweck erfüllen muss, den einer Ideologie, eines Staates oder einer anderen Person? Ich kann mir das kaum vorstellen. Und ich glaube, die meisten anderen, die wie ich in schon lange bestehenden Demokratien aufgewachsen sind, können das auch nicht.

Um die Lücke zu füllen, besuchte ich eine Vorlesung zur Geschichte der Psychologie. Dort erfuhr ich einige interessante Details zu Freuds Exil, die ich bis dahin noch nicht kannte. 1938, im Alter von zweiundachtzig, konnte der Mann, der die Psychoanalyse begründet hat, nach England ausreisen, wo er fünfzehn Monate später starb. Er verfasste in dieser Zeit noch einen letzten längeren Text, eine Auseinandersetzung mit Moses und dem Ursprung des Judentums aus psychoanalytischer Sicht. Moses' Ermordung, so Freuds These, ist der Beginn einer Vatermord-Schuldthematik, die über Jahrtausende die jüdische Religion geprägt und die Entstehung des Christentums, das Erlösung von jeglicher Schuld verspricht, befördert haben soll. Der Glaube ist für Freud immer eine Wahnvorstellung, deren neurotischen Ursprung er aufdecken will. Daher geht es ihm in seinen Ausführungen nicht so sehr um Religion, eher um seine eigene Theorie. Trotzdem ist es faszinierend, ihm zu folgen, weil man sofort versteht, wie hoch der Realitätsgehalt von Wahnvorstellungen ist, und sich die Frage stellt, ob es wirklich immer möglich ist, Einbildung und Realität auseinanderzuhalten.

Frei sprechen können und jeglichem Zwang entkommen. Darüber spreche ich mit euch ausgerechnet hier, an diesem Ort, ist das nicht seltsam? Ich konnte ja nicht wissen, dass mir kurz darauf genau das passieren würde: mit euch hier drinnen festzusitzen, auf unbestimmte Zeit, und nicht mehr über mein Leben bestimmen zu können. Und wie würdet ihr mein Erzählen beschreiben, spreche ich gerade frei? Oder werde ich dazu genötigt?

Mein Aufenthalt in New York war fast zu Ende, der Rückflug würde übermorgen sein. Meine persönlichen Sachen und sämtliche Aufzeichnungen lagen noch in dem Apartment, in das ich von einem Moment zum nächsten nicht mehr hineinkam. Was sollte ich jetzt machen, in einer fremden Stadt, ohne Unterkunft oder Gepäck, in dieser seltsamen Situation, deren Zustandekommen mir unklar war? Geld abzuheben war sicher vernünftig. Und ich musste mir überlegen, wen ich in meiner Lage kontaktieren konnte, wer mir weiterhelfen würde. Aber etwas hielt mich noch zurück. Ein schwer zu beschreibendes Gefühl, das ich sonst nur aus Träumen kenne. In Träumen geht vieles ganz leicht. Dinge, die in der normalen Welt undenkbar wären, können einfach geschehen, als wären die Gesetze der Wahrscheinlichkeit außer Kraft gesetzt. So ist es allerdings nicht, mittlerweile weiß ich das. Alles hat seine Regeln, auch der Ausnahmezustand.

Ich saß da und starrte in die Schneereste und Zierbüsche und Papierkörbe, und plötzlich fiel mir der schon erwähnte Tag einige Wochen vor meinem Abflug aus Berlin wieder ein. Ich hatte im Institut in meinem kleinen Zimmer gesessen und mir Gedanken darüber gemacht, wie die Arbeit an meiner Dissertation weitergehen sollte, als ich plötzlich von einem lauten Klopfen unterbrochen wurde. Es kam überraschend. Ich habe nur eine halbe Stelle ohne Lehrverpflichtungen, zu mir kommt nur selten jemand herein.

Den Mann, der kurz darauf im Türrahmen stand, habe ich, das dachte ich sofort, das letzte Mal vor mir gesehen, als wir beide elf Jahre alt waren. Schon damals, fiel mir wieder ein, konnte man an der Art, wie er über den Schulhof lief, erkennen, dass er zu den Menschen gehört, die zur Welt eher in einem geistig-seelischen als in einem körperlich-zupackenden Verhältnis stehen. In der Kindheit meiner Eltern, das haben sie mir oft erzählt, war der Sportunterricht manchmal so schrecklich, dass intellektuelle oder sensible Kinder automatisch zu Sporthassenden wurden. Und so nahm ich den Mann, der mir gegenüberstand, wahr, auch jetzt noch, als Erwachsener, mit seiner auffälligen Blässe und seinen großen Händen und Füßen. Wie ein Kind von früher, ein Junge, der den ganzen Tag träumt und Geschichten erfindet, aber beim Fußball nie einen Ball ins Tor kriegt.

Etwas unbeholfen stand er auf der Schwelle. Ich konnte vor lauter Verblüffung nicht reagieren. Er nahm es als Einladung, die Tür hinter sich zu schließen und dicht an meinen Tisch zu treten. Unter der Tischplatte steht ein Hocker. Der Mann zog ihn mit einem Handgriff hervor, als würde er sich ganz genau bei mir auskennen, und nahm darauf Platz.

Schön, dich wiederzusehen, Julius, erklärte er mir. Und dann sagte er noch etwas. Ich verstand ihn nicht gleich und wollte nicht nachfragen, vermutete aber, dass es sein Vorname war. Komisch, dachte ich. Ich weiß noch genau, wer er ist, aber nicht mehr, wie er heißt. Dabei erinnert man sich doch immer an die Namen der Gleichaltrigen aus der Schule. Auch wenn man sonst nicht mehr viel über sie weiß.

Er war mit mir zusammen auf dem Gymnasium gewesen, und in meiner Erinnerung sah ich ihn in meinem früheren Schulgebäude jedes Mal eine bestimmte Treppe hochgehen, die zu den sechsten Klassen führte. Es hätte eigentlich auch mein Weg sein müssen. Aber ich musste damals nach einer schwierigen Zeit, an die ich auch heute nicht gerne zurückdenke, ein Jahr wiederholen.

Er war mir zum ersten Mal aufgefallen, als ich mich an einem Frühsommertag nach Unterrichtsschluss mit ein paar anderen Schülern vor dem Imbiss gegenüber unserer Schule anstellte. Meine frühere Schule ist ein hässlicher blaugrauer Bau aus den frühen Siebzigern, ziemlich weit von meinem damaligen Zuhause entfernt. Um hinzukommen, musste ich jeden Morgen mit der U-Bahn an den Stadtrand fahren. Ich mochte es, frühmorgens mit den erwachsenen Berufstätigen unterwegs zu sein. Nur war ich, wenn ich ausstieg und die Treppe hochlief, jedes Mal in einer völlig anderen Welt, in der es weder Cafés gab noch Museen und auch keine Baustellen, nur öde, mir unwichtig erscheinende Straßen. Sie ähnelten denen, die ich kannte, waren jedoch anders gepflastert, und auch die meisten Häuser in der Nähe glichen denjenigen, in denen ich sonst ein und aus ging, nur waren sie in viel unschöneren Farben gestrichen und wirkten schäbiger. Es sei eine gute Schule, hatte mir meine Mutter versichert. Dass ich jetzt seit über einem Jahr mehr als die Hälfte des Tages in dieser fremden Umgebung verbringen musste, gefiel mir dennoch ganz und gar nicht. Vor dem Mauerfall, der damals noch nicht lange her war, konnte man auf Westberliner Gebiet bequem mit einer U-Bahn- oder S-Bahn-Fahrt überall hinkommen. Ihr habt das sicher noch in Erinnerung. Aber ich war damals zu jung, um es mir vorstellen zu können. Das Leben, wurde mir erzählt, ist zu der Zeit aufgrund der Abgeschlossenheit der Stadt viel behäbiger und langsamer gewesen. Einen Stadtrand im engeren Sinn gab es nicht, folglich auch keine Mitte. Vielleicht hatte meine Mutter deshalb nicht den Eindruck, mich in eine Ödnis zu schicken, und nur für mich fühlte es sich so an.

Zu Beginn der Neunzigerjahre, als ich noch klein war, sind meine Eltern mit mir ins Zentrum Ostberlins gezogen, an den Rosenthaler Platz. Nicht nur aus Neugier, sondern auch aufgrund des Wohnungsmangels im alten Westen. Das war für sie weitaus aufregender als für mich, der in der Gegend aufwuchs und keinen Vergleich hatte. Wir lebten viele Jahre, so wie die Nachbarn und unsere meisten Freunde, in einer riesigen, eleganten, ziemlich reparaturbedürftigen Wohnung. Dort hatte ich fast mein ganzes bisheriges Leben verbracht, zwischen Baustellen und den aufgerissenen Straßen des Hauptstadtumbaus, inmitten von Abdeckplanen und zahllosen Gerüsten, in ständiger Nähe von Betonmischern, Starkstromkabeln und Lärm. Für mich war das normal. Ich kannte nichts anderes. Der seit Jahrzehnten ansässige, mittlerweile ziemlich heruntergekommene Getränkeladen neben unserem Haus, in dem sich die Bewohner aus der alten Zeit gerne nachmittags trafen, war mir immer genauso stabil und unverrückbar vorgekommen wie die damals noch baufällige Zionskirche oben auf der kleinen Anhöhe, zu DDR-Zeiten ein wichtiger Ort der Umweltbewegung, und die Touristen, die in Scharen durch die kulissenhafte Szenerie des permanenten Umbaus spazierten und Fotos von Hauswänden mit Einschusslöchern machten. Aber seit etwa einem Jahr hatte die Geräuschkulisse um uns herum abgenommen, die Mehrzahl der Häuser war umgebaut, erneuert und gestrichen worden. Das beschäftigte meine Eltern, sie redeten häufig darüber. Erst als Erwachsener habe ich begriffen, dass die zunehmende Ruhe, die sich um uns herum entfaltete, und das allmähliche Wegziehen von Leuten, die wir kannten, Angst und Misstrauen bei ihnen auslöste. Ihnen musste schon lange klar gewesen sein, dass unser weitläufiges, extrem billiges Zuhause immer ein flüchtiges, provisorisches gewesen war, aber sie hatten trotzdem nie einen anderen Plan für unsere Zukunft gefasst, als hier zu leben. Kurz danach verschwand Bruno dann plötzlich. Und damit die kleine familiäre Welt, in der ich bisher gelebt hatte. Ein Verschwinden unter seltsamen Umständen, das war mir klar, schon bevor es mir meine Mutter unbeholfen erklärte. Einige Freunde und Bekannte rückten kurz danach von uns ab. Sie wirkte in der Zeit manchmal vereinsamt und weinte sich nachts in den Schlaf, was ich durch die schlecht isolierten Türen in der Wohnung hören konnte. Für Entscheidungen brauchte sie von da an viel Zeit. Ich vermisste die unbekümmerte, selbstsichere Art meines Vaters, der in fast jeder Situation einen guten Einfall gehabt hatte und nie um eine Antwort verlegen war. Konnte ich den Urteilen meiner Mutter in dem Zustand, in dem sie jetzt war, vertrauen? Hatte sie im Jahr davor, als meine Eltern nach einer weiterführenden Schule für mich gesucht hatten, schon unter der gleichen Unentschlossenheit gelitten, musste ich deshalb jetzt so weit fahren? Und wenn das so weiterging, wie sollten wir dann in Zukunft unser Leben hinbekommen?

Aus Trotz und Verunsicherung fuhr ich nach dem Unterricht immer öfter nicht gleich nach Hause, sondern ging mit ein paar Schülern, die am Nachmittag, weil niemand auf sie wartete, gerne herumtrödelten, zum nahe gelegenen Imbiss, kaufte von meinem Taschengeld fettiges Essen und stopfte es in mich rein.

Dort stand er eines Tages vor mir, eine lange dünne Gestalt in einem schlabbrigen blauen T-Shirt, auf dessen Brust und Rücken eine große Meereswelle abgebildet war. Ich war mir sicher, ihn vorher noch nie in der Nähe der Schule gesehen zu haben. Unruhig trat er von einem Bein aufs andere und wartete. Es war heiß an dem Tag. Wir schwitzten alle stark und fühlten uns um die Uhrzeit immer dösig und hungrig. Daher dauerte es ein paar Sekunden, bis ich begriff, warum mir gerade bei ihm die Schweißperlen besonders auffielen: Er hatte dünne, helle Haare, die so spärlich wuchsen, dass fast die gesamte Kopfhaut durchschimmerte.

An dem Tag hatten noch andere Kinder am Imbiss angestanden, ein Mädchen aus der Oberstufe und eins aus der Fünften. Ich betrachtete den unbekannten Mann, der mir in meinem kleinen, schnell stickig werdenden Zimmer gegenübersaß, und war erstaunt, wie genau ich das nach dieser langen Zeit noch wusste. Das ältere Mädchen hatte umständlich eine größere Bestellung aufgegeben und ich würde noch eine Weile warten müssen. Im selben Moment hörte ich meinen Bus um die Ecke biegen. Den kriegst du noch, flüsterte eine Stimme dicht an meinem Ohr, und ich lief los. Ich war mir sicher, es war der fremde Junge gewesen. Aber ich traute mich nicht, mich nach ihm umzusehen. Und als ich mich im letzten Moment durch die bereits schließenden Türen zwängte und nach draußen sah, war er verschwunden.

Der Mann, der mir in der Gegenwart gegenübersaß, hatte leicht gewellte Haare, meinen eigenen nicht unähnlich. Allerdings waren sie feiner und heller.

Er lächelte mich an, schief und etwas unsicher.

Gut, dass ich dich gefunden habe, erklärte er schließlich. Ich brauche deine Hilfe.

Ich musterte ihn, seine Kleidung, die Uhr, die er am Handgelenk trug. Er kam mir nicht besonders abgerissen vor. Was konnte er wollen?

Du hast doch mal Medizin studiert, oder?, setzte er hinzu.

Verwundert starrte ich ihn an, dann nickte ich.

Es geht mir in letzter Zeit nicht gut. Ich schwitze, habe abgenommen und fühle mich andauernd schlapp, ohne zu wissen, warum. Und finanziell dümpele ich auch ziemlich herum, habe keine Krankenversicherung und kaum Geld. Ich fühle mich, er lachte kurz und etwas unfroh, wie eine Schattenexistenz. Ich hoffe natürlich, dass sich das bald wieder ändert. Aber das geht nicht von heute auf morgen.

Was er mir erzählte, erschreckte mich. Woher dieses Gefühl kam, wusste ich nicht genau. Ich wurde davon ganz unerwartet stark durchgeschüttelt.

Eine Pause entstand.

Ich kann dir nicht helfen, erklärte ich ihm schließlich, mit möglichst fester Stimme. Ich bin kein Arzt. Ich habe das Medizinstudium nach einem Semester abgebrochen.

Sein Blick veränderte sich. Von einer Sekunde zur nächsten bekam er etwas Flehendes. Der rasche Gemütswechsel war mir nicht geheuer, ich war mir plötzlich nicht mehr sicher, ob ich Mitgefühl mit ihm haben sollte oder ob er mir lästig war.

Ich werde in nächster Zeit auch gar nicht hier sein, ergänzte ich. Ich gehe bald für ein Semester nach New York.

Man konnte sehen, dass er enttäuscht war. Er sah plötzlich kleiner aus. Dann schien ihm etwas in den Sinn zu kommen, seine Miene wurde wieder lebhafter.

New York!, rief er, das freut mich. Kam die Einladung von deinem Vater?

Für einen Moment war ich fassungslos.

Er hat dir damals aus der Ferne immer Textnachrichten geschickt, fügte er hinzu. Ich dachte, er lebt vielleicht immer noch dort.

Mein Aufenthalt in New York war ein guter Anlass, um einigen Dingen, die meinen Vater betrafen, auf den Grund zu gehen, da hatte mein Gegenüber recht. Auch das mit den Nachrichten stimmte. Was für ein Zufall hatte diesen Mann ausgerechnet jetzt, nach so langer Zeit, wie einen Geist aus der Vergangenheit vor meiner Zimmertür auftauchen lassen?

Nach unserem ersten Zusammentreffen am Imbiss war er mir noch mehrmals in der Hofpause aufgefallen. Er nahm immer denselben Weg, von der erwähnten Treppe aus der Eingangstür des Hauptgebäudes quer über die große Fläche des Schulhofs, langsam und verträumt, den Blick nach unten gerichtet. In meiner Erinnerung trug er dabei jedes Mal das T-Shirt mit der großen blauen Welle.

Ein paar Wochen später trafen wir an derselben Bushaltestelle wieder aufeinander. Er kam gerade vom Sportplatz. Blass und erschöpft, mit einer Flasche Wasser in der Hand, lief er zur gegenüberliegenden Haltestelle und ließ sich dort auf einen Sitz fallen. Wir lächelten uns schüchtern an. Dann winkte er mir plötzlich zu. Willst du ein Stück mit mir mitfahren?, fragte er. Ich schüttelte den Kopf. Sein Bus kam gerade. Komm doch einfach mit!, rief er noch einmal und gestikulierte lebhaft. Und zu meiner eigenen Verwunderung stand ich auf und folgte ihm.

Wir stiegen gemeinsam in den Bus. Zwei Sitzplätze am Fenster waren noch frei. Schweigend saßen wir uns gegenüber und blickten hinaus. Ich war etwas verlegen, fühlte mich aber in seiner Nähe wohl und freute mich, dass meine Schulroutine durchbrochen war.

Willst du noch mit zu mir kommen?, fragte er mich. Ich sah auf die Uhr. Meine Mutter würde am frühen Abend nach Hause kommen. Bis dahin war noch reichlich Zeit. Ich nickte und konnte sehen, dass er sich darüber freute. Wir schwiegen eine Weile. Als der Bus in eine verstopfte mehrspurige Straße Richtung Pankow einbog und dort länger im Stau stand, fragte ich ihn, wo er genau wohnte, und das war sein Stichwort, mir verschiedene Dinge über sich zu erzählen. Ich erfuhr, dass er seit ein paar Monaten bei Pflegeeltern lebte. Ich war darüber nicht erstaunt. Ich hatte sofort den Eindruck gehabt, dass etwas mit ihm anders war.

An einer langen hässlichen Straße mit niedrigen Neu- und Altbauten, Gewerbehöfen und einem großen Supermarkt stand er auf. Wir stiegen aus. Mir wurde klar, dass wir erst jetzt wirklich am Stadtrand waren.

Er deutete auf eine kurze Sackgasse, die zu einem Park führte. Dort bogen wir ein, und vor einem gesichtslosen Mehrfamilienhaus zog er seinen Schlüssel aus der Tasche. Im Treppenhaus hatte ich ein beklemmendes Gefühl, es roch muffig nach Essen und anderen privaten Gerüchen und ich fühlte mich beengt und fremd. Für einen kurzen Moment fürchtete ich sogar, den Weg nach Hause nicht mehr zu finden, eine Panik, für die ich damals schon viel zu alt war.

Als er aufschloss, stand eine Frau im engen Flur der Wohnung und begrüßte uns, offenbar hatte sie uns bereits gehört. Sie war schlank, mittelgroß und dunkelhaarig, ähnlich wie meine Mutter und ungefähr in ihrem Alter. Aber während meine Mutter meistens schlicht angezogen war, in sportlichen Pullovern und Jeans, trug diese Frau einen Rock und lange Ohrringe und war stark geschminkt. Schnell folgte ich dem Jungen in sein Zimmer, das schöner war, als ich bei der nicht sehr großen Wohnung vermutet hatte. Hell, mit Fenstern, die bis zum Boden reichten. Auf der einen Seite stand sein Bett, auf der anderen ein Schreibtisch mit einem Computer. An den Wänden hingen fast die gleichen Fußballbilder wie bei mir. Wir schauten sie uns gemeinsam an und fachsimpelten über die Bundesliga. Dann spielten wir ein Computerspiel.

Etwa zwei Stunden später hörte man draußen Geräusche. Sein Pflegevater war nach Hause gekommen. Er öffnete die Zimmertür und begrüßte uns, ein Mann mit längeren braunen Haaren, einer großen schmalen Nase, vollen Lippen und sensiblen, etwas distanziert wirkenden Gesichtszügen. Ich hatte den Eindruck, dass er nicht in diese Gegend passte, ebenso wenig wie die großstädtisch und elegant gekleidete Frau. Das Paar machte einen nervösen Eindruck auf mich. Es wirkte so, als wären die beiden in dem Haus nur zufällig gestrandet.

Kurze Zeit später riefen sie uns zum Essen. Der Junge war nicht glücklich über diese Unterbrechung, er wirkte von einem Moment zum nächsten traurig und in sich gekehrt. Etwas an ihm und der ganzen Situation ängstigte mich.

Wir setzten uns im Wohnzimmer an den Tisch. Er war klein, als wäre es nicht vorgesehen, dass jemand hierher zu Besuch kam. Ich löffelte meine Suppe. Es wurde nur wenig gesprochen, und ich merkte, dass mir schlecht wurde. Ich stand auf, lief zum Badezimmer und schüttete mir dort kaltes Wasser ins Gesicht. Kurz darauf, hatte ich in Erinnerung, war es mir mit ein paar belanglosen Worten gelungen, mich zu verabschieden.

Unten auf der Straße fühlte ich mich verwirrt. Ich machte ein paar ziellose Schritte. Dann begriff ich, dass ich mich in einem Wohnviertel hinter dem Pankower Schlosspark befand, das ich eigentlich kannte. Ich durchquerte den Park mit schnellen Schritten, erreichte nach einer Viertelstunde eine größere Straße mit einer Bahnbrücke und schließlich den U-Bahnhof. Ich erinnerte mich in dem Moment genau, wie ich die Treppen hinunter ging und dass ich längere Zeit am Gleis stand. Die Linie hatte hier ihre Endstation. Ein Zug stand schon bereit, er würde mich in zwanzig Minuten in die Nähe meines Zuhauses bringen. Ich drückte den Knopf, um die Tür zu öffnen und ins Innere der leeren Bahn zu gelangen, eine Leere, die mir auf einmal unwirklich vorkam. War es überhaupt richtig, diese Fahrt anzutreten? Gab es an ihrem Ende ein Ziel, jemanden, der auf mich wartete? Während ich dem Mann in meinem Doktorandenbüro gegenübersaß, hatte ich alle Details dieses Nachmittags klar vor Augen, aber wie ich am Ende nach Hause gelangt war und meine Mutter darauf reagiert hatte, dass ich so spät kam, wusste ich nicht mehr. Das Ende dieses Tages aus meiner Vergangenheit war wie ausgelöscht.

Ich überlegte, wie ich das Gespräch mit meinem Besucher jetzt geschickt beenden konnte. Mich zu distanzieren hatte nicht funktioniert. Vielleicht war es eine gute Idee, wenn ich stattdessen besonders dicht an ihn heranrückte?

Wie ist es dir denn damals ergangen in deiner Pflegefamilie?, fragte ich, obwohl es mich Überwindung kostete. Warst du noch lange dort?

Jetzt war er es, der aus der Fassung geriet.

Meine Pflegefamilie?, fragte er. Wie kommst du darauf?

Das hast du mir damals erzählt.

Nein. Da musst du etwas falsch in Erinnerung haben.

Wer war denn die Frau, die uns damals die Tür geöffnet hat, als ich dich besucht habe?

Meine Mutter.

Sie sah meiner eigenen sehr ähnlich, erklärte ich.

Er senkte den Kopf, räusperte sich, da er über diese Bemerkung offenbar etwas betreten war, und schwieg.

Meine Mutter hat damals einen neuen Mann kennengelernt, erzählte er mir nach einer kurzen Pause, und wir sind schon nach ein paar Wochen mit ihm zusammengezogen. Für mich war das damals furchtbar und es ging mir viel zu schnell. Ich kannte ihn nicht und hatte auch nicht das Gefühl, dass er sich für mich interessierte.

Eine längere Pause entstand.

Und du?, fragte er dann. Du hattest damals doch auch ziemliche Probleme.

Ja, mein Vater hatte uns verlassen. Er ist von einem Tag auf den anderen einfach verschwunden. Meine Mutter ist deswegen vorübergehend völlig durchgedreht.

Er nickte verständnisvoll. Für einen Moment wirkte es beinahe so, als würden die Rollen zwischen uns sich umkehren.

Und dann ist er zwar wieder hier in der Stadt aufgetaucht, aber er kam nicht mehr zu euch nach Hause zurück, nehme ich an, deshalb die vielen Textnachrichten. Du hast sie mir damals öfter gezeigt.

Er hatte recht. Das Handy, mit dem ich sie empfangen hatte, existierte sogar noch. Ich hatte es all die Jahre aufgehoben, um sie in gewissen Abständen, die zuletzt immer größer wurden, zu lesen.

Ich fühlte jetzt auf einmal den Wunsch, mein Gegenüber nach seinen Haaren zu fragen. Was war damals mit ihnen passiert? Ich formte die Frage in meinem Kopf, brachte sie allerdings nicht heraus. Warum nicht? Ich wusste es nicht, registrierte aber auf einmal ein Vakuum, das sich von meiner Magengrube rasch auf den restlichen Körper ausbreitete.

Er stand auf, als ob er das spüren würde, und wandte sich zum Gehen.

Wer hat dir eigentlich das mit dem Medizinstudium erzählt?, fragte ich ihn noch hastig.

Er blickte bereits zum Ausgang.

Ich habe auf der Website der Uni im Internet deinen Werdegang gelesen, sagte er dann.

Das konnte nicht stimmen. Ich war verwirrt, wollte nachhaken und holte tief Luft.

Er bemerkte es, kam wieder zurück und beugte sich über den Tisch zu mir hin, sein Gesicht war jetzt ganz nah an meinem.

Wir sind uns vor langer Zeit mal in einem Krankenhaus begegnet, erinnerst du dich nicht mehr daran? Seitdem weiß ich, wie wichtig dir deine Gesundheit ist, und das Leben. Deine Entscheidung war trotzdem sicher richtig, ich kann mir nicht vorstellen, dass du an so einem Ort den größten Teil deines Lebens verbringen willst.

Ich fragte ihn, wo das genau gewesen sei. Er ignorierte mich und drehte sich um, und erst dachte ich schon, er würde mir gar nicht mehr antworten. Aber dann, mit der Hand an der Klinke, beschrieb er mir schließlich doch noch mit leiser, präziser Stimme den Ort, wo wir seiner Meinung nach zusammen gewesen waren. Er nannte viele Details. Während ich Tausende Kilometer entfernt auf der New Yorker Parkbank saß, war ich mir sicher, mich an jede Einzelheit dieser Beschreibung zu erinnern, und auch an das schwummerige, fast panische Gefühl, das ich für einen kurzen Moment dabei gehabt hatte.

Berlin, Humboldthain

Bruno starrt auf das Gerät. Er fängt an zu grübeln. Er kennt es, das ist ihm gleich aufgefallen, als er aufgewacht ist und es vor sich liegen sah, aber woher? Ist es bei seinem Sturz mit nach unten gefallen? Und wie kommt Julius' Stimme auf das Band?

Nicht nur er, Bruno, ist hier drinnen eingeschlossen. Das hat er eben gehört. Sondern Julius ebenfalls. Und dazu noch mehrere andere, mit denen sein Sohn diese Aufnahme gemacht hat. Menschen, die ihn offenbar kennen. Ich höre ihn sprechen, denkt Bruno, aber ich weiß nicht, wo Julius sich befindet. Ob er inzwischen vielleicht schon wieder draußen ist. Kann das wirklich sein? Das hört sich verrückt an.

Es kommt ihm so vor, als wäre die Dunkelheit um ihn herum jetzt weniger geworden. Aber vielleicht hat er sich nur daran gewöhnt. Er hat Durst. Sein Körper fühlt sich ausgedörrt an, und seine Lider sind trocken und brennen. Vorsichtig hebt er den Arm, wischt sich die rechte Hand an seinem Mantel ab, reibt mit den Fingern derselben Hand seine Augen, schließt sie mehrmals und öffnet sie wieder. Nicht weit entfernt erkennt er jetzt die Rundung einer ehemals kreisförmigen Mauer. Zwei halb gefüllte Bausäcke stehen dort an der Wand, ein Eimer, ein Spaten und eine kleine Schüssel. Er streckt den Arm aus und schätzt den Abstand zu dem Sack, der etwas näher bei ihm steht, es sind zwei Handbreit.

Als Kind hat er sich in unangenehmen Situationen manchmal vorgestellt, in einer fernen Zukunft zu leben. Er hat dabei die Serien im Kopf gehabt, mit denen sie früher am späten Nachmittag vor dem Fernseher gesessen haben, *Raumschiff Enterprise*, *Die Mädchen aus dem Weltraum* oder *Mit Schirm, Charme und Melone*. In den Geschichten, die dort erzählt wurden, konnte sich die Wirklichkeit manchmal unerwartet verändern. Und die Figuren mussten es hinnehmen, sich daran anpassen. Aber meistens waren das keine Änderungen von Dauer, und wenn sie es klug genug anstellten, war es den Charakteren möglich, Zeit, Raum und physikalische Gesetze auch nach ihrem eigenen Willen zu beeinflussen.

Eine Zeit lang versucht er, sich eine Zukunft auszudenken, in der alle Menschen eingeschlossen sind. Sie leben unter der Erde, aus Angst vor einer unsichtbaren Gefahr, und können sich nur noch durch vorher aufgenommene Botschaften miteinander verständigen. Die Geräte, mit denen sie das tun, ähneln dem, das er vor sich hat. Aber er hält damit nicht lange durch. Er fühlt sich schon bald erschöpft und spürt die Sinnlosigkeit dieses Vorhabens.

Dann muss er wieder an die Frau denken, die er an seinem zweiten Tag in Berlin getroffen hat. Nur ihretwegen ist er jetzt hier. Die erste Begegnung hat in einem Zimmer stattgefunden, das auf einen kleinen Hof rausgeht, nur wenige Meter entfernt von dem Ort, an dem er als Kind gelebt hat. Das Zimmer gehört zu einem Ladenbüro. Er ist dort vorbeigelaufen. Sie hat gesehen, dass er vor der Scheibe stehen blieb, ist zur Tür gekommen und hat ihn angesprochen. Später hat sie ihm viele Fragen gestellt, die teilnahmsvoll klangen, und er ist in ihrer Gegenwart ins Erzählen geraten, über alles Mögliche, seine Eltern, die

Kindheit im Viertel am Gesundbrunnen. Sein Leben mit Ina, der Mutter von Julius. Die Neunzigerjahre. Er hat zu viel von sich preisgegeben, das war ihm die ganze Zeit klar. Trotzdem konnte er seinen Redefluss nicht stoppen.

Er keucht jetzt und fühlt, wie er trotz der Kälte schwitzt. Die Erinnerung an seine ersten Tage in der Stadt kommt wieder zurück, mit großer Kraft, wie Wassermassen, die durch eine Schleuse dringen. Er sieht sich in Richtung Bornholmer Brücke gehen und dort vor den Gedenktafeln stehen bleiben. Das war am Vormittag nach seiner Ankunft. Viele Menschen sind darauf abgebildet, es sind Aufnahmen vom Tag der Maueröffnung, als sich alle hier gedrängt haben. Die Bilder wirkten auf ihn verlassen vor dem fahlen Winterhimmel, den leeren Bürgersteigen und dem dröhnenden Verkehrslärm. Er wollte unbedingt die Inschriften darunter lesen, sonst wäre er wahrscheinlich viel früher umgekehrt. Dann wäre er an diesem zweiten Tag gar nicht erst rübergegangen in sein altes Viertel und hätte die Frau nie getroffen.

Am Ankunftstag hatte sein aus Norden kommender Zug Verspätung. Es war bereits früher Abend, als sie in den Hauptbahnhof einfuhren, und dämmrig. Die angehenden Lichter in dem riesigen Gebäude versetzten ihn in Hochstimmung, aber auch in Unruhe, weil das, was er sah, mit dem Berlin, das er gekannt hat, in keinem Zusammenhang mehr stand. Als er den Bahnsteig des Nahverkehrs endlich fand, stieg er einfach in die erstbeste S-Bahn.

Wie immer, dachte er Sekunden später, als sie anfuhren und er realisierte, dass sie in Richtung Südosten unterwegs waren. Im nächsten Moment erschreckte ihn der Gedanke. Anfang der Neunziger fuhr auf der Strecke ein neuer roter

Zug, ein Modell aus den letzten Jahren der DDR. Jetzt sind es immer noch dieselben Wagen, nur anders gestrichen, dachte er, er konnte es an der Anordnung der Sitze erkennen und an den vertrauten Geräuschen beim Anfahren. In einem schweren türkisfarbenen Kinderwagen, den er und Ina für hundert Mark von einer Familie aus Tempelhof gekauft hatten – eigentlich zu teuer, aber das war ihnen egal gewesen, sie waren zu dritt und glücklich –, hatte er den winzigen Julius unzählige Male die steilen alten Treppen des Bahnhofs Schöneweide hochgeschleppt. Zu der Zeit wollten sie aus ihrem ersten gemeinsamen, aber völlig fremden Zuhause am östlichen Rand der Stadt, so oft es ging, herauskommen.

Als Ina schwanger wurde, fanden sie monatelang keine Wohnung. Durch die Wiedervereinigung kamen damals viele Menschen in die Stadt. Der Wohnungsmarkt in Westberlin war leergefegt, und im Osten musste man für eine Wohnung einen Antrag stellen und anschließend lange warten. Nachdem die Zeit in Inas winziger Einzimmerwohnung ohne Dusche sich zermürbend in die Länge zog, wurden sie schließlich nervös und willigten in ein dubioses Angebot ein, von einem der ersten Privatbesitzer, die im neuen Stadtgebiet Fuß fassen konnten, in Schöneweide, dem früheren Industriegebiet Ostberlins an der Spree.

Während am Ankunftsabend die Stadt im S-Bahn-Wagen an ihm vorbeizog, hatte er den Vermieter sofort wieder vor Augen, einen dicklichen Kerl mittleren Alters aus Tegel, gut situiert und auf dröhnende Weise selbstbewusst. Das Haus war erst vor Kurzem in seinen Besitz übergegangen, es war gänzlich heruntergekommen. Um den Mietvertrag abschließen zu können, mussten sie sich mit einem hohen Betrag an den Kosten für die Sanierung beteiligen, warteten aber trotzdem monatelang auf den Einbau der Heizung. Wahrscheinlich um die Konflikte vor Ort sofort im Keim zu ersticken, hatte der Mann, wann immer er bei ihnen auftauchte, seinen Kampfhund dabei.

Die Häuser zwischen Treptow und Köpenick waren zu der Zeit fast alle alt und schmutzig und steckten, so kam es ihnen vor, in viel zu engen, viel zu kurzen Straßen. Die Menschen, die es nicht geschafft hatten, aus der Gegend wegzukommen, fühlten sich 1991 abgehängt, schauten nur noch mit stumpfem Blick aus ihren Fenstern und lösten sich beim Verlassen ihres Zuhauses mit sparsamen, resignierten Bewegungen aus den Eingängen. Die Fabrikanlagen, in deren Schatten sie jahrzehntelang gelebt hatten, gigantische Umschlagplätze von Dreck, Ruß und Giftstoffen, zur wilhelminischen Zeit am Spreeufer gebaut und dann die gesamte Nazizeit über und anschließend in vier Jahrzehnten DDR pausenlos in Betrieb, hatten die Produktion gerade heruntergefahren und standen kurz vor der Stilllegung. Die meisten aus dem Viertel und auch zahlreiche Leute von außerhalb, die bis vor Kurzem noch hier gearbeitet hatten, waren jetzt ohne Aufgabe. Wenn er mehrmals in der Woche auf dem Weg zur Uni den viel zu langen Fußmarsch über die einzige Spreebrücke weit und breit zum Bahnhof antrat, schaute er oft beklommen, aber nicht ohne Respekt hoch zu den schmutzig gelben fensterlosen Backsteinmauern. Manchmal begegnete er dann einigen von ihnen. Insbesondere die Männer zog es am Vormittag aus den verschiedensten Ecken Ostberlins in ihre alte Arbeitsgegend zurück. Ziellos strichen sie die holprigen, geflickten Bürgersteige entlang und starrten aus meist vom

Alkohol verquollenen Augen misstrauisch auf die schmalen Campingtische, die seit Neuestem die Bürgersteige säumten, behelfsmäßige Stände vietnamesischer Händler, die Putzschwämme, billige T-Shirts und Kassetten mit Musik von Neonazibands verkauften.

Gleich nachdem sie ihre Umzugskisten ausgepackt hatten, wollte Ina wieder weg. Sie fühlte sich unwohl in der neuen Nachbarschaft, hatte häufig Bauchschmerzen und schlief schlecht. Ihre in der Not getroffene Entscheidung war ein Fehler gewesen, das hatten sie schon kurz nach dem Unterschreiben des Mietvertrages geahnt, es sich jedoch nicht eingestehen wollen. In dieser Gegend ein Kind großzuziehen war keine gute Idee.

Wenn er in ihrem neuen Viertel manchmal Kinder auf der Straße sah, hatte er den Eindruck, dass sie blass waren, sich steif bewegten und ihre Eltern kaum ansahen, wenn sie an deren Hand unterwegs waren. Und dass sie diese Hand losließen und etwas schneller oder ausgelassener alleine herumliefen, kam gar nicht vor.

Als der Winter kam, stapelten sich die Heizkörper weiterhin im Treppenhaus. Die Bewohner des Hauses drückten sich unbeholfen an den zugeschweißten Paketen vorbei oder kletterten darüber, um in ihr Stockwerk zu gelangen. Sie waren fast alle ebenfalls erst vor Kurzem eingezogen, und aus ihren angespannten Mienen und der leichten Verlegenheit, die sie voreinander empfanden, wenn sie sich trafen, ließ sich schließen, dass sie ebenso teuer wie er und Ina für das Leben in dieser schmutzigen deprimierenden Gegend bezahlt hatten. Und dass es dafür einen Grund gab, der wahrscheinlich nicht ganz so positiv war wie eine Familiengründung. Mietschulden vielleicht, eine Trennung oder der Verlust des Arbeitsplatzes. Wir sind anders, wir passen nicht hierher, dachte er anfangs. Aber je länger sie an dem fremden Ort ausharren mussten, umso mehr dämmerte ihm, dass sie wahrscheinlich ebenfalls ein Problem hatten.

Bruno sieht seine frühere Frau in der Dunkelheit und Kälte wieder vor sich. Einzelheiten ihres Gesichts, wie in einer Nahaufnahme. Wie sie lacht, seine Hand nimmt, ihn küsst und die Hand wieder loslässt. Das war ihre erste Annäherung gewesen in der Zeit ihres Kennenlernens, bei einem Spaziergang durch den Tiergarten. Als sie sich zwölf Jahre später das letzte Mal gegenüberstanden, genau beobachtet von einem blass und apathisch wirkenden Julius, sah er den Impuls zu dieser Bewegung noch einmal bei ihr. Sie fühlte sich ertappt und zog ihre Hand gerade noch rechtzeitig zurück. Und dann wurde sie traurig, weil sie begriff, dass es sich um eine Gewohnheit handelte, die sie nicht so einfach würde ablegen können, fast um einen Reflex.

Als sie sich kennenlernten, Anfang 1990, lebte er schon seit einiger Zeit mit Sabrina zusammen, die mehrere Jahre älter war als er und ihm Halt gab. Eigentlich hätte sein Leben glücklich und stabil sein können, allerdings fühlte er sich häufig zu anderen Frauen hingezogen und hatte bereits mehrmals heimlich Affären gehabt. Die letzte hatte mehrere Monate gedauert. Als er sie beenden wollte, erfuhr er, dass die betreffende Frau schwanger war. Sie gab ihm sofort zu verstehen, dass sie sich auf das Kind freute und sich gut vorstellen konnte, es ohne ihn großzuziehen. In der Nähe seiner Wohnung in Kreuzberg gab es damals ein kleines Café, in dem abends Jazz aufgelegt wurde. Dort versuchte er, so oft er konnte, mit einen Glas Wein und einem Buch seinem verworrenen Privatleben zu entkommen.

Eines Abends im Februar tauchte Ina mit ihrem damaligen Freund, einem Studenten aus Bayern, dort auf. Der Laden war gerade voll, die beiden setzten sich zu ihm an den Tisch und nach einer Bitte um Feuer kam ein Gespräch in Gang, das besonders zwischen ihm und Ina schnell lebhaft wurde und schließlich die halbe Nacht dauerte. Sie diskutierten über den Mauerfall, mit dem sie, wie die meisten in ihrem Alter, persönlich nur wenig anfangen konnten, und über ihre Erfahrungen bei Ausflügen in das seit Kurzem für alle zugängliche Ostberlin. Die Art, wie sie dabei sprachen, fällt Bruno jetzt wieder ein, energisch, aber auch cool und irgendwie halbherzig, war Ausdruck einer Haltung, die zu der Zeit gebürtige Berliner und zugezogene Wessis fast einmütig miteinander teilten. Dass die angestammten Berliner sich immer gerne etwas hochmütig gaben, trat zunehmend in den Hintergrund. Sie hatten zusammen in einem abgeschotteten Territorium gelebt, von dem aus man mit einer sicheren Distanz von mehreren Hundert Kilometern auf Westdeutschland blicken konnte. Jetzt bröckelte die Situation, das schaffte Gemeinsamkeiten.

Ziemlich spät, als Teile Osteuropas bereits in Auflösung waren, hatten sich auch die Ostdeutschen endlich gegen ihren Staat aufgelehnt. Ina, die ziemlich rigorose Vorstellungen vom Kampf für eine bessere Welt hatte, ließ durchblicken, dass ihr das nicht sonderlich spektakulär vorkam. Große Umwälzungen in Staaten, erklärte sie an dem Abend den beiden Männern, die ihr gegenübersaßen, würden letztlich immer durch die Veränderung militärischer Machtverhältnisse ausgelöst. Also durch Gewalt.

Der Einzelne könne da wenig ausrichten. Gorbatschows momentane Anstöße, die Sowjetunion friedlich aufzulösen, seien schließlich auch nur durch seine Führungsposition möglich. Es handele sich um Maßnahmen von ganz oben. Und so müsse man eben auch den linken Widerstand verstehen. Niemand übe gerne Gewalt aus. Aber ohne einen ernsthaften Kampf, der auch den Willen beinhalte, Macht auszuüben, lasse sich nicht viel erreichen. Ina redete sich in das Thema immer mehr hinein, während die Miene ihres Begleiters leerer wurde. Und was ist mit Gandhi?, fragte er irgendwann matt. Ina stutzte. Für einen Moment wirkte sie irritiert. Dann ignorierte sie den Einwurf und sprach weiter. Die Härte, mit der sie argumentierte, wühlte Bruno damals auf und erzeugte in ihm eine schwer zu fassende Spannung. Sie schien nicht wirklich zu ihr zu gehören, sondern ihr eher wie etwas Äußerliches anzuhaften. Er verspürte sofort den Impuls, sie ihr zu nehmen.

1984, erzählte er den beiden schließlich als Reaktion, sei er einmal an der Uni einer Frau begegnet, die gerade frisch von der anderen Seite der Mauer kam. Sie war einige Jahre älter als die anderen im Seminar und hatte eine auffällig zurückhaltende Art zu sprechen gehabt, die Bruno auch jetzt, während er sich daran erinnert, wieder deutlich vor sich sieht. Als sich die Leute im Kurs einmal abends bei Bier und Wein trafen, erzählte sie, dass sie mehrere Jahre im Gefängnis gesessen hatte und erst vor wenigen Monaten freigekauft worden war. Alle hatten ihr aufmerksam zugehört und sich in einer diffusen, reservierten Weise betroffen gezeigt, aber niemand hatte sich ihr wirklich nahe gefühlt oder den Wunsch gehabt, den Kontakt zu ihr zu vertiefen. Bruno macht ein paar bewusste Atemzüge, als er jetzt wieder daran denkt, und spürt sein schmerzendes Bein und eine große Beengtheit in seiner Lunge.

Zum Abschied schrieb er seine Telefonnummer auf einen Kneipenblock und lud das Paar bei sich zu Hause zum Frühstück ein. Ein paar Tage später saß Ina mit dem anderen Mann, der, wie er gleich wieder fand, überhaupt nicht zu ihr passte, in seiner Kreuzberger Küche und aß mit großem Appetit das türkische Frühstück, das er zubereitet hatte, Rührei mit Sucuk, Oliven und Fladenbrot. In diesem Moment verliebte er sich in sie. Ein schönes, beunruhigendes Gefühl, das stärker war als alles, was er bisher gekannt hatte.

Sie wurden innerhalb weniger Tage ein Paar. Er bewegte sich damit auf ein riesiges Chaos zu, das war ihm klar. Aber seltsamerweise verspürte er genügend Ruhe, um allem zu begegnen.

Als Sabrina gleichzeitig von seiner Liebe zu Ina, der Affäre mit der Frau und der Schwangerschaft erfuhr, warf sie ihn noch am selben Tag aus der Wohnung. Hastig packte er zwei große Reisetaschen, schleppte sie die Wiener Straße entlang bis zum Görlitzer Bahnhof, ein scheinbar endloser Weg, und stand zwanzig Minuten später herzklopfend vor Inas Haustür. Sie nahm ihn sofort provisorisch bei sich auf.

Der Frühling kam und dann der Sommer, der glücklichste seines bisherigen Lebens. Vielleicht, denkt Bruno, während er jetzt mit den Händen über den kalten rauen Fußboden tastet, die Schwärze und Feuchtigkeit um sich herum spürt und die vielen Jahre und die alten Zeiten vor sich sieht, war es der glücklichste in meinem Leben überhaupt.

Sabrina war bereits mit dem Studium fertig gewesen

und hatte eine Arbeit gehabt und sie beide damit gestützt. Auch bei alltäglichen Dingen hatte sie ihm oft geholfen. Behördengänge und das Erledigen von persönlichem Papierkram fielen ihm schwer. Im Gegenzug war er ihr ein guter Zuhörer gewesen, empfindsam, verständnisvoll und hilfsbereit. Dass er nicht der klassische Mann war, der sie unbedingt versorgen wollte, hatte sie nie gestört.

Dann wurde Ina auf einmal Teil seines Lebens und dadurch änderte sich einiges. Sie waren sich beide auf geradezu unheimliche Weise ähnlich, was ein so tiefes gegenseitiges Verständnis hervorbrachte, wie er es bisher nicht gekannt hatte, aber auch dazu führte, dass sie Dinge, mit denen sie beide nichts anfangen konnten, schnell aus dem Blick verloren. In den ersten Monaten redeten sie viel über ihr bisheriges Leben und das kommende, das sie jetzt miteinander führen würden. Oft vergaßen sie dabei jede Zeit. Jeder schien den Gedanken des anderen unmittelbar zu verstehen, und zusammen hatten sie tausend Meinungen, Pläne und Ideen. Dass sie bei der Bewältigung des Alltags beide eher verträumt und nicht gerade zupackend waren, störte sie nicht. Ina bereitete sich auf Sprachprüfungen vor, brauchte aber nur wenig Zeit zum Lernen. Er ging tagsüber ab und zu arbeiten, las viel, machte Spaziergänge und kochte häufig. Als es Herbst wurde, hätte ihre Wohnungssituation längst geklärt sein müssen. Inas Vermieter hatte bereits mehrmals nachgefragt. Aber das schoben sie immer wieder auf. Auch das gemeinsame Chaos in der viel zu engen Wohnung verdrängten sie. Es war ja nur vorübergehend, sagten sie sich. Sie hatten sich schließlich gefunden und würden von nun an gemeinsam durchs Leben gehen.

Nach einigen Wochen des Zusammenlebens fasste er sich

ein Herz und erzählte Ina, dass er bald Vater werden würde. Sie reagierte gelassen und sagte wenig dazu. Er war erleichtert. Ihm fiel auf, dass sie einerseits empfindsam, andererseits bei schwierigen Themen manchmal erstaunlich robust und unbeeindruckbar, geradezu ignorant sein konnte. Eine Mischung, die er sofort anziehend gefunden hatte und die ihn, wie er in dem Moment begriff, geradezu rettete.

Als der Sommer zu Ende ging, war Ina ebenfalls schwanger. Ihre Freude war groß und es war vollkommen logisch und musste gar nicht erst ausgesprochen werden, dass sie zusammenbleiben würden.

Beruflich war sein Leben zu der Zeit wieder einmal in einer Zwischenphase. Als Jugendlicher hatte er sich viele Jahre nach dem Ende der Schule gesehnt, aber als es dann kam und er sich frei in der Welt draußen bewegen konnte, hatte er sich erst einmal völlig haltlos gefühlt und nicht gewusst, was er machen sollte. Zuerst studierte er vier Semester Jura, dann zwei Semester Psychologie. Davor und danach gab es längere Zeiten ohne jede Pläne und Perspektiven. Nicht die schlechtesten, wie er jedes Mal rückblickend fand. Sabrina hatte ihn schließlich für ihr eigenes Studienfach interessiert, Pädagogik. Damit war er, als er Ina traf, zu zwei Dritteln fertig und immer wieder über sich selbst erstaunt, dass er durchgehalten hatte. Er spürte bereits Fluchttendenzen, ein Gefühl von Stickigkeit und Festgelegtheit, das von Tag zu Tag schlimmer wurde und sich ihm wie eine Schlinge um den Hals legte. Während der Verfolgung seiner akademischen Pläne hatte er sich immer mit kleinen Jobs über Wasser gehalten, die er zuverlässig erledigte. Zuerst in einer Fabrik, die Tiefkühlnahrung herstellte, später als Aushilfspfleger. Jetzt, in der Situation des privaten Umbruchs, kamen ihm diese Jobs wieder realer vor als alles andere.

Er hatte sich immer geschickt in einem Leben in Zwischenräumen bewegt, das war jetzt vorbei. Als er von Inas Schwangerschaft erfuhr, war ihm das sofort klar gewesen. Eine Klarheit, die ihn erleichtert, ihm aber zugleich auch Angst gemacht hatte. Über ein Jahrzehnt später, gab es für ihn keinen anderen Ausweg, nicht nur Ina und Julius zu verlassen, sondern auch Berlin den Rücken zu kehren und dachte er oft daran zurück. Ein kurzer Moment, der auch ganz anders hätte verlaufen können, hatte sie zusammengebracht. Dann waren sie innerhalb kürzester Zeit ein Paar geworden und bald schon eine Familie. Sie hatten zu dieser Zeit weder eine gemeinsame Wohnung noch ein festes Einkommen. Und nun waren sie in dieser heruntergekommenen Gegend gestrandet.

Mit einem mulmigen Gefühl dachte er während der ersten Zeit in der neuen Wohnung manchmal an das Café, in dem sie sich kennengelernt hatten. Von ihrem jetzigen Wohnort aus gesehen war die Gegend, in der es sich befand, Teil einer komplett anderen Welt. Wenn er jetzt mit Ina im Supermarkt um die Ecke einkaufen ging und sie einen der im Viertel zahlreichen blassen jungen Männer in ausgebleichten Jeans und schwarzen Springerstiefeln trafen und beobachteten, wie er hasserfüllt auf Brunos Nickelbrille starrte, konnte er manchmal kaum glauben, dass beide Orte in derselben Stadt lagen.

Auch ihre damaligen Freunde waren über Schöneweide entsetzt gewesen. Sie trauten sich nicht, es ihnen zu sagen, aber als sie kamen, um beim Umzug zu helfen, wurde aus ihrem verlegenen Verhalten deutlich, dass sie sich selbst niemals derart ins Abseits katapultiert hätten. Man hatte ihnen von klein auf beigebracht, was eine gute Gegend war und was nicht, das konnte man ihren Reaktionen deutlich entnehmen. Und auch dass man sich auf ein Viertel, das nicht akzeptabel war, auf keinen Fall einlassen durfte. Was hätten sie in ihrer Lage getan, um einen annehmbaren Ort für sich und ihre Familie zu finden? Er konnte sie nicht fragen. Sie hatten alle noch keine Kinder.

Später, als er Berlin verlassen hatte und in ein abgelegenes Dorf in Norddeutschland gezogen war, mit Blick auf einen Weiher, Wiesen, an denen morgens Nebel aufstieg, und einer Luft, die das nicht allzu weit entfernte Meer ahnen ließ, dachte er über das Unglück dieser ersten Ortswahl manchmal noch nach. War die Nervosität, die sie dazu getrieben hatte, nicht aus demselben Stoff wie Inas immer wieder aufflammende innere Spannung? Er sah sie in der ersten Zeit des Alleinseins noch oft vor sich, schwanger und blass und in ständiger Unruhe, nicht rechtzeitig ein angemessenes Zuhause zu finden, in dem sie mit Julius leben konnten. Jahre später, nach der Trennung von ihm, blieb sie zuerst in der Wohnung am Rosenthaler Platz. Aber sie kam dort nicht mehr gut zurecht, wollte unbedingt eine Veränderung und wäre dadurch mit ihrem Sohn beinahe ein weiteres Mal an einem unschönen, abgelegenen Ort hängen geblieben.

Im Frühling wurde Julius geboren. Er liebte ihn von der ersten Sekunde an. Julius war ein wunderschönes Baby, wach und zart, mit großen, unergründlichen Augen. Und er sah ihm sehr ähnlich. Er konnte manchmal kaum fassen, sich selbst in diesem kleinen Wesen gespiegelt zu sehen, und spürte immer wieder, wie ihm das Kraft und Stärke gab, so als würde sein Leben noch einmal neu beginnen.

Ina drängte ihn bald nach der Geburt, etwas zu unternehmen, damit sie aus dem düsteren Viertel wieder wegkamen. Aber er wusste nicht, was er tun sollte, und spürte großen Widerstand, gleich wieder etwas zu verändern. Trotz der schwierigen Umstände überwog bei ihm das Glück. Er hatte jetzt ein eigenes Leben. Das hob ihn über eine große Schwelle, und es erleichterte ihn, dass er jetzt an einem Ort wohnte, der zwar nicht schön war, aber dafür weit weg von seinen eigenen Wurzeln.

Um Inas Stimmung aufzuhellen, arbeitete er Zusatzschichten und gab sich viel Mühe mit der Einrichtung der Wohnung. Sie kauften zusammen einen Tisch vom Flohmarkt und Holzregale, die sie anstrichen. Er fuhr dafür extra nach Kreuzberg, zu einem Laden, in dem es Biolacke gab. Eifrig breiteten sie auf dem Fußboden des Wohnzimmers Zeitungen aus und strichen einen ganzen Tag lang die Böden des Regals grün und das Gestell schwarz.

Gemeinsam, aber auch einzeln machten sie mit Julius in den folgenden Monaten unzählige Ausflüge. Wenn Ina die Woche über mit ihrem Sohn unterwegs war, berichtete sie abends oft mit leuchtenden Augen von ihren Spaziergängen. Unverdrossen schob sie den schweren Kinderwagen manchmal eine Stunde lang die holprigen Straßen entlang in Richtung Nordwesten und durchquerte unbefestigte Wege am Rande eines Schrebergartengebiets bis zu einer Fähre, die sie über die Spree auf die andere Seite zum Plänterwald trug. Von dort aus war es nicht weit zum Treptower Park. Für wenige Stunden kehrte sie so wieder zurück in die vertraute großstädtische Welt der Berliner Parks, nahm dort mit Julius weitläufige, mit buntem Herbstlaub bedeckte Wege und beobachtete hingerissen, wie seine Augen leuchteten, wenn er zum Himmel schaute und sein Blick an unzähligen Blättern vorbeiglitt, zwischen denen das Sonnenlicht aufblitzte.

Am Wochenende erkundeten sie zusammen beklommen die nähere Umgebung. Oft nahmen sie die Straßenbahn, einen uralten, nach jedem Schließen der Tür schrill klingelnden Blechwagen, der die von Fabrikmauern gesäumte Wilhelminenhofstraße entlangrumpelte, am Werk für Fernsehelektronik vorbei und weiter in Richtung Wuhlheide, einem großen Waldpark. Oder noch weiter, zur ausgestorbenen Köpenicker Altstadt mit ihren winzigen Häusern, von denen manche so aussahen, als würden sie nur noch durch die zahlreichen Bretter zusammengehalten, die zur Stabilisierung auf marode Dächer, Seitenmauern und Fassaden genagelt waren. Wenn sie dort spazieren gingen, zwischen fast zerstörten Behausungen, um die sich jahrzehntelang niemand gekümmert hatte, hatte er jedes Mal das Gefühl, direkt in die Zeit nach dem Krieg zu blicken. Ein paar Stationen in die Gegenrichtung, in Karlshorst, entdeckten sie am Ende des Herbstes die Villa mit Garten, in der Deutschland die Kapitulation unterzeichnet hatte. Dort gab es ein kleines Museum. Drinnen war es menschenleer, die Räume wirkten düster und verstaubt. Hinter Glas gab es einige Originaldokumente zu sehen, und an verschiedenen Stellen hingen in kyrillischer Schrift erklärende Texte an den Wänden, einige Zusammenhänge erschlossen sie aus Jahreszahlen. Als sie wieder draußen standen, realisierten sie, dass der wahrscheinlich erst seit Kurzem zugängliche Gedenkort ursprünglich für die in der Nähe stationierten russischen Streitkräfte eingerichtet worden war. Und sie erkannten, dass das düstere Gefühl, das man in dem Haus hatte, von der hässlichen Vertäfelung in dem original erhaltenen, riesig wirkenden Saal herrührte, in dem zahlreiche Stühle korrekt nebeneinander aufgereiht und Notizblöcke und Wassergläser exakt vor jedem Platz ausgerichtet waren, als würde die Konferenz eben beginnen. Auf dem Weg nach Hause waren sie aufgewühlt und betrachteten ihre Gegend mit einem anderen Blick. Wie war es hier nach dem Krieg wohl gewesen? Sie versuchten, sich vorzustellen, wie russische Soldaten, erschöpft und vom Kampf um die Stadt teilweise verroht, auf Befehl die großen Produktionshallen, in deren Nachbarschaft sie jetzt lebten, leer räumten und noch funktionierende Maschinen zerlegten, um sie nach Osten abzutransportieren. Demontage. So hatten sie es in der Schule gelernt. Viele damalige Bewohner des Viertels, die inzwischen schon sehr alt sein mussten und zum Teil immer noch hier lebten, hatten zusammen mit den Besatzern später alles langsam wieder aufgebaut und dann den Rest ihres Lebens am selben Ort einfach weitergearbeitet. In Gebäuden, die jetzt noch fast genauso aussahen wie damals, mit den Bildern der Zerstörung im Kopf.

Ina erzählte ihm, dass sie entlang des Spreeufers an mehreren Stellen Hinweisschilder zu drei Brücken gesehen hatte, die von deutschen Truppen kurz vor ihrem Abzug gesprengt worden waren. Ihr jetziges Haus stand in der Mitte einer durch ihre Kürze gedrungen wirkenden Straße, deren Ende direkt auf eine Fabrikmauer zulief. Obwohl der Fluss und damit Wasser und Weite nur wenige Meter entfernt waren, fühlte man sich eingesperrt, was, wie sie jetzt begriffen, daran lag, dass zwei der Brücken recht bald wieder aufgebaut worden waren, die dritte aber, ein schmaler Steg für Fußgänger, der die Wohnviertel auf beiden Seiten des Ufers miteinander verbunden hatte, bis heute fehlte.

Als Westdeutsche hatten sie bis vor Kurzem von diesem Ort mit seiner riesigen Industrie gar nichts gewusst, warum eigentlich? Sie hatten, so erschien es ihnen in diesem Moment, bisher in einem fast törichten Zustand von Unschuld gelebt und waren auch mit den Hinterlassenschaften von Härte und Brutalität in einer so geballten Form nie in Berührung gekommen.

In Richtung des Bahnhofs Schöneweide war außer Wohnhäusern und kleinen Läden nicht viel zu sehen. Sie erkundeten trotzdem auch dort sämtliche Straßen, die parallel zur Spree stadtaus- und stadteinwärts verliefen.

Kurz vor Ende des Jahres 1992, an einem kalten Wintertag, fiel ihnen direkt hinter der Brücke, die zum Bahnhof führte, ein großes verwildertes Grundstück mit einem Loch im Maschendrahtzaun auf. Vielleicht, überlegten sie, würden sie dahinter zu einem ehemaligen Uferweg gelangen. Dass es ausgerechnet hier eine Möglichkeit gab, am Wasser zu flanieren, war eigentlich nicht realistisch. Der Gedanke war typisch für die Einstellung, mit der sie damals versuchten, sich ihr neues Zuhause schönzureden. Wann immer sie irgendwo auf ein halbwegs gemütlich aussehendes Lokal oder ein etwas hübscheres Haus stießen, hellte sich ihre Stimmung sofort auf. Die Ostberliner nannten Schöneweide oft grimmig Schweineöde, das wussten sie inzwischen. Ein diffuser grauer Schleier von übermäßiger Anstrengung und bedrückenden Verhältnissen lag über der Gegend. Aber sie waren nun einmal hier, daher blieb ihnen nichts anderes übrig, als sich in ihrer Neugier und Entdeckungslust möglichst wenig davon beirren zu lassen. Vorsichtig bogen sie den beschädigten Zaun auf und schoben sich mit Julius, den sie damals auf Spaziergängen immer in einem Tragegestell mitnahmen, auf die andere Seite. Das Grundstück war zum größten Teil unbebaut, nur zum Wasser hin gab es zwei verfallene, mit Graffiti überzogene Backsteingebäude. Der Boden war uneben und voller Aufschüttungen, an manchen Stellen lagen Schutt und Metallteile herum. An der Längsseite führte ein löchriges, seiner Funktion längst enthobenes oberirdisches Rohrsystem in Richtung Fluss.

Sobald sie auf dem Gelände waren, rüttelte Julius an seiner Trage und wollte unbedingt herausgehoben werden. Er war damals neun Monate alt. Als er dann sah, dass Ina sich von ihnen entfernt hatte und auf eine Erhebung aus Schrottteilen geklettert war, fing sein Sohn so lautstark an, zu protestieren, dass Bruno ihn schließlich herausnahm und in seinem dick gefütterten Winteranzug auf dem Boden absetzte.

In einem unbeobachteten Moment, als er gerade verträumt zu Ina schaute, die am Ufer stand, machte sich der Kleine, der erst seit Kurzem krabbeln konnte, auf den Weg, eigenständig das Gelände zu erkunden.

Julius musste ziemlich schnell über den Boden gerobbt sein. Als Bruno sich kurz darauf nach ihm umdrehte, war er plötzlich verschwunden. Für einen Moment setzte sein Herz aus und schlug dann schmerzhaft und hart bis zum Hals. Während er sich jetzt wieder daran erinnert und ihm Julius' unklare Situation im Innern des Bunkers kurz und machtvoll zu Bewusstsein kommt, spürt Bruno es erneut härter und schneller schlagen. Nach ein paar Schritten über den mit Unrat übersäten Boden, von dem, wie ihnen auf einmal mit großer Unruhe bewusst wurde, ein muffiger, scharfer Gestank ausging, entdeckte er ihn schließlich. Er saß ganz ruhig in einer kleinen Senke. Er war wohl hineingeplumpst, was ihn aber nicht erschreckt hatte. Gemächlich versuchte er sich zu orientieren, um wieder herauszukommen, war aber immer wieder abgelenkt von Gegenständen, die er untersuchen wollte, abgerundete Glasstücke, Kabelreste und Plastikrohre. Gerade vertiefte er sich in den Anblick eines auffällig roten Tuchs, das zur Hälfte in einem zerbeulten Kanister steckte. Er versuchte vergeblich, es mit den Händen herauszuholen, führte dann den Behälter zum Mund und biss in den schmutzigen Stoff. Bruno sah ihm dabei zu, erstarrt und wie gebannt von dem grellen Rot und ohne sich zu rühren. Kurze Zeit später war Ina bei ihnen. Sie schrie auf und nahm Julius sofort hoch. Bedrückt schlichen sie zurück zur Straße. Später fragte sie ihn immer wieder, warum er nicht gleich reagiert und Julius aus der Grube herausgenommen habe, und machte ihm deshalb Vorwürfe. Er blieb den ganzen Tag über schweigsam. Was er ihr hätte erklären können, befand sich deutlich wahrnehmbar in ihm drin, in fast greifbarer Nähe. Aber es schien dort eine unsichtbare Mauer zu geben, die es trotzdem für ihn unerreichbar, fast undenkbar und erst recht unaussprechlich machte.

Bruno sieht das Rot des Stoffs auch jetzt wieder deutlich vor sich, grell und leuchtend. Und jetzt stecke ich hier unten fest, denkt er, und fühle diese Mauer erneut.

Er war an diesem Ankunftsabend das erste Mal nach über zehn Jahren in der Stadt und gleich nach wenigen Minuten wieder unterwegs auf der alten Strecke. Als ihm das bewusst wurde, sprang er sofort auf. Die Bahn erreichte gerade den Bahnhof Baumschulenweg, eine Station vor ihrem damaligen Zuhause. Aber offenbar waren sie damals nie bis hierhergekommen. Als er sich am Ausgang des Bahnhofs umsah, kam ihm nichts bekannt vor. Eine Weile lief er ziellos herum, bis sich ein Bus näherte. Er stieg ein und überquerte darin einen Stichkanal zur Spree, den er wiedererkannte. Offenbar führte die Linie gar nicht zurück ins Stadtzentrum, wie er vermutet hatte, sondern weiter nach Südosten. Fast musste er darüber lachen. Die ersten Fabriken tauchten auf. Er erkannte Flüssiggastanks, Lagerhallen und die stillgelegte Brauerei. Auf den weiter entfernt auszumachenden ehemaligen Industriegeländen befanden sich jetzt Einkaufszentren, riesige Schilder von Möbel- und Baumärkten ragten auf. Sie näherten sich dem Bahnhof Schöneweide. Er lag, wie ihm auch jetzt wieder schien, in einem zerfransten Niemandsland.

Mit wackeligen Beinen stand er kurze Zeit später auf dem kleinen Bahnhofsvorplatz. Die Straßenbahnen hielten in dichtem Takt, klingelten und fuhren rasch weiter, so wie damals. Fünfzig Meter stadtauswärts war die Fahrbahn bereits mehrspurig. Adlergestell hieß die Ausfallstraße, die hier anfing. Ein seltsamer Name, in einer auf rätselhafte Weise deprimierenden Gegend. Das hatte er damals gedacht, und sein Eindruck war heute, fünfundzwanzig Jahre später, noch derselbe. Wo kam nur der lähmende Schleier her, der hier über allem zu liegen schien und über den auch die inzwischen neu gepflasterten Straßen und frisch gestrichenen Häuser nicht hinwegtäuschen konnten? Warum sahen die Gesichter der Menschen, die man um den Bahnhof herum traf, immer noch so erschöpft und ausgebrannt aus? Die Fabriken waren schon lange stillgelegt, und Schöneweide war eine Gegend der einfachen Leute geblieben. Aber das war es nicht. Im Wedding, wo er aufgewachsen war, hatten viele Leute ebenfalls keine hohe Bildung und kein sonderlich großes Einkommen, doch sie hatten immerhin ihr eigenes Leben, ihre Nachbarschaft, ihren Stolz. Hier schien es überhaupt keine nach außen hin sichtbare Nachbarschaft zu geben. Aus unterschiedlichen Gründen hatte es Menschen hierher verschlagen, genauso wie früher, und nun mussten sie, jeder für sich alleine, damit leben. Zu Beginn hatten Ina und er sich manchmal von der Wohnung aus in Richtung Bahnhof verlaufen und waren zu sehr nach Süden geraten. Einmal waren sie an einer Stelle herausgekommen, an der die Autos, den Stadtverkehr verlassend, schon stark aufs Gas gingen und es eigentlich zu gefährlich war, die Straße zu überqueren. Als sie es doch geschafft hatten, bemerkte Ina an der bröckelnden Fassade eines der schmalen Häuser gegenüber, die dastanden wie aus der Zeit geworfen, eingehüllt in eine Wolke aus Geschwindigkeit, Abgasen und Lärm, ein Tuch am Fenstersims mit der Aufschrift »Billige Zimmer für Monteure«. Sie brach in Tränen aus, und ihm wurde auf einmal klar, dass er zu wenig über sie wusste.

An den darauffolgenden Tagen sprachen sie noch einmal lange über ihre Kindheiten. Inas Eltern waren in einer Kleinstadt in Hessen Gastwirte gewesen und hatten früher ebenfalls Zimmer an Monteure vermietet. Wenn sie von der Schule nach Hause kam, erfuhr er, hatte Ina diese Zimmer häufig putzen müssen. Die Männer, die sie bewohnten, schufteten hart auf den Baustellen der Umgebung und kamen spät und erschöpft wieder zurück, daher bewohnten sie ihre Quartiere recht rücksichtslos, sie waren meistens ziemlich verdreckt. Die Verlassenheit dieser Leute, ihr Heimweh, erklärte Ina ihm, hing immer in den Räumen. Man spürte sie, sobald man sie betrat, und wenn man wieder draußen war, konnte man den Eindruck nicht abschütteln.

Inas Eltern stammten beide aus der Prignitz. Ihr Vater war 1920 in Pritzwalk geboren, ihre Mutter erst zwei Jahre vor Kriegsende in Brandenburg an der Havel. Sie hatten sich in den Sechzigerjahren in Frankfurt kennengelernt, wo sie beide bei den Farbwerken Hoechst gearbeitet hatten. Er in der Logistik und sie in der Verwaltung. Nach der Geburt ihrer beiden Kinder kündigten sie ihre Jobs und zogen in einen kleinen Ort in der Nähe des Taunus. Dort lebten sie vor allem für ihr Geschäft, sonst konnten sie nie richtig Fuß fassen. Im Gegensatz dazu hatte Ina schon als Kind viele Freunde, mit denen sie auch später von Berlin aus noch regelmäßig Kontakt hielt. Die Gegend, aus der ich stamme, wirkt durchschnittlich und unspektakulär, erklärte sie Bruno. Aber das ist sie nur auf den ersten Blick. Im Hochtaunuskreis haben sich in den Fünfzigerjahren Wirtschaftsführer der Vorkriegs- und Nazizeit niedergelassen. Es waren unscheinbare Standorte und die Frankfurter Banken befanden sich ganz in der Nähe. So konnten sie den größten Teil ihrer Vermögen retten und unauffällig und unbeobachtet weiterarbeiten. Ina war mit einigen ihrer Kinder zur Schule gegangen.

Ihre Eltern waren dagegen bei der Familiengründung völlig mittellos gewesen, so wie sie jetzt. Hart zu arbeiten, sich ein Vermögen aufzubauen und mit den Unternehmerfamilien vor Ort zwar nicht gleichzuziehen, aber in ihrer Nähe doch wenigstens nicht schäbig dazustehen, war für sie das wichtigste Ziel gewesen. In halb scherzhaften Gesprächen verglichen sie sich häufig mit ihnen, und manchmal wirkte es auf Ina so, als hätten sie sich sogar ganz bewusst in der Nähe von Leuten wie der damals wohlhabendsten Familie im Ort, die Firmen wie die Varta AG und BMW besaß, angesiedelt. Damit die Eltern ihr Ziel erreichten, hatten Ina und ihre Schwester von klein auf nach der Schule viele Stunden unentgeltlich mitzuarbeiten. Kurz nachdem beide Töchter ausgezogen waren, setzten die Eltern sich zur Ruhe und lebten von den bis dahin erwirtschafteten Einnahmen. Nach Inas Meinung war der Ort, an dem sie aufgewachsen war, bei dieser Lebensstrategie entscheidend gewesen. Viel Geld zu haben oder nicht zu haben spielte in Orten wie Kronberg, Königstein und Bad Homburg eine wichtigere Rolle als anderswo. Sie wiederholte diese Aussage mehrmals, mit Nachdruck, als könnte sich dadurch etwas offenbaren.

Sofort nach der Schulzeit war Ina nach Berlin gezogen. Seitdem hatte sie zu ihrem früheren Elternhaus keinen Kontakt mehr gehabt. Obwohl sie mit ihrer Arbeit zum Wohlstand ihrer Eltern beigetragen hatte, weigerte sie sich, Geld von ihnen anzunehmen.

Kurz nach Julius' Geburt kamen beide zum ersten Mal zu Besuch und Bruno lernte sie kennen. Inas Vater war ein ruhiger, stattlicher Mann, der abends regelmäßig viel Wein trank, sich an seine Zeit bei der Wehrmacht erinnerte und dann von einer Minute zur nächsten explosiv und herrisch werden konnte. Tagsüber lief er die meiste Zeit unruhig in der Wohnung umher und machte das Baby nervös. Ihre Mutter, eine intelligente und elegante, aber auch kühle Frau in den Vierzigern, war, als Inas Schwester geboren wurde, gerade mal achtzehn gewesen. In manchen Momenten wirkte sie immer noch mädchenhaft und etwas oberflächlich. Es fiel auf, dass sie sich in Gegenwart von Babys schnell langweilte.

Das Wochenende wurde ein Desaster. Beide waren voller Selbstmitleid über das Los ihrer Tochter, die von einem mittellosen Mann wie ihm schwanger geworden war. Zu ihrem neuen Zuhause und dem schlechten Zustand der Häuser und Straßen, eigentlich sonst ein beliebtes Thema bei Westdeutschen, die den Osten besuchten, sagten sie nichts. Die Mischung aus Abscheu und Mitleid gegenüber der Umgebung, in der sie sich vorübergehend aufhalten mussten, um ihren Enkel zu sehen, war trotzdem so stark in ihren Mienen zu erkennen, dass es ihn befremdete. Damals konnte ich noch nicht wissen, denkt Bruno, dass hinter ihrem verächtlichen Schweigen eigentlich etwas ganz anderes steckte – die eigene Scham.

Das Schlimmste aber war, dass Ina in der Nähe ihrer Eltern einen überangepassten Gehorsam annahm, der ihm unheimlich war und den er sonst nicht an ihr kannte. Schon Tage vorher fing sie an, sich in rastlosem Eifer auf den Besuch vorzubereiten, räumte die Wohnung übertrieben gründlich auf, putzte penibel, auch da, wo schon alles sauber war, und versteckte zahlreiche Dinge des täglichen Gebrauchs, die sonst offen herumlagen, in Schubladen, als wollte sie alle Spuren ihres ihnen lieb gewordenen familiären Alltags entfernen. Und während des Besuches bediente sie ihre Eltern dann, obwohl sie gerade entbunden hatte und eigentlich selbst Unterstützung gebraucht hätte, pausenlos, was beide mit einer arroganten Selbstverständlichkeit hinnahmen, die ihn bald wütend machte. Was brachte sie nur dazu, sich ihrer Tochter gegenüber zu benehmen, als wäre sie ihre Dienerin? Als sie abgereist waren, verschwand Inas Verhalten, wie ein seltsamer Spuk. Zurück blieb eine diffuse bohrende Angst, die sich auf ihn übertrug und sie beide auch noch am nächsten Tag auf eine seltsame, viel zu enge Art miteinander verband, bis sie langsam verebbte.

Bruno war darüber erschüttert. Er wusste, wie problematisch sein eigenes Elternhaus war. Die Naivität seiner Eltern, ihr Mangel an Bildung. Die dröge Stimmung, die zu Hause geherrscht hatte, der rüpelhafte Umgang seiner Eltern miteinander als Paar und ihre Neigung, durch kleine Geschäfte mit ihren Nachbarn aus dem Viertel Vorteile für sich herauszuschlagen, überhaupt das ängstliche und übertriebene Wertlegen auf alles Materielle. Aber das Gefühl, das Inas Eltern verströmt hatten, war noch einmal etwas ganz anderes. Er konnte ihm nichts entgegensetzen, obwohl Ina sich das wahrscheinlich gewünscht hatte. Er fühlte sich, im Gegenteil, nach diesem ersten Besuch und den noch folgenden Begegnungen stets selbst schwach, als wäre er noch ein Kind.

Ich habe dadurch überhaupt erst realisiert, dass ich als Kind schwach gewesen bin, denkt Bruno. Wenn ich davor an früher gedacht habe, ist mir das nie in den Sinn gekommen.

Er hatte vom Bahnhof Schöneweide aus sofort den nächsten Zug genommen, der ihn wieder ins Zentrum brachte. Erst in der darauffolgenden Woche war er noch einmal in die Gegend zurückgekehrt. Aber er spürt, dass er sich noch nicht daran erinnern will.

Am Hackeschen Markt stieg er wieder aus. Kurz darauf fand er sich auf einem großen gepflasterten Platz wieder, den er kaum wiedererkannte, inmitten von zahllosen regennassen Tischen und aneinandergeketteten Stühlen. Bevor er die nächste Straßenbahn nahm, stand er dort eine Weile ratlos herum und dachte zurück an den Marx-

Engels-Platz. Das war der Name des Bahnhofs zu der Zeit, als Julius geboren wurde. Er hatte das alte Schild am Bahnsteig mit der engen, etwas zu kleinen Schrift sofort wieder vor Augen und auch die heißen Sommernachmittage, an denen er mit Ina und Julius wenige Meter von hier entfernt im Monbijoupark auf einer zerrupften Rasenfläche gelegen und sich gesonnt hatte.

Es war Ina, die sie schließlich aus Schöneweide rausbrachte. Kurz nach dem Zwischenfall auf dem brachliegenden Grundstück stellte sie einen Wohnungsantrag und schon nach wenigen Wochen bekamen sie ein Angebot. Das braune, rundliche Gebäude der Wohnungsbaugesellschaft Mitte, wohin man sie bestellt hatte, um den Mietvertrag zu unterschreiben, erkannte er an diesem ersten Abend in der S-Bahn, die vom Alexanderplatz so gemächlich wie früher auf der hohen Trasse nach Westen rollte, sofort wieder. Man konnte von oben in die Büros hineinschauen, erinnert er sich, sie wirkten unverändert.

Am Weinbergspark wollte er erst wieder aussteigen, war dann jedoch froh, an ihrem ehemaligen Wohnhaus gegenüber vom Park vorbeizufahren. Ihr damaliges Wohnzimmer war hell erleuchtet, das Haus selbst kam ihm überraschend schmal und winzig vor.

Es war zu dem Zeitpunkt bereits dunkel, die Straßen leerten sich, Passanten waren mit Einkäufen auf ihrem Weg nach Hause. Bei ihrem Anblick überkam ihn ein diffuses, schmerzliches Heimweh. Am liebsten wäre er jemandem gefolgt. Für ein paar Sekunden hatte er Angst, dass ihm die Situation entgleiten könnte. Aber schließlich gewann er seine Fassung wieder, stieg an einer großen Kreuzung am Ende der Schönhauser Allee wieder aus und bog wahllos in die erste Querstraße ein. Und dort sah er sie plötzlich.

Sie hatten das letzte Mal zueinander Kontakt gehabt, als Julius achtzehn Jahre alt wurde. Über ihr Leben seither wusste er kaum etwas, und als er sich nach langer Zeit wieder mit Julius ausgetauscht hatte, wollte er ihn nicht gleich danach fragen. Es kam ihm logisch vor, dass sie noch in der Nähe wohnte, aber sie gleich am ersten Tag zufällig zu treffen war das Letzte, womit er gerechnet hatte.

Sie ist es, dachte er in dem Moment sofort, ganz ohne Zweifel. Ihre dunklen welligen, inzwischen kürzeren Haare. Die schmale, beim Laufen nach vorne gebeugte Gestalt. Wenn sie früher zusammen waren, blickte sie immer genau so verträumt und in sich gekehrt auf den Boden beim Gehen, manchmal hatte er sie damit aufgezogen. Sie blieb stehen. Er blieb ebenfalls stehen. Etwas atemlos beobachtete er, wie sie einen Schlüssel aus der Tasche zog und in einem der Hauseingänge verschwand. Laut hörbar fiel die Tür zu. Er folgte ihr. Eine Weile später stand er vor der Haustür, mit Herzklopfen. So wie damals, als ihr gemeinsames Leben begann. Sollte er bei ihr klingeln? Würde sie ihn einlassen? Und was würde er ihr dann sagen? Er suchte auf den Klingelschildern nach ihrem Namen, aber er fand ihn nicht. Um keinen Fehler zu machen, ging er die Reihen mehrmals von vorne durch. Schließlich sank er in sich zusammen und begriff, dass er sich getäuscht haben musste.

Er fuhr weiter ins südliche Pankow. Eine gesichtslose Gegend, die er kaum kannte. Hinter einer düsteren klobigen Bahnbrücke begann ein Viertel, in dem die Häuser schon kleiner waren und nicht mehr so dicht beieinanderstanden. Der Abend war schon fortgeschritten, und die

Tasche, die er bei sich trug, wurde immer schwerer. Auf gut Glück stieg er aus, folgte den Tramschienen und entdeckte schließlich an einem unscheinbaren Haus das hell erleuchtete Schild einer Pension.

Am nächsten Morgen wachte er dort sehr früh in einem Zimmer auf, das er für einige Tage gemietet hatte. Es fiel ihm nicht gleich ein, warum er in der Stadt war.

Nach dem Frühstück fuhr er zurück zu der Kreuzung, in deren Nähe er am Abend davor geglaubt hatte, Ina zu begegnen. Tagsüber war sie hässlich und laut. Er hielt es dort nicht lange aus und lief mit schnellen Schritten die Bornholmer Straße entlang, in Richtung des ehemaligen Grenzübergangs. Wenn ich in den Neunzigern, als ich in Mitte gewohnt habe, meine Eltern besuchte, bin ich nie von Norden aus über diese Brücke in mein altes Zuhause im Wedding gelaufen, fiel ihm dabei ein, ich habe immer vom Rosenthaler Platz aus die U-Bahn genommen. Auch als Kind hatte er sich für die Stelle, wo der Ostteil Berlins anfing, nie interessiert. Sie war für ihn einfach der Ort gewesen, an dem alles ruhiger wurde und schließlich ganz aufhörte. Er versuchte, dem Gefühl von damals noch einmal nachzuspüren, etwas Symbolhaftes in ihm zu entdecken, während er die Brücke passierte. Aber es stellte sich nicht ein.

Kurze Zeit später stand er in der Grüntaler Straße. Auf den ersten Blick sah hier alles aus wie immer. Breites Kopfsteinpflaster, kein Verkehr, schmucklose Altbauten. Für einen Augenblick fühlte er sich in die Kindheit zurückversetzt und verspürte zu seiner Überraschung dabei ein Gefühl grenzenlosen Glücks. Die Läden waren immer noch größtenteils umgebaut zu Wohnungen, so wie früher, nur ein türkischer Bäcker verkaufte Brot und Süßigkeiten. Daneben entdeckte er ein Ladenbüro. »Beratung« stand auf Deutsch, Türkisch und Arabisch über dem Eingang. In der Mitte des großen Raumes saß eine Frau hinter einem von zwei zusammengeschobenen Schreibtischen. Sie wurde auf ihn aufmerksam und lächelte. Er blieb stehen.

Mir war in dem Moment nicht bewusst, denkt er, dass ich wirke wie jemand, der angesprochen werden will.

Die Frau war blond und eher zart, dennoch muskulös, etwa in seinem Alter. Als längere Zeit nichts geschah, er aber auch nicht weiterging, stand sie mit einem Ruck auf, öffnete die Tür und baute sich freundlich vor ihm auf.

Möchten Sie mit mir sprechen?

Ich habe ihr nicht geantwortet, erinnert sich Bruno.

Oder vielleicht einen Kaffee?

Sie sah ihn weiterhin an. Dann passierte etwas, das ihm auffiel, ohne dass er es verstand: Ihre Augen leuchteten auf.

Sie betraten gemeinsam den Laden. Drinnen war es dunkler, als er erwartet hatte, an den Wänden erkannte er Regale mit Aktenordnern, Kinderspielzeug und Plakate gegen häusliche Gewalt.

Er folgte ihr einen Flur entlang zu einem Raum mit einer Sitzecke.

Sind Sie als Tourist hier? Sie bot ihm einen Platz an.

Woher wissen Sie das?

Sie lächelte und deutete auf seine Tasche. An der Seite ragte ein zerfledderter Stadtplan heraus. Er hatte ihn bei sich zu Hause gefunden, zwischen alten Papieren.

In Berlin mit dem Handy durch die Straßen zu navigieren, wäre für mich nicht infrage gekommen, erinnert sich Bruno, weil ich das früher auch nicht gemacht habe. Auch wenn ich es dort, wo ich jetzt lebe, ständig benutze.

Sie fing ein Gespräch an und wollte bald verschiedene Dinge über ihn wissen. Seinen Beruf, den Wohnort. Warum er hierhergekommen war.

Darauf konnte ich ihr nicht gleich antworten, fällt Bruno ein, aber ich habe gespürt, dass das Nachdenken über den Sinn der Reise mir guttat. Ist ihm da bereits klar gewesen, dass sie ihm vielleicht helfen konnte? Oder hat er das erst begriffen, als das gute Gefühl, er verstand nicht, warum, für einen Augenblick verschwand und der Raum, in dem sie beide saßen, ihm plötzlich eng vorkam, geradezu winzig? Und was für eine Enge war das? Während er jetzt wieder daran denkt, kommt sie ihm noch beklemmender vor.

Er durchwühlt seine Erinnerung nach ihrem Namen. Sie muss sich ihm vorgestellt haben. Aber er fällt ihm nicht ein. Irgendwann muss er ihr auch seinen eigenen Namen genannt haben. Auch daran erinnert er sich nicht. Hat sie ihn nicht einfach Bruno genannt, von Anfang an?

Der Gedanke verstört ihn. Er fängt erneut an zu schwitzen. Eine Weile irren seine Überlegungen ziellos umher. Dann springen sie wieder zurück zu dem Augenblick, als er aufgewacht ist. Er hat sich vergewissert, wer er ist, wo er herkommt und was ihn in diese Lage gebracht hat. Wie es wahrscheinlich jeder Mensch tut, der an einem fremden Ort zu Bewusstsein kommt. Julius hat in seiner Erzählung auf dem Band ein Treffen auf einer Anhöhe erwähnt. Er sieht die Szene jetzt vor sich. Aber am Anfang ist da noch kein Bild gewesen. Vermutlich gibt es noch mehr solcher blinder Flecken, vermutet er, und die fremde Frau ist einer davon. Wünscht er sich, dass gleich noch mehr Worte kommen, die seine Erinnerung auffrischen werden? Oder wünscht er es sich nicht?

Die Schritte hören auf. Eine Zeit lang passiert nichts. Dann dringt ein schleifendes Geräusch aus dem Apparat, als würde ein schwerer Gegenstand über den Boden gezogen.

Ich wollte mich mit Julius hier umschauen, denkt Bruno. Ihm etwas zeigen, das mir wichtig war. An einem Ende des Gitterbodens, der jetzt unerreichbar über ihm schwebt, gibt es einen Steg, ähnlich wie die Gänge auf Baugerüsten. Man kann darauf den Treppenhausschacht durchqueren und gelangt in ein oberes Stockwerk des Bunkers. Sind sie bis dorthin gekommen? Und wenn ja, was haben sie dort gemacht?

Weitere Geräusche sind zu hören. Ein Stuhlrücken, jemand setzt sich. Dann raschelt es, er vermutet, es ist das Mikrofon. Es wird zurechtgerückt, und Julius spricht wieder.

Ich darf nicht wegdriften, denkt er, ich muss weiter zuhören. Und ich muss mich daran erinnern, was hier drinnen passiert ist. Wie ich in diese Lage gekommen bin.

New York, Greenwich Village

Ich merke, dass das Erzählen mich beruhigt. Wollt ihr es auch probieren? Wir könnten uns abwechseln. Was denkst du? Oder du, was ist deine Meinung? Dann würde ich euch beide gleich etwas besser kennenlernen. Nein, noch nicht? Gut, wenn ihr meint.

Dann mache ich jetzt weiter.

Als ich es endlich geschafft hatte, von der Parkbank am Washington Square wieder aufzustehen, war es zwei Uhr nachmittags. Ich ging zurück zur LaGuardia Place, dort gibt es einen Geldautomaten. Für ein paar Sekunden lehnte ich in dem geheizten Vorraum der Bankfiliale an der Wand und genoss die Sicherheit eines warmen, abgeschlossenen Raums. Dann holte ich mein Telefon aus der Tasche, rief das deutsche Konsulat an und schilderte dem Mann, der dort Anrufe entgegennahm, meine Situation. Er reagierte gelangweilt. Wenn Sie Probleme mit Ihrer Unterkunft haben, erklärte er mir, ist das Ihre Sache. Ich überlegte, jemanden von der NYU zu kontaktieren, vielleicht den Koordinator des Programms, mit dem ich hier war. Aber ich hatte mich bereits von allen verabschiedet, die letzten Tage hätten meine Urlaubszeit sein sollen und die Sache war mir peinlich. Schließlich wählte ich die Nummer meines Instituts in Berlin. Als ich den vertrauten deutschen Klingelton hörte, hatte ich ganz kurz ein euphorisches Gefühl, dann sprang der Anrufbeantworter an.

Innerlich zitternd wandte ich mich zum Geldautomaten. Der Betrag, den ich abhob, war wesentlich höher als alles, was ich während meines gesamten bisherigen Aufenthaltes ausgegeben hatte, und als ich ihn einsteckte, strömte sofort eine wohlige Wärme durch meinen Körper. Ich überquerte die Straße, betrat ein kleines Café, an dem ich bisher immer achtlos vorbeigegangen war, setzte mich dort an die Bar und bestellte eine heiße Schokolade. Während ich auf das Getränk wartete, strich ich von Zeit zu Zeit über das dicke Päckchen Dollarnoten, das jetzt die Brusttasche meines Mantels füllte, und spürte, wie ich allmählich in einen Tunnel der Verdrängung glitt. Es war gar nicht möglich, sagte ich mir, dass ich nicht mehr zurück in meine Wohnung kam. Am Abend würde ich zum Haus zurückkehren. Dann hatte ein anderer Pförtner Dienst und alles würde sich bestimmt als Irrtum herausstellen.

Zwanzig Minuten später saß ich in der Subway in Richtung Norden. Am Vormittag war ich auf derselben Linie in die Gegenrichtung unterwegs gewesen, zur Südspitze Manhattans. Das kam mir Jahre entfernt vor.

Während meiner Zeit hier hatte ich den Ausflug zum 9/11-Gelände, eigentlich ein Muss für New-York-Besucher, mehrmals verschoben. Nur kurz nach meiner Ankunft war ich einmal auf dem Weg dorthin gewesen, hatte mich dann aber verirrt und den Eingang zu dem Areal, das mit provisorischen Zäunen abgesperrt war, nicht gefunden. In Manhattan kann man sich gar nicht verlaufen, war mir von verschiedenen Leuten vor meiner Abreise versichert worden. Aber ich fand, dass das nicht stimmte. Die sture Durchnummerierung der Straßen empfand ich als Problem, sie prägte sich mir nicht ein und sorgte dafür, dass ich einzelne Adressen schlecht behalten konnte. Im Süden war nicht mehr alles so schachbrettartig angeordnet. Aber dafür gab es hier das Problem mit dem Licht, das mir in seiner gnadenlosen Eindeutigkeit mit dem der schnurgerade verlaufenden Straßen verwandt vorkam. Fast überall sonst auf der Welt sorgt schönes Wetter für klare Sicht und Weitblick, hier war das nicht so. Durch die enormen Schatten, die die turmartigen Bauten erzeugen, wurden meine Augen, egal, wo die Sonne gerade stand, abwechselnd in übergroße Helligkeit und dann wieder sofort in Düsternis getaucht, bis mir schließlich alles, was ich um mich herum sah, ähnlich wie in einem dunklen Raum, in dem jemand ständig das Licht an- und ausknipst, zerstückelt vorkam.

Anfangs hatte ich mich in der Stadt manchmal einsam gefühlt und mich in den Gedanken hineingesteigert, dass ich durch eine Welt lief, die komplett neu aufgebaut worden war, nach kindlicher Vorstellung, wahrscheinlich als Gegenwelt zu den europäischen Wurzeln vieler, deren Nachfahren heute hier lebten. Und dass dabei etliches zu klotzig und überdimensioniert geraten war, gleichzeitig aber auch zu schlicht, zu einfach und von wenigen Ideen und ihrer möglichst unkomplizierten Umsetzung geprägt. Aber schließlich hatte ich mich doch eingelebt. Jetzt verspürte ich sogar eine gewisse Unlust, zu meinem Alltag in Berlin zurückzukehren, und ertappte mich öfter bei der Überlegung, dass es vielleicht doch umgekehrt war: Den Menschen, die sich hier angesiedelt und die ursprünglichen Bewohner verdrängt hatten, war es gelungen, den Erinnerungen an düstere, enge oder gewundene Straßen einer viel zu festgelegten Welt zu entfliehen, in die ich jetzt wieder zurückkehren musste. Die Wohnung meiner Großeltern fiel mir ein, sie liegt in einer Kleinstadt in Hessen, an einer stark befahrenen Straße, die auch heute noch Hindenburgring heißt.

Dass es mir nicht leichtfiel, den Ausflug zu Ground Zero zu machen, hing mit meinem Vater zusammen. Wenn ich erst einmal dort war, würde ich mich mit ihm auseinandersetzen müssen, das war mir klar.

In den Tagen vor meinem Flug war ich mit Reisevorbereitungen beschäftigt gewesen, sodass es mir gelungen war, nicht allzu oft an Bruno und den Besucher in meinem Arbeitszimmer zu denken. Aber kurz vor der Abreise holte ich schließlich doch die Schachtel unter meinem Bett hervor, in der ich das erwähnte Handy mit seinen Nachrichten von damals zusammen mit einigen Fotos immer noch aufbewahre. Ich sah mir ein paar davon an: mein Vater mit mir im Strandbad Wannsee, noch jung, müde und etwas übergewichtig. Ich buddele im Sand, er sitzt hinter mir, mit einem Science-Fiction-Roman in der Hand, eine der vergilbten Schwarten, die er billig auf Tauschmärkten erstand und in die er sich, wann immer er ein paar freie Minuten hatte, vertiefte. Ein anderes Foto zeigt uns Mitte der Neunzigerjahre zu dritt an der Ostsee. Mein Vater und meine Mutter graben und schaufeln für mich, unermüdlich, wie oft in den Sommermonaten. Sie konnten mit beeindruckender Geschwindigkeit einen großen Sandberg aufhäufen und darunter mit mir ein Tunnelsystem anlegen, durch das ich anschließend meine Matchbox-Autos steuerte. Am nächsten Tag hatten Wind und Wasser ihre Bauarbeiten zum Einsturz gebracht, und sie fingen von vorne an.

Ich fand auch den etwas verblassten Papierausdruck eines Handyfotos aus den Nullerjahren. Damals hatte man solche Aufnahmen ja immer auf viel zu kleinen Displays bei sich, und wenn man das Telefon wechselte, gerieten sie meist in Vergessenheit, weil die Qualität so schlecht war. Das Bild zeigt ein staubiges, ausgelatschtes Paar Männerstiefel, in einer Rahmung, die sich bei näherem Hinsehen als gläserne Vitrine herausstellt. Obwohl die Erinnerungen, die die verwackelte Aufnahme auslösten, schmerzhaft für mich waren, entschloss ich mich, das Bild nach New York mitzunehmen.

Das Ground-Zero-Gelände war im Januar noch von hohen Bauzäunen umgeben. Um eingelassen zu werden, musste man sich online ein Zeitfenster buchen und anschließend vor einem Kontrollposten Schlange stehen. Dort hatte ich den halben Morgen ausgeharrt, zwischen einem Paar aus Michigan, das sich leise stritt, und einer Gruppe von Schweizern. Vom Eingang in der Nähe der Vesey Street aus hatten wir uns zentimeterweise frierend durch die Absperrungen geschoben. Am Ende nahm uns ein mehrfach dekorierter Kriegsveteran in Empfang und führte uns um mehrere Ecken zu einem überdachten Gang, vor dem wir erneut warteten.

Wo waren wir jetzt, südlich der früheren Türme? Oder westlich davon? Während ich in der Subway saß und mit ohrenbetäubendem Rattern die 6th Avenue wieder hochfuhr, dachte ich noch einmal daran, wie ich Stunden vorher zwischen den vielen Menschen vorübergehend völlig die Orientierung verloren hatte. Über dem Eingang zu den Taschenkontrollen, den ich schließlich erreichte, fiel mir eine Überwachungskamera des NYPD auf. Im kugelförmigen unteren Teil der Apparatur entdeckte ich mein Spiegelbild, einen aufgeblähten Körper mit einem unförmigen

Kopf und winzigen, kaum zu erkennenden Gliedmaßen. Ich musste an die Erzählung »Wanderer, kommst du nach Spa …« von Heinrich Böll denken. Als ich in der Mittelstufe war, wurde sie im Deutschunterricht durchgenommen. Weil ich die Lektüre zu lange vor mir hergeschoben hatte, las meine Mutter sie mir schließlich vor. Während ich den Blick auf das verzerrende Glas über mir richtete, sah ich den jungen, verwundeten Soldaten aus der Geschichte für einen Moment wieder vor mir. Oder vielmehr das Bild, das ich mir damals von ihm gemacht habe. Sanitäter bringen ihn in den Operationssaal eines behelfsmäßig eingerichteten Lazaretts. Sie tragen ihn durch ein Treppenhaus mit stumpfer Wandfarbe und Büsten von klassischen Dichtern und Kriegsherren auf marmornen Sockeln. Der Ort, an dem er sich befindet, kommt dem Soldaten seltsam bekannt vor, und als man ihn schließlich zur Behandlung auf einen großen Tisch legt, ist er überzeugt, sich in seiner früheren Schule zu befinden, in einem der Klassenzimmer, in denen er ein paar Monate zuvor noch gelernt hat. Er sieht über sich eine Glühbirne, die von der Decke baumelt, und darauf seinen Körper, der sich spiegelt, ein Rumpf ohne Arme und mit nur einem Bein. Was war davon nur ein Fiebertraum, das Produkt von Angst und Schrecken und was die Wirklichkeit? Warum fragte ich mich das ausgerechnet jetzt? Meine Mutter hatte vor mir auf einem Stuhl gesessen, als sie diese Geschichte las, sehr aufrecht, in einem gelb gestrichenen Zimmer. Schon zum dritten Mal dachte ich jetzt an diesen kleinen Raum, den mir der Besucher in meinem Arbeitszimmer in Berlin wieder in Erinnerung gebracht hatte. Und ein weiteres Mal versuchte ich, mir ins Gedächtnis zu rufen, wo er sich befand, aber ich kam nicht darauf.

Im Sicherheitsraum legte ich meine Tasche auf eines der Bänder und sah zu, wie sie sich langsam in Richtung Scanner bewegte. Und wie wahrscheinlich die meisten in diesem Moment dachte ich dabei an die beiden zerstörten Gebäude, denen das Terrain gewidmet ist. Es gibt eine Fotografie von meinen Eltern im strömenden Regen, die Bruno im Winter 2000 auf ihrer gemeinsamen New-York-Reise aufgenommen hat. Meine Mutter hatte sich damals für einen Übersetzerworkshop an der Columbia University angemeldet. Soweit ich weiß, war es das letzte Mal, dass sie zusammen wegfuhren. Auf der Aufnahme wirken die beiden Hochhäuser durch die wetterbedingten Lichtverhältnisse stumpf, als ob sie die Nässe spurlos aufgesaugt hätten. Wie es sich wohl für die beiden angefühlt hatte, als sie hier standen, vor zwei auf den ersten Blick absolut gleichen Bauwerken? Ein Aufenthalt auf der Aussichtsplattform des Südturms wäre aufgrund der Witterungsverhältnisse an dem Tag sinnlos gewesen. Mussten sie lachen, als sie auf dem menschenleeren nassen Platz standen und nicht wussten, welchen der beiden Türme sie betreten sollten, um sich wenigstens unten in der Lobby noch etwas umzusehen? Weil das ja völlig egal war, die beiden Gebäude praktisch identisch? Ist eine Entscheidung unter solchen Bedingungen wirklich folgenlos? Als Kind hat es mich immer verstört, wie sehr die Zwillingstürme sich glichen. Wenn ich, der zu Hause Gebliebene, das Foto nach ihrer Rückkehr später manchmal betrachtet habe, ist mein Blick jedes Mal zwischen den beiden Gebäuden hin- und hergewandert, bis sie sich fast überschnitten und ich mir für einen kurzen Moment einbilden konnte, dass ihr Doppeltsein nur eine Täuschung war.

Als wir ins Freie gelangten, strebten alle auf dem riesigen leeren Platz sofort in Richtung der beiden großen Becken auseinander. Sie waren von Menschen völlig umringt und ich musste mich in die zweite Reihe stellen und warten, bis ich in eins von ihnen hineinblicken konnte. Vor mir stand ein kleiner Junge, dem die Umfriedung der mit herabfallendem Wasser fast vollständig bedeckten Wände des Schachts fast bis zum Kopf reichte. Er reckte einen Arm nach oben und fuhr immer wieder mit seinem vor Kälte blauen kleinen Zeigefinger die Namen der Gestorbenen entlang. Sie sind in verschiedenen Farben geprägt, je nachdem, ob die Person 2001 oder schon 1993, bei dem ersten Anschlag, ums Leben kam und ob sie zum Rettungsteam gehörte oder zu den Menschen, die in dem Gebäude gearbeitet hatten.

Mit schnellen Schritten ging ich weiter, zu dem Teil des Geländes, auf dem sich das Gedenkmuseum befindet. Durch eine große verglaste Wand konnte man ins Innere schauen. Sie war erst vor Kurzem eingesetzt und noch nicht geputzt worden, an der Innenseite klebte Staub. Auch die große Vorhalle war leer. Überall ragten Kabel aus der Wand. Ein Anblick, bei dem sich Enttäuschung in mir ausbreitete und noch ein anderes Gefühl, das mir gar nicht gefiel und das ich schwer einordnen konnte. Nervös und vor Kälte zitternd öffnete ich die Tasche und tastete nach meiner Kamera. Ich schaltete sie ein, hielt sie gegen das Glas und machte einige Aufnahmen, dann klappte ich das Display wieder herunter, drückte auf die Wiedergabe und sah mir einige Bildausschnitte vergrößert an. Eine hellgraue Wand war zu sehen, eine große Öffnung an der Stelle im Boden, wo eine Rolltreppe die Besucher nach unten führen wird, und dahinter mehrere Vitrinen, die derjenigen ähnelten, die ich auf dem Ausdruck des alten Handybildes gesehen hatte.

Ich war aufgeregt. Ich würde zurückfahren, nahm ich mir vor, mir die durchsichtigen rechteckigen Objekte auf einem Computerbildschirm noch einmal ansehen und sie mit denen auf dem Bild, das ich von zu Hause mitgebracht hatte, vergleichen. Erst dann konnte ich richtig einordnen, was ich hier gesehen hatte. Aber zur Rückkehr in mein Apartment ist es dann, wie ihr wisst, nicht mehr gekommen.

In den Jahren nach seinem Verschwinden habe ich mich immer wieder an die letzten Stunden erinnert, in denen ich meinen Vater in unserer Wohnung und in unserem gemeinsamen Leben gesehen habe. Da es allgemein von großer Bedeutung war, werde ich auch das Datum dieses Tages nicht mehr vergessen, es war der 11. September 2001.

Ich kam von der Schule nach Hause, wie immer, schloss die Tür auf und hörte, dass jemand zu Hause war und dass der Fernseher lief. Meine Mutter saß in einer nahe gelegenen Bibliothek und arbeitete an Übersetzungen. Sie war eigentlich nie krank. Dass mein Vater nicht zur Arbeit ging, kam dagegen häufiger vor. Er hatte zwei Jahre zuvor sein Studium beendet, aber zunächst weiter als Aushilfe für einen Pflegedienst gearbeitet. Meine Mutter versuchte, ihn zu überzeugen, dass es keine gute Idee war, jahrelang zu studieren, um dann in der alten Jobsituation einfach hängen zu bleiben, und überredete ihn zu Praktika und Fortbildungen. Danach fing er an, sich zu bewerben, und bekam recht schnell eine leitende Stelle in einem Verein, der im Südosten der Stadt Kindergärten und Tagesstätten unterhielt.

Meine Eltern haben mir gegenüber immer ein starkes Gefühl von Liebe und Zusammengehörigkeit ausgestrahlt. Unmittelbar nach ihrer Trennung wirkte es daher auf mich so, als wäre schon lange nur noch ich es gewesen, der die beiden miteinander verband. Inzwischen ist mir klar geworden, dass ihre Beziehung und damit auch ihre Trennung eine eigene Logik hatte, die mir nie zugänglich war.

Nach einer schier endlosen Zeit von Studienabbrüchen und Selbstfindungsphasen, die heute so wahrscheinlich kaum noch möglich wären, waren die beiden zu Beginn der Nullerjahre beruflich endlich angekommen. Ina hatte ihr Sprachenstudium nach einer langen Pause doch noch abgeschlossen und bot ihre Dienste als Übersetzerin an.

Bruno fühlte sich anfangs gestärkt durch seine neue Aufgabe, in der er auch gut verdiente, aber schon nach einigen Monaten wurde deutlich, dass er sich in der Rolle eines Chefs, der andere einstellte und anleitete – es handelte sich um pädagogisches Personal, fast ausschließlich Frauen –, nicht wohlfühlte. Wenn er abends nach Hause kam, wirkte er manchmal bedrückt und von unerklärlichen Schuldgefühlen geplagt. Und jetzt war er schon zum zweiten Mal innerhalb weniger Wochen nicht zur Arbeit gefahren.

Unser Fernseher stand im Schlafzimmer. Wenn wir zusammen Filme schauten, machten wir es uns immer zu dritt auf dem großen Bett meiner Eltern gemütlich. Dort saß er und starrte gebannt in Richtung Bildschirm. Offenbar hatte er mich gar nicht kommen hören. Ich erinnere mich, dass ich seinen Rücken betrachtete, der in eine Bettdecke gehüllt war, die Teetasse und den Teller mit Essensresten neben ihm auf der Matratze, und dass ich mich erst danach dem Film zuwandte, den er sich ansah. Die aufgeregte Stimme eines Nachrichtensprechers war zu hören, Autolärm, und man sah ein Hochhaus, das einstürzte.

Ich rief nach ihm. Er zuckte zusammen und schaltete sofort ab. Über das, was er gesehen hatte, sprach er nicht mit mir. Da ich annahm, dass es eine Science-Fiction-Geschichte gewesen war – er mochte Filme dieser Art fast ebenso gern wie die erwähnten Bücher –, fragte ich nicht weiter nach. Wir führten ein Gespräch, ich weiß nicht mehr, worüber, und zwischendurch hörte ich mehrmals SMS-Signale von seinem Telefon, die ihn offenbar nervös machten. Ich bemerkte diese Nervosität damals häufiger an ihm. Einmal war ich mit meinen Eltern nach einem Sonntagsspaziergang im Friedrichshain in einem Café gewesen, wo wir Kaffee und Kakao tranken und Kuchen aßen. Während meine Mutter zur Toilette ging, bezahlte mein Vater und gab der Bedienung ein völlig unangemessenes, viel zu hohes Trinkgeld. Ich öffnete den Mund, um etwas zu sagen, aber dann fiel mir auf, dass Bruno schwerer als sonst atmete und dass sein Gesicht mit einem Feuchtigkeitsfilm überzogen war. Ein anderes Mal erzählte er meiner Mutter morgens am Frühstückstisch, er habe in letzter Zeit ständig Albträume. Auch dabei glänzte sein Gesicht vor Schweiß. Sie hatte einen Kaffee in der Hand und war während des Essens über einen ihrer Aufträge gebeugt. Ich erinnere mich, dass sie ihm kaum zuhörte. An dem erwähnten Nachmittag zog er sich unmittelbar nach unserem Wortwechsel hastig an und verschwand im Bad. Kurz darauf erklärte er mir, er müsse noch mal zur Arbeit. Abends um halb neun kam er zurück, er wirkte aufgedreht und gesprächig. Ein Freund hatte mich inzwischen angerufen und mir aufgeregt erzählt, was in New York und in der Nähe von Washington passiert war. Wir redeten an dem Abend zu dritt noch lange über die Ereignisse vom World Trade Center, waren beklommen und schauten immer wieder Nachrichten. Ich weiß noch, dass meine Mutter sich große Sorgen um die Folgen machte und mein Vater sich bemühte, ihre Stimmung aufzuhellen. Kurz bevor wir ins Bett gingen, erzählte er uns, er habe ein Video mitgebracht, dass er sich eigentlich an diesem Abend gerne mit uns angeschaut hätte. Meine Mutter warf einen kurzen Blick auf die mitgebrachte Kassette, runzelte die Stirn und machte eine abwehrende Handbewegung. Sie war der Meinung, dass der Film, bei dem es, wie ich Monate später in einer für mich sehr unangenehmen Situation erfuhr, um spektakuläre Rettungsaktionen bei einem Hochhausbrand ging, angesichts der aktuellen Ereignisse unangemessen sei. Inzwischen nahm ich an, dass Bruno sich schon am Nachmittag Nachrichten über die Anschläge angeschaut hatte. Ich hätte gerne gewusst, warum er mir nichts davon erzählen wollte, traute mich aber nicht, ihn zu fragen. Ich hatte den Eindruck, ihn bei etwas ertappt zu haben, ohne zu verstehen, was es war.

In derselben Nacht verließ er uns.

An der 7th Avenue, H/53rd Street stieg ich aus. Die Bürgersteige dort quollen am Nachmittag über von Touristen und Einkaufenden. Ich musste mich dicht an ihnen vorbeidrängen, was mich erschöpfte und mir vorübergehend das Gefühl gab, jedes eigene Ziel aus den Augen zu verlieren. Irgendwann stand ich vor dem Eingang des Museum of Modern Art. Auch diesen Besuch hatte ich mir für die letzten Tage aufgehoben. Jetzt hoffte ich, es würde der richtige Ort sein, um zur Ruhe zu kommen.

In der Haupthalle, die zu verschiedenen Rolltreppen und zu den dahinter liegenden Galerien führt, war es zu meiner Enttäuschung fast genauso voll wie draußen. Unzählige Besucher hatten es sich auf einem riesigen dicken Teppich bequem gemacht und blickten von Zeit zu Zeit auf große Leinwände, die von der Decke hingen, Teile einer Videoinstallation. Auf den Flächen waren Ausschnitte von Filmen zu sehen, die mit dem Meer und mit Ferne zu tun hatten. Indem man sich automatisch mal der einen, mal einer anderen Leinwand zuwandte, sollte man als Betrachter dazu gebracht werden, was man sah, selbst zu einem Ganzen zusammenzufügen. Eigentlich ähnelt das der Situation, in der wir gerade sind: Wenn wir uns gegenseitig alles erzählen, was wir über meinen Vater wissen, ergibt sich vielleicht am Ende ein Bild.

Nach kurzer Zeit schloss ich zwischen den vielen nebeneinanderliegenden Leuten ermüdet die Augen. Meine eigene Lage war gerade sehr unübersichtlich, und mich in weitere Zusammenhänge hineinzudenken überforderte mich. Viele um mich herum waren eingedöst und ich nickte bald ebenfalls ein. Als ich wieder aufwachte, fühlte ich mich besser. Ich nahm meine Sachen und ging zu den Klassikern der Moderne, in eine der oberen Etagen. Mir war nach etwas Bekanntem zumute, nach einem Gemälde, von dem ich vielleicht schon als Kind mal eine Reproduktion gesehen hatte und in dessen Anblick ich mich aufgehoben fühlen konnte. Einige Werke von Cézanne und Picasso groß und in echten Farben zu sehen war tatsächlich wohltuend. Als ich den Saal gerade verlassen wollte, zog etwas meinen Blick stark an. Wie von einem Magneten gesteuert ging ich auf eine Wand zu, an der mehrere große Ölgemälde in Grautönen hingen, nachgemalte Schwarz-

Weiß-Fotos. Als ich davorstand, erkannte ich, dass es sich um Abbildungen von Orten handelte, an denen gerade etwas Einschneidendes passiert sein musste, das sich trotz der Suggestion einer realitätsgetreuen Abbildung aber nicht richtig erkennen ließ. Die Leinwände schienen mit etwas überzogen zu sein, das den Blick derart trübte, dass die Augen schmerzten und es nicht möglich war, das eigene Sehen scharf zu stellen. So als hätte man die falsche Brille auf. Ich änderte die Entfernung, aber der Effekt blieb derselbe. Was ich sah, wirkte konkret und deutlich umrissen, war aber gleichzeitig nicht erfassbar.

In einem in der Nähe ausgelegten Katalog war zu lesen, dass die nach den Ereignissen in Stammheim auf der Grundlage von Presse- und Polizeifotos entstandenen Bilder für Gerhard Richter den Abschied von der Illusion markierten, die Welt auf der Grundlage vorgegebener Ideologien ändern zu können. Auf den ersten Blick wirkt das wie ein Statement gegen linken Terrorismus. Aber als ich länger über die Aussage nachdachte, kamen mir Zweifel. Als Betrachter schaute man die nachgemalten Fotos durch einen Trick an wie durch ein unpassendes Brillenglas. Wurde man dann nicht mindestens ebenso mit der von einem selbst herrührenden Unfähigkeit konfrontiert, die Menschen, die in den Szenen zu erkennen waren, klar und unvoreingenommen zu betrachten?

Als ich wieder auf der Straße stand, blieben die großen grauen Gemälde noch lange in meinem Kopf. Was für eine Düsterheit und Unschärfe! Wenn man sich ihr länger aussetzte, hatte man das Gefühl, darin stecken zu bleiben wie in einem Sumpf. Zeitlich wiesen sie keinen Bezug zu meiner eigenen Biografie auf. Richter ist Jahrgang 1932, und im Oktober 1977 waren meine Eltern noch Kinder.

Trotzdem hatte ich das Gefühl, die Bilder hätten etwas mit mir zu tun.

Langsam lief ich in nordwestliche Richtung weiter, bis zur 8th Avenue. Vor einer Woche hatte ich nach einem Besuch im Museum of Natural History im weiter südlich gelegenen Starbucks am Columbus Circle lange durch die blitzblanken Scheiben auf die metallene Weltkugel vor dem Einkaufszentrum geschaut. In der Haupthalle des Museums gibt es eine große gewundene Treppe, die durch alle Stockwerke führt und deren Geländer gesäumt ist von den Scales of the Universe, Stationen, die die Maßeinheiten und Größenverhältnisse unserer Welt zeigen, von Partikeln, die kleiner sind als ein Staubkorn, bis zu den Galaxien. Wünschte ich mir, jetzt wieder dort zu sein und die Weite des Weltraums zu fühlen, angesichts derer mein aktuelles Problem verschwindend gering schien? Oder mich der Situation, in der ich gerade steckte, zu entziehen, indem ich mich in etwas Winziges verwandelte? Ich konnte es nicht genau sagen. Als ich mich in die Schlange vor der Kasse einreihte, die bis auf die Straße reichte, spürte ich nur, wie die zahllosen Menschen, die sich auch hier ungerührt sehr dicht an mir vorbeischoben und mir ihren Körpergeruch und ihre Gesprächsfetzen aufdrängten, mich zunehmend wütend machten. Ob es wirklich die anderen waren oder ob dieses heftige Gefühl vielleicht doch eher in mir selbst lag, wusste ich nicht. Ich spürte nur Nebel im Kopf. Eigentlich komisch, denke ich mittlerweile, dass ich in meiner Lage nicht einfach jemanden aus Berlin angerufen habe, einen meiner besten Freunde oder vielleicht meine Mutter.

Ich scherte aus und nahm einen Bus zurück zum Union Square. Von dort gelangt man gut zu Fuß zu meiner damaligen Wohnung. Ich hatte keine Ahnung, was ich dort machen würde. Ich wusste nur, ich musste wieder zurück.

Zwei Tage nach Brunos Verschwinden gab meine Mutter im Polizeiabschnitt 56 in der Brunnenstraße eine Vermisstenmeldung auf. Ihre Besorgnis soll der Beamte dort lediglich mit einer trockenen Bemerkung kommentiert haben. Am nächsten Tag meldete sich seine Arbeitsstelle und wenig später zwei Kolleginnen, die Bruno offenbar näher gekannt hatten.

Von den Gesprächen, die Ina mit den beiden Frauen führte, bekam ich nichts mit, aber ich bemerkte, dass ihre starken Gefühle zunehmend einer Starre wichen. Es würde ihr nur gelingen, ein Leben mit mir alleine hinzubekommen, wenn sie sich jetzt von Bruno distanzierte, das war deutlich zu spüren. Und ich hatte dafür Verständnis, auch wenn es mir selbst nicht möglich war, so zu denken.

Die Wochen, die dann folgten, waren die härtesten, an die ich mich erinnern kann. Ina war fest überzeugt, dass Bruno nicht zurückkommen würde, und wollte sofort eine Zäsur. Wir können nicht einfach wegziehen, betonte sie immer wieder. Gerade deshalb sei es wichtig, etwas zu verändern. Dass ich selbst mir gar keine Veränderung wünschte, übersah sie. Überstürzt räumte sie die Wohnung um und entfernte alle Familienfotos. Wir änderten auch unseren Lebensrhythmus: Früher hatten wir zu dritt am Wochenende zusammen lange ausgeschlafen und gemütlich getrödelt, jetzt entfaltete sie hektisch Pläne und Ideen, was mit der freien Zeit anzufangen wäre, schlug Museumsbesuche, Ausflüge, Kurse und Verabredungen vor. Es war offensichtlich, dass sie dabei vor allem versuchte, ihre innere Leere zu füllen. Vorübergehend veränderte oder verschob sich etwas in ihrer Persönlichkeit, das war für mich das Verstörendste. Sie war immer ruhig, verträumt und nachdenklich gewesen. Jetzt redete sie viel, wirkte fordernd und verströmte eine Härte und Ungeduld, die ich von ihr nicht kannte. Eine Zeit lang telefonierte sie regelmäßig mit ihren Eltern, die sich übertrieben teilnahmsvoll zeigten und sie in einer Art und Weise, die ich mir nicht erklären konnte und die ich nicht mochte, beeinflussten. Ihr Vokabular im Alltag wurde, vielleicht dadurch, auf einmal drastischer und einfacher, und sie wirkte auf mich provinzieller. Nach diesen Gesprächen schien sie immer etwas gefasster zu sein, kam mir aber gleichzeitig hilfloser vor. An einem Januarwochenende tauchte dann meine Tante mit ihren beiden Kindern bei uns auf. Wir hatten vorher bis auf Weihnachts- und Geburtstagskarten so gut wie keinen Kontakt zu ihr gehabt, und es interessierte mich sehr, mit meiner fast gleichaltrigen Cousine und meinem Cousin zu spielen und sie kennenzulernen. Die beiden kamen mir extrem wohlhabend, sicher und gesetzt vor, fast wie kleine Erwachsene. Trotz ihrer Andersartigkeit waren sie mir aber schnell vertraut. Als wir Spiele spielten, die wir uns ausdachten, und besonders als ich ihnen einmal ohne unsere Mütter die Straßen der Umgebung zeigte, wurden sie lebhafter, und der Unterschied zwischen uns schmolz dahin, auch wenn er anschließend umso stärker wieder hervortrat. Meine Tante sah meiner Mutter ähnlich, aber sie war wesentlich unruhiger und hektischer, als selbst Ina sich nun seit einiger Zeit verhielt. Ohne Punkt und Komma erzählte sie uns von meinem Onkel, der beruflich eine höhere Position innehatte und öfter in anderen Ländern unterwegs war, während es ihre Aufgabe war, mit meinem Cousin und meiner Cousine in dem kleinen, etwas gesichtslosen Ort zurückzubleiben, in dem auch meine Mutter aufgewachsen war. Das Leben, das sie führte, schien sie zu stabilisieren, aber gleichzeitig auch zu schwächen. Denn je mehr sie den Geschichten über ihren Mann Raum gab und von seinen Erfolgen und seiner Entwicklung sprach, desto aufgedrehter und zugleich unsicherer wirkte sie. Wenn meiner Mutter die Geduld ausging, zuzuhören, aber auch zwischendurch, wenn sie sich von uns Kindern unbeobachtet fühlte, schlug sie ihrer Schwester gegenüber einen herrischen Ton an, was Ina, obwohl es ihr sicher nicht guttat, zu meinem Erstaunen widerspruchslos hinnahm. Als der unerwartet in mein Leben getretene Teil der Familie wieder abreiste, fühlte ich mich erleichtert.

Einige Wochen später trat mir mein Vater plötzlich auf dem Schulweg entgegen. Er wartete am Rand eines Spielplatzes, an dem ich zu der Zeit jeden Morgen vorbeilief, an einem großen Sandkasten, in unmittelbarer Nähe zur Straße. Ich rannte auf ihn zu. Es verstörte mich, dass ich kein einziges von den Kleidungsstücken, die er jetzt trug, kannte. Ich fragte ihn aufgeregt, wo er die ganze Zeit gewesen sei, und er beugte sich zu mir hin, umarmte mich und sagte mir viele bewegende Dinge. Wie sehr er mich vermisst hätte. Wie stolz er auf mich sei. Ich zerfloss vor Liebe und spürte, wie mir Tränen in die Augen traten. Wochenlang hatte ich mich so nach ihm gesehnt, dass schon seine bloße Anwesenheit sofort eine beruhigende Wirkung auf mich ausübte. Auf meine Frage ging er gar nicht ein, doch das registrierte ich in dem Moment kaum. Wie schön, aber auch ausweichend seine Sätze gewesen waren, verstand ich erst etwas später. Ich erinnere mich, dass er sich schon immer gerne mit schönen Worten umgab, sich und andere geradezu darin einhüllte, ohne dass je irgendjemand erfuhr, wie es hinter seiner Schutzschicht aussah.

Er verabschiedete sich bald wieder, damit ich nicht zu spät zur Schule kam, und davor gab er mir seine neue Telefonnummer, auf einem aus einem Umschlag herausgerissenen gelben Papierfetzen. Ein Freund von mir hatte neulich finanzielle Probleme, und erst da ist mir aufgefallen, dass in Umschlägen von diesem Gelb immer Post vom Amtsgericht steckt, richterliche Beschlüsse, Pfändungen oder Mahnbescheide.

Brunos lange Abwesenheit hatte mich verunsichert. Daher traute ich mich zuerst nicht, von mir aus zu ihm Kontakt aufzunehmen.

Ein paar weitere Wochen später, etwa Mitte März, meldete er sich dann per SMS bei mir.

Weißt du, wo ich die ganze Zeit gewesen bin, als ich weg war?, fragte er.

Nein, antwortete ich.

In New York.

In New York?

Ja. Am Ground Zero. Sie haben dort eine erste kleine Gedenkstätte errichtet. Weißt du, was Ground Zero bedeutet?

Ja, antwortete ich.

Wir hatten am Abend, bevor er verschwand, über nichts anderes gesprochen. Es irritierte mich, dass er das nicht mehr zu wissen schien.

Es gibt dort eine Vitrine, fuhr er fort. Außen ist ein Messingschild angebracht – darauf steht: To those who give their lives, so that others might live, to the fireworkers of the world.

Nach einer kurzen Pause schrieb er: Verstehst du, was das heißt?

Ja, antwortete ich. Aber das stimmte nicht, ich musste die Worte später nachschlagen.

In dieser Vitrine, schrieb er weiter, stehen Schuhe. Von Leuten, die im Feuer waren, die anderen das Leben gerettet haben. Feste Schuhe, du weißt schon.

Ich fragte: Solche, mit denen man schwierige Situationen übersteht?

Er antwortete: Ja.

Mit grünen Schnürsenkeln und einer festen Kappe vorne dran?

Genau, sagte er. Und ich war dabei. Am vierten Tag nach der Katastrophe. Ich habe mich freiwillig gemeldet, sie haben dort jede Hilfe gebraucht, die sie kriegen konnten.

Er beschrieb mir noch verschiedene Einzelheiten seines Aufenthaltes, die aber auf mich, das weiß ich noch genau, später vage wirkten. Mehrfach erwähnte er Rauch, große Panik und lang anhaltende Hitze. Er deutete an, dass meine Mutter dagegen gewesen sei, dass er fuhr, und erklärte, dass er später noch länger in den USA hatte bleiben müssen, weil ihm das Geld für den Rückflug gefehlt habe.

Die Stiefel, die Bruno erwähnt hatte, besaß er schon lange. Seit ich sieben war, hat er sie jedes Jahr mitgenommen, wenn wir zusammen in die Pyrenäen fuhren. Ich habe diese Reisen geliebt. Wir sind von Berlin aus mit unserem kleinen Auto mehr als tausend Kilometer bis zur Hauptstadt von Andorra gefahren. Nördlich der Stadt, ein Stück die Berge hoch, gibt es einen Campingplatz an einem Fluss. Dort verbrachten wir die erste Nacht. Frühmorgens schälten wir uns müde und noch ziemlich blass aus dem Zelt, beluden unsere Wanderrucksäcke mit Essensvorräten, Zelten, Schlafsäcken und Kochgeschirr und stiegen langsam hoch bis auf zweitausendzweihundert Meter. Am ersten Tag taumelten wir immer stark mit dem viel zu schweren Rucksack und sahen aus wie Astronauten in ihren aufgeblähten Anzügen. Aber je mehr wir verzehrten, umso leichter wurde das Gepäck. Nach ein paar Stunden fing ich fast immer an zu quengeln und Bruno musste den Rucksack öffnen und mir ein oder zwei Stücke daraus abnehmen. Später habe ich mich gefragt, ob er mir, damit es dazu kam, anfangs immer absichtlich zu viel auflud. Zu helfen, zu stützen und zu fördern war ihm immer wichtig. Sicher hat er deshalb auch einen Beruf gewählt, in dem man sich um andere kümmert. Ich würde sagen, dass er sich in dieser Rolle mir gegenüber auch gefallen hat. Er war, solange er bei uns war, immer für mich da, auf eine sanfte, zugleich dominante Art. Schon als kleineres Kind wusste ich, dass er übertrieb, spürte aber andererseits auch die riesengroße, etwas ängstliche Liebe, aus der heraus er handelte.

Die Tour ging fünf Tage. Nachdem wir bis zur Erschöpfung gelaufen waren, schlugen wir abends im Freien unser Zelt auf, morgens erwachten wir dann in völliger Menschenleere. Außer uns kamen nur wenige Wanderer in das Gebiet und die Pfade, die wir gingen, waren recht steil und nicht immer gut ausgeschildert. Wir waren daher auf Brunos Orientierungssinn angewiesen. Am ersten Nachmittag liefen wir bis zu einem kleinen Stausee und am zweiten Tag zu einem weiteren, größeren See, der komplett von schwarzem Gestein umgeben war. Beide Male übernachteten wir direkt am Ufer. Wenn man sich längere Zeit zwischen Felsmassen aufhält, geht ihre Festigkeit nach einiger Zeit in angenehmer Weise auf einen über. Alles, was sich rührt in dieser riesigen Stille, erscheint einem dann einzigartig. Der zweite und dritte Tag waren für mich die Höhepunkte. Am zweiten Morgen versuchte ich, als Erster aufzuwachen, um mich alleine an den Rand des Stausees zu stellen. Wenn gerade kein Wind wehte, war seine Oberfläche völlig unbewegt, und nachdem ich das klare Wasser eine Weile betrachtet hatte, tauchte ich eine Hand oder einen Fuß hinein. Es ertönte ein belangloses, leises, von niemandem außer mir gehörtes Plätschern, das mich glücklich machte.

Die Welt, in der wir uns auf dieser Wanderung bewegten, war von großer Schönheit, sie war beinahe vollkommen. Andere Wanderer traf man wie gesagt selten, und vorübergehend kam dadurch das Gefühl in mir auf, wir wären die einzige überhaupt existierende Familie. Wenn es im Gelände schwierig wurde und Ina und ich erschöpft waren oder nicht mehr weiterwollten, war Bruno besonders eifrig und geduldig. Schon bevor wir in Berlin losfuhren, prüfte er auch immer übertrieben gründlich, so als könnte uns jederzeit unerwartet etwas passieren, unser Zelt, unsere Gepäckstücke und das Campinggeschirr, erörterte mit uns die Kleidungsstücke, die wir mitnehmen sollten, und unser Schuhwerk. Die erwähnten Stiefel hatte er sich vor der ersten dieser Wanderungen in einem der damals gerade überall aufkommenden Outdoorläden gekauft. Meine Mutter hatte ein ähnliches Paar, und auch ich bekam in diesen Jahren regelmäßig neue Wanderschuhe in meiner Größe.

Im Sommer 2001, als wir die Reise das letzte Mal zusammen machten, hatte Bruno kurz vor der Abreise vorgeschlagen, unsere drei Paar Schuhe mit den gleichen grünen

Schnürsenkeln zu bestücken, um zu unterstreichen, dass wir zusammengehörten und uns, solange wir es blieben, nie etwas ernsthaft Schlimmes passieren konnte. Es gibt einen Grund dafür, dass er das sagte, ich komme später noch darauf zurück.

Es waren diese Schnürsenkel, auf die ich in meiner Textnachricht anspielte, ich war mir sicher, dass ihm das gefallen würde, und wollte unbedingt alles tun, damit er mir weiter schrieb. Unsere Verbindung sollte nicht abreißen.

Ich weiß noch, dass ich die ersten SMS in den Tagen danach immer wieder anstarrte. Damals tippte man noch auf plumpen Tastaturen, bei denen man sich zu jedem Buchstaben erst einzeln durchdrücken musste. So lange Textnachrichten hatte ich vorher noch nie erhalten, und jedes Mal, wenn ich an sie dachte, bildeten sie einen dunkel schimmernden, undurchdringlichen Klumpen, der mir nicht geheuer war.

In der folgenden Zeit meldeten wir uns regelmäßig beieinander. Ich fragte ihn immer wieder nach dem Aufenthalt in New York, und er sprach noch mehrmals über Details.

Meiner Mutter, die sonst viel von mir wusste, erzählte ich von diesem Nachrichtenaustausch zunächst nichts, sie hatte nur erfahren, dass er mich getroffen hatte, und scheinbar hatte auch sie zweimal, vielleicht meinetwegen, mit ihm Kontakt gehabt. Ich fühlte mich ihr in der Zeit nicht besonders nahe, weil sie sich so anders verhielt als früher, und natürlich tat mir das exklusive Verhältnis, das mein Vater jetzt zu mir aufbaute, gut. Möglicherweise fürchtete ich auch die kritische Sicht meiner Mutter auf die Dinge, die Bruno mir erzählte.

Dass er in New York gewesen war, habe ich ihm damals natürlich geglaubt. Kein Elfjähriger zieht ernsthaft in

Zweifel, was sein Vater ihm sagt. Gleichzeitig erschien mir seine Erzählung nicht real, ein merkwürdiger Zwischenzustand, den ich bis heute nicht ganz verstanden habe. Warum hatte er sich zu dieser Reise aufgemacht? Wie hatte er es zum damaligen Zeitpunkt überhaupt geschafft, ein Einreisevisum zu bekommen? Stand sein Aufenthalt in irgendeinem Zusammenhang zu der Reise, die meine Eltern anderthalb Jahre zuvor gemacht hatten? Und was hatte er vor Ort genau getan, Menschenleben gerettet und sein Leben riskiert? Im Hintergrund organisatorisch geholfen? Oder doch nur als Schaulustiger anderen im Weg gestanden? Obwohl klar war, dass 9/11 stattgefunden hatte, verstand ich Brunos Verhältnis zu diesem Ereignis lange nicht, es wirkte auf mich mysteriös und verschwommen.

Ist es hier drinnen nicht auf gewisse Weise ähnlich? Dieser Ort ist eine Hinterlassenschaft. Er enthält Spuren, die wir lesen können. Aber wie war er für die, die ihn erbaut haben? Was hat sich abgespielt, wenn man hier Schutz gesucht oder hier gearbeitet hat? Wir wissen es nicht.

Oder sind Ereignisse, die so furchtbar sind, dass man sie nicht fassen kann, immer auf gewisse Weise irreal, auch wenn man weiß, sie sind verbürgte Geschichte? Zum Glück fehlt mir da die Erfahrung. Was ich inzwischen allerdings sicher weiß, ist, dass mein Vater sich dieser Unfassbarkeit und Unumstößlichkeit in irgendeiner Weise bedient hat.

Vom Union Square zurück zu meinem damaligen Apartmenthaus läuft man, je nachdem, ob man geradeaus geht oder noch einen Schlenker über den Broadway macht, fünfzehn bis zwanzig Minuten. Ich war nervös. Schon nach den ersten Schritten schlug mein Herz schneller. Je näher ich dem vertrauten Gelände kam, desto ratsamer erschien es mir, mich ihm diesmal von einer anderen Seite zu nähern, von der Houston Street. Ich bog an der West 3rd Street nach rechts, lief bis zur 6th Avenue und wandte mich nach links. Beim Überqueren der Kreuzung warf ich einen kurzen Blick hinüber zum Film Forum. Mehrere Leute hintereinander betraten das Programmkino, wahrscheinlich fing die frühe Abendvorführung an. In den letzten Monaten war ich regelmäßig dort gewesen, hatte mir Filme einer Charlie-Chaplin-Reihe angesehen, ein düsteres russisches Epos, das im Mittelalter spielte, und französische Dokus aus den frühen Achtzigern.

Flankiert von einem kritischen Artikel in der *New York Times*, war am selben Ort zwei Wochen vorher das erste Mal *Generation War* gezeigt worden, eine Kinofassung des deutschen Fernsehfilms *Unsere Mütter, unsere Väter*. Das German Department hatte im Anschluss dazu einen Diskussionsabend veranstaltet, in dem eine deutsch-amerikanische Runde von Kritikerinnen und Kritikern den Film erbarmungslos niedermachte. Er sei nicht nur ästhetisch gesehen völliger Kitsch, sondern rechtfertige, was sich gegenseitig bedinge, in unverantwortlicher Weise die Verbrechen der Deutschen. Die typischen Charaktere der damaligen Generation, fast alle überzeugte Nazis, seien völlig andere gewesen.

Von der Heftigkeit, mit der diese Argumente siebzig Jahre nach Kriegsende ausgetauscht wurden, war ich überrascht und wegen der pädagogisch-zurechtweisenden Art, in der sie hier, weit weg von Deutschland, vorgebracht wurden, auch unangenehm berührt. Musste man das Publikum heutzutage wirklich immer noch darüber aufklären, dachte ich trotzig, dass der Zweite Weltkrieg eine kaum je zu tilgende Schuld der Deutschen war? War es nicht viel wichtiger zu überlegen, warum der Film so starke Emotionen auslöste? Mich hatte es stark mitgenommen, anzuschauen, wie fünf voller Energie steckende Menschen eben noch feiern, zusammenhalten und Pläne schmieden und dann innerhalb kürzester Zeit, von Gewaltausübung und erfahrener Gewalt entstellt, in völlig unterschiedliche Lebenswege gepresst und einander für immer entfremdet werden.

Als Zuhörer der Diskussion fühlte ich mich bald bedrückter. Auch wenn ich mir selbst immer wieder vorhielt, dass das Gesagte stimmte: Die Arroganz, die mir vom Podium entgegenschlug, fühlte sich einfach nicht gut an. Ich hatte beim Anschauen des Films mehrmals an meine Großeltern denken müssen, die Eltern von Bruno und Ina. An die übergroße Enge, die Ängste und die erstickende Autorität der Menschen, mit denen mein Vater und meine Mutter in den Siebziger- und Achtzigerjahren aufgewachsen waren. Bruno hat mir oft erzählt, dass er als Junge stark übergewichtig war, weil seine Mutter ihm aus Angst, er könnte abmagern, immer große Mengen fettigen Essens aufdrängte. Sie war nur wenige Jahre jünger als die Frauen in dem Film. Ina spricht über ihr Elternhaus dagegen bis heute so gut wie gar nicht. Abgesehen von der kurzen Episode des Kontaktes zu meiner Tante, von der ich vorher erzählt habe, hatte sie mir gegenüber nur einmal kurz erwähnt, dass sie schon früh für ihren Lebensunterhalt selbst arbeiten musste und als Jüngste von ihren Eltern, weil sie als die Schwächste und am wenigsten Leistungsfähigste gegolten hatte, ausgegrenzt wurde. Meine Eltern hatten ihre eigenen Eltern in meiner Kindheit gemieden, ich hatte sie nur wenige Male gesehen. Je länger ich dem Podiumsgespräch zuhörte, um so mehr war ich überzeugt, dies den Menschen im Saal unbedingt mitteilen zu müssen, aber ich traute mich nicht, gegen die vorherrschende Meinung im Raum etwas zu sagen. Mehrmals machte ich einen Ansatz dazu, meine Hände fühlten sich jedes Mal schwitzig an, mir wurde heiß und kalt, und die englischen Begriffe, mit denen ich meine Position erklärt hätte, fielen mir nicht ein.

Gegen Ende des Abends ergriff eine Frau aus einer Gruppe von Studentinnen das Wort. Ich bin Mexikanerin, erklärte sie. Ich lebe erst seit ein paar Jahren in den USA und ich bin auch noch jung. Von dem Thema, um das es heute geht, habe ich nur wenig Ahnung. Aber die Menschen in dem Film waren ja auch alle noch jung. Sie waren in meinem Alter, und sie haben mir leidgetan.

Nachdem sie gesprochen hatte, war es im Saal länger still. Die Direktorin des Instituts sah zu einer Kritikerin hin, die Luft holte, um den Beitrag zu kommentieren, sich dann aber unterbrach, denn ein Mann und eine Frau, die in der ersten Reihe etwas am Rand saßen, hatten sich in der Zwischenzeit lautlos erhoben. Sie waren beide schon alt, wahrscheinlich über achtzig. Der Mann wirkte groß und hager, die Frau war sehr klein. Es war uns wichtig, heute Abend hierherzukommen, erklärte die Frau. Die beiden schauten sich kurz an, der Mann schwieg. Und jetzt, fuhr sie fort, wissen wir, dass das auch nötig war. Wir sind Überlebende von Dachau und Bergen-Belsen.

Die Atmosphäre im Saal löste sich mit den Worten der Frau schlagartig auf, was ich so noch nie erlebt habe. Sie wich etwas anderem, was ich als nicht minder spannungsgeladen, aber auch als befreiend empfand. Meine Argumente zerfielen. Sie wurden unwichtig, und in meinem

Kopf breitete sich eine Art Taubheit aus, fast ein Vakuum. Es fühlte sich so an, als wäre ich vorübergehend in einen Urzustand oder in eine Dimensionslosigkeit katapultiert worden, die mich in einigen Aspekten an diesen Ort hier erinnert. Auch hier gibt es ja an vielen Stellen kein vorne und hinten mehr, kein links und kein rechts, kein oben oder unten.

Der Eingang zum Foyer des Apartmenthauses, in dem ich gewohnt hatte, liegt in westlicher Richtung. Einmal ums Eck gibt es aber noch einen Handwerker- und Lieferanteneingang. Die Tür dort war angelehnt, es war niemand zu sehen. Vorsichtig drückte ich sie auf. Das Treppenhaus führt zu mehreren Kellerverschlägen und zu einem großen Waschmaschinenraum, in dem ich in den letzten Wochen immer meine Wäsche gewaschen hatte. Kurz überlegte ich, einfach einzutreten, aber dann hörte ich von oben Schritte und zog mich wieder zurück.

Ich lief zurück zur Houston Street. Es war jetzt schon seit einer Weile dunkel und unverändert kalt, schneidender Wind fegte durch die Straßen. Schnell überquerte ich die Bowery, hielt mich ein Stück nördlich und folgte dann der East 6th Street in Richtung East River. In der ruhigen Gegend mit ihren Backsteinhäusern, breiten Bürgersteigen und hoch mit Maschendraht eingezäunten Spielplätzen hielt ich mich gerne auf, sie erinnert mich an Schöneberg und damit an alles, was meine Eltern in diesem Viertel, in dem wir in meiner Kindheit oft Spaziergänge gemacht haben, liebten: die breiten Bürgersteige, die ausgefallenen Läden, die Ruhe und Lässigkeit einer gebildeten, von Alternativkultur geprägten Lebensweise. Die natürlich, das war mir bereits bewusst geworden, als ich das erste

Mal in diesen Straßen New Yorks unterwegs war, ursprünglich von hier stammt. Die Werte, für die eine solche Lebensart steht: Toleranz, Entspanntheit, Sorgfalt im Umgang miteinander und mit der Umgebung, in der man lebt, stecken tief in mir drin, im ersten Jahrzehnt meiner Kindheit habe ich nichts anderes gekannt. Zudem haben meine Eltern sich innig geliebt. Warum hatte unsere Familie trotzdem keinen Bestand?

In einer Seitenstraße stieß ich auf ein französisches Restaurant. Die Wände des Gastraums waren verspiegelt, Kronleuchter hingen von der Decke und die kleinen runden Tische waren aufwendig mit gestärkten Decken, filigranem Geschirr und Trockenblumensträußen geschmückt. Mir ist oft aufgefallen, dass in New York ein Bild von Europa gepflegt wird, das mit Verspieltheit und romantischer Verhüllung einhergeht, und so war es auch hier, ein perfekter Traum von Frankreich war in dem Lokal inszeniert worden, auch geraffte weiße Spitzenvorhänge fehlten nicht, und ein dicker roter Samtvorhang hinter der Eingangstür.

Ich trat ein, dankbar für die Wärme, die mir entgegenschlug. Außer mir waren nur noch zwei weitere Gäste da. Ich bestellte ein Vier-Gänge-Menü, trank reichlich Rotwein und spürte, wie angenehm es war, einfach abzuschalten. Für die Zeit, die ich dort verbracht habe, habe ich im Nachhinein gar kein Gefühl mehr, nur dass die Rechnung hoch war, weiß ich noch, und dass ich danach zufrieden und übersättigt nach draußen trat.

Ich folgte einer der zum Fluss hin stiller werdenden Straßen, bog in die East 6th Street ein und ging zur Grünanlage am East River. Lange beugte ich mich dort über das Geländer und starrte abwechselnd ins Wasser und dann wieder hinüber zur von Kränen und Lagerhallen gesäumten Williamsburg Bridge.

Der Abend war bereits fortgeschritten und mir war jetzt nach Ablenkung und Ausgelassenheit zumute, auch wenn das vielleicht nicht vernünftig war. Ich nahm mir ein Taxi und fuhr zur Bleecker Street. Im Le Poisson Rouge fand an dem Abend ein Jazzfest statt, der Saal war brechend voll. Schon wieder extrem viele Menschen auf engstem Raum, dachte ich im ersten Moment, unangenehm dicht aneinandergequetscht und schwitzend. Aber dann gab ich mich doch der Musik hin und ließ es mir egal sein. Auf der großen Bühne, die fast ein Drittel des Saales einnahm, stand dicht gedrängt eine große Gruppe von Frauen und Männern unterschiedlichen Alters. Einige, die Blasinstrumente spielten, waren noch ganz jung, der Organist dagegen bereits weißhaarig. Gerade rückte das Solo des Schlagzeugers in den Vordergrund. Während er spielte, trat auf einmal ein etwa neunjähriger Junge von hinten heran, hörte zu und rückte dabei immer dichter zu ihm. Er übernahm erst einen Stick, dann einen weiteren, und schließlich räumte der Mann seinen Platz und überließ ihn dem Kind, das genauso virtuos wie er einfach weiterspielte, ohne dass ein Übergang zu hören war. Das Publikum tobte, und auch ich konnte lange nicht aufhören zu klatschen, ganz euphorisch blickte ich immer wieder hin zu dem Kind, das nach dem Ende des Stückes kerzengerade neben dem Mann stand und mit ihm den Applaus empfing. Sicher sein Vater, dachte ich. Beide strahlten vor Stolz.

In der 10th Street, nicht weit weg, gibt es ein kleines Konzertlokal in einem Keller, das Smalls. Mein Wohnungsnachbar hatte den Laden, der noch nicht lange existierte und innerhalb kurzer Zeit zu einer festen Größe geworden war, bei Gesprächen auf dem Flur mir gegenüber erwähnt. Der Betreiber, ein früherer U-Boot-Fahrer, war ein entfernter Bekannter von ihm. Ein paar steile, rötlich beleuchtete Stufen führten nach unten. Auf halber Treppe im Dunkeln, immer noch auf Tauchstation, saß der Inhaber und verkaufte Karten, ein schmaler blasser Mann mit einer riesigen Fellmütze, die die Größe seines Kopfes fast zu verdoppeln schien. Außer mir waren zu später Stunde noch fünf weitere Leute im Raum, alle älter als ich. Nach dem Trubel in der Halle genoss ich das Gefühl, mich plötzlich in einem ganz kleinen Raum zu befinden, in dem ich alles besonders genau wahrnehmen konnte. Lange Zeit lauschte ich einem bärtigen, müde und verschwitzt aussehenden Posaunisten mit riesengroßen, kindlich schimmernden Augen, der ein mit Glitzerfäden durchwirktes Tuch nach Piratenart um seinen Kopf geschlungen hatte. Seine zwischen Exaktheit und Verschwommenheit pendelnden Improvisationen zogen mich an, machten mich aber auch unruhig. Ich konnte mir nicht genau erklären warum, aber immer wieder hatte ich Angst, die Töne könnten plötzlich abstürzen. In dem Leben, das der Bruno, den ich früher kannte, geführt hat, kam Musik nicht vor, auch keine Literatur oder Kunst. Immer ging es ihm um Menschen, erinnere ich mich, ihre praktischen, unmittelbaren Lebensumstände, wie sie beschaffen waren, wie man sie verbessern konnte. Das schien das Einzige zu sein, was für ihn zählte, er sprach gerne und ausführlich davon.

Welche Arbeit er heute macht, weiß ich nicht. In der kurzen Zeit, die wir vorhin gemeinsam hatten, ein Spaziergang auf vertrauten Wegen durch den Park bis hierher zu diesem Bunker, hat er es mir nicht erzählt. Die Welt, in der ich aufgewachsen bin, war freundlich und aggressionsfrei, voller Geduld und Erklärungen. Auch meine Mutter wollte alles besser machen, als es bei ihr selbst früher gewesen ist. Nähe, Liebe und Empathie waren für sie das Wichtigste. Aber etwas hat nicht gestimmt. Anders lässt sich der Bruch, den Bruno schließlich vollzogen hat, nicht erklären. Er war der Endpunkt einer Entwicklung, die über längere Zeit komplett im Verborgenen vor sich gegangen sein muss. So als wäre unser Leben mit ihm nur ein Film.

Nach den ersten Nachrichten tauschte ich mich lang regelmäßig mit ihm aus. Ich vermutete zu dieser Zeit, dass er vorübergehend keinen festen Wohnsitz hatte. Meiner Frage, wo er jetzt lebte, wich er jedenfalls aus. Er nahm den Kontakt zu alten Weddinger Bekannten aus der Schulzeit auf, manchmal erwähnte er Treffen, auf denen er sehr ausgelassen gewesen sei und viel gekifft und getrunken habe. Als Kind hatte ich instinktiv den Eindruck, dass ihm diese Abende nicht guttaten. Sie passten auch nicht zu dem Bruno, den ich kannte. Ich war, davon abgesehen, nicht sonderlich offen für seine Erzählungen, es machte mir zu schaffen, dass die Freundschaften, die meine Eltern über viele Jahre geknüpft hatten, aus dem Studium, mit den Eltern meiner Kindergartenfreunde und den Nachbarn in unserer Straße, im Leben meines Vaters plötzlich nicht mehr vorkamen.

Gelegentlich kam Bruno noch auf die New-York-Reise zurück. Es fielen ihm dann Kleinigkeiten ein, die er noch nicht erwähnt hatte. Meistens hörte ich ihm einfach zu.

Einige Monate später gab es dann eine Zäsur, nach der

ich mich für längere Zeit von ihm zurückzog und von der ich euch gleich noch erzählen werde. Ich weiß noch genau, wie alleine ich mich danach gefühlt habe und dass das großen Stress in mir ausgelöst hat, Schmerz und natürlich auch Sehnsucht. Andererseits fühlte ich mich dadurch auch erwachsener.

Im April hatte meine Mutter eine Beratungsstelle aufgesucht und dort erklärt bekommen, dass es mir guttun würde, ein stabiles Verhältnis zu meinem Vater zu etablieren. Sie fing daraufhin an, feste Termine an Wochenenden vorzuschlagen, an denen er und ich uns treffen sollten.

Er hatte inzwischen wieder eine Wohnung, in einem etwas in die Jahre gekommenen Sozialbau dicht an der Swinemünder Brücke, fast in ihrem Schatten. Dort habe ich ihn in den folgenden Monaten regelmäßig besucht. Die Wohnung lag im Erdgeschoss und war dunkel, ich mochte sie nicht. Ina hatte einige unserer Möbel an ihn abgegeben, einen der großen Kleiderschränke, einen schon fast ausrangierten Tisch. Auch das frühere Bett meiner Eltern stand jetzt bei ihm. Die Gegenstände waren eigentlich zu groß für den eher kleinen Raum mit winzigem Bad und dem zusätzlichen halben Zimmer, das als Küche diente. Gleichzeitig waren sie für mich aber auch vertraute Wegweiser oder Brücken zu unserem früheren Leben, an denen ich mich festklammerte. An irgendwas mussten wir jetzt versuchen anzuknüpfen, er und ich, das spürte ich.

An einem Sonntagnachmittag Ende April, an dem ich alleine zu Hause war, weil Ina Zeit mit einer Freundin verbrachte, kam ich auf die Idee, mir herumliegende Papiere auf dem Schreibtisch meiner Mutter näher anzusehen. Das hatte ich noch nie gemacht. Ich glaube, es geschah aus einem Gefühl von ungewohntem Alleinsein, gepaart mit Langeweile. Die ganzen Umstände, unter denen ich zu der Zeit lebte, waren immer noch merkwürdig und ungewohnt für mich, und ich suchte nach einer Erklärung dafür. Eine Nachbarin bei uns im Haus hatte sich auch von ihrem Mann getrennt, das war deutlich anders abgelaufen als bei uns. Man traf die frühere Familie auch jetzt noch manchmal gemeinsam im Treppenhaus, von Zeit zu Zeit kam sie für Unternehmungen wieder zusammen. Auch bei einem Freund aus meiner vorherigen Schule hatte es eine Trennung gegeben, die Eltern hatten daraufhin im selben Haus einfach eine zweite Wohnung gemietet, er lief jetzt immer ein paar Treppen von einem Zuhause zum anderen. Bei uns dagegen hatte es diesen schrecklichen Bruch gegeben, und etwas völlig anderes fing an.

Der Briefumschlag steckte auf dem Schreibtisch meiner Mutter in einem Klemmbehälter aus dickem Glas, in dem sie, so lange ich denken kann, amtliche Papiere etwas chaotisch immer so lange sammelt, bis er irgendwann voll und sie gezwungen ist, sie in Ordner zu überführen. Er war von demselben Gelb, das ich vorhin schon erwähnt habe, deswegen war er mir wahrscheinlich aufgefallen. Ich nahm die darin steckenden Bögen heraus und entfaltete sie, ein längeres amtliches Schreiben, in dem dargelegt wurde, dass der Unterhalt, den Bruno für mich zahlen würde, monatlich nur etwas über zwanzig Euro betragen konnte, da er wenig verdiente. Ich wusste, dass mein Vater seit Monaten von Sozialleistungen lebte, die er mit einem kleinen Job, inzwischen wieder als Hilfspfleger, aufstockte. Jetzt erfuhr ich, dass alles, was er über seinen Lebensunterhalt hinaus abgeben konnte, durch seine vier Kinder geteilt werden müsse.

Ich dachte zuerst, das wäre ein Irrtum. Aber in der Mitte des Schreibens standen deutlich etwas eingerückt drei Namen, dahinter drei Geburtsdaten. Den ersten Namen kannte ich, meine Eltern hatten mir von klein auf erzählt, dass ich noch einen älteren Bruder habe. Wenn er und ich es später einmal wollten, hatten sie mir stets versichert, würde ich ihn kennenlernen können. Von den beiden anderen jedoch hatte ich noch nie gehört. Ich starrte lange auf diesen Bogen Papier. Darum war es also in den Gesprächen mit den zwei Frauen, ehemaligen Kolleginnen von Bruno, gegangen, die meine Mutter geführt hatte, ohne mir dazu Genaueres zu sagen. Mehrere Stunden verbrachte ich in einer betäubten Starre. Dann kam Ina zurück. Sofort sprach ich sie auf die Briefe an und musste weinen. Sie erzählte mir an diesem Abend alle Hintergründe ausführlich, und das erste Mal nach langer Zeit fühlten wir uns einander wieder nahe.

Ich blieb acht- oder neunmal übers Wochenende bei Bruno. Und dabei bekam ich mit, dass die Gegend, in der er jetzt lebte, ihm etwas bedeutete. Seine Eltern, die ich als kleines Kind nur zweimal gesehen hatte, lebten damals noch beide und wohnten um die Ecke, er sprach jetzt öfter von ihnen. Dass er im Gesundbrunnenviertel aufgewachsen war, wusste ich natürlich. Die Gegend ist von unserem früheren Zuhause am Rosenthaler Platz nicht weit entfernt, ich habe ja erwähnt, dass wir häufig auf den Spielplätzen und an anderen Orten im Humboldthain unterwegs waren. Der Park war einer von mehreren wichtigen Ausflugsorten meiner Familie in der damaligen Zeit, wie der Tiergarten oder die Rehberge, wir fuhren hierher und verbrachten einen Samstag- oder Sonntagnachmittag draußen. Durch die Straßen rund um den Humboldthain liefen wir dabei nach meiner Erinnerung immer so, wie wir durch jede andere Straße in Berlin gingen. Kaum etwas deutete für mich darauf hin, dass Bruno hier auch als Kind unterwegs gewesen war, weder seine früheren Schulen noch andere für ihn damals wichtige Orte waren für uns jemals ein Gesprächsthema oder ein Ziel. Im Nachhinein habe ich den Eindruck, dass wir unser Familienleben ausschließlich in der Gegenwart gelebt haben, ohne andere Wurzeln als die, die wir selbst miteinander bildeten, immer auf den nächsten Tag hin, oder die nächste Woche, an den freien Tagen reihte sich eine zufällige, meist spontan beschlossene und auf eine unauffällige Art schöne Unternehmung an die nächste, Probleme gab es scheinbar nie.

Eine besondere Bedeutung hatte in der Zeit, in der ich ihn damals besuchte, für Bruno die Brücke. Oft wollte er sie einmal mit mir überqueren und in der Mitte kurz stehen bleiben, wenn ich bei ihm war. Eine unauffällige Stahlbrücke, über die wir auch früher gelegentlich gegangen sind. Ich verstand nicht, warum sie ihm auf einmal so wichtig war.

Über die Trennung, sein Verschwinden, die anderen Kinder und die Umstände drum herum sprachen wir nicht. Auch nicht mehr über New York. Wir teilten einfach für kurze Zeit wieder unser altes Leben in verwandelter Form, kochten, gingen spazieren oder spielten etwas zusammen. Ich spürte, dass er davon ausging, dass ich über alles, was passiert war, Bescheid wusste. Wenn unsere Zeit um war, kehrte jeder in sein anderes Leben zurück. Wie seins zu dem Zeitpunkt aussah, wusste ich kaum.

Bereits kurz nach dem Angriff auf das World Trade Center und das Pentagon war klar, dass diese Ereignisse über viele

Monate und wahrscheinlich sogar Jahre hinweg Folgen haben würden. Auch wir als Elfjährige spürten das. Wir konnten noch keine ausgereiften Analysen oder Meinungen formulieren, spielten sie aber nach, in dem wir Auffassungen, die wir gehört hatten, miteinander teilten und indem wir uns Beobachtungen oder Abläufe erzählten, die wir in Fernsehberichten gesehen hatten.

Da ich mich in der Schule, wie schon erzählt, nicht wirklich wohlfühlte, hatte ich dort auch keine echten Freunde. Der Kontakt zu den anderen in der Klasse blieb oberflächlich und beschränkte sich auf Pausengespräche. Ab und zu stand ich mit fünf oder sechs Jungen aus meiner Klasse in einer bestimmten Ecke des Schulhofs unter einer Pergola zusammen. Einmal, das war schon im Frühjahr 2002, sprachen wir über Guantanamo. Wir beschrieben uns, wie die Männer dort in orange Gefängniskluften eingeschnürt wurden wie Pakete, bevor man sie nach draußen ließ, spekulierten, was die aufgedruckten Nummern auf ihrer Brust bedeuten konnten, und am Ende setzten sich zwei von uns, angefeuert von den anderen, für längere Zeit mit hinter dem Rücken verschränkten Armen in Froschhaltung auf den Boden, um auszuprobieren, wie lange man in so einer Haltung bei einem Hofgang verharren konnte. Ein anderes Mal in dieser Zeit ging es um Osama bin Laden. Wo er sich jetzt wohl aufhielt, ob die Amerikaner es schaffen würden, ihn aufzuspüren. Es gab im Frühjahr und Sommer desselben Jahres in der Folge noch weitere Anschläge, auf Djerba fuhr ein Lastwagen mit Flüssiggas gegen eine Synagoge, und vor der US-Botschaft in Karatschi explodierte eine Autobombe, daran erinnere ich mich genau, weil wir jedes Mal darüber sprachen, was wir, wenn es die Anschläge im Jahr davor nicht gegeben hätte, wahrscheinlich nicht getan hätten. Einer von den Jungs aus der Pausengruppe war arabischer Herkunft, ein anderer Deutschtürke. Beide waren lebhaft und sprachen gerne und viel. Sie mochten sich nicht und gingen sich normalerweise aus dem Weg, aber immer, wenn es um das Thema 9/11 und die Folgen ging, wurden sie uns gegenüber auf einmal zurückhaltend und standen auffällig dicht nebeneinander.

Das Thema Feuerwehr, erinnere ich mich, kam in einer Freistunde auf. Nach dieser Stunde ging ich zur Schultoilette, schloss mich ein, weinte lange, schaltete mein Handy zuerst aus und ein und dann wieder aus und spielte für einen Moment mit dem Gedanken, die Nummer meines Vaters einfach zu löschen. Dabei hatte es anfangs überhaupt nicht so ausgesehen, als ob etwas Enttäuschendes passieren würde, im Gegenteil.

Der Sport vor der ersten Pause war ohne Begründung ausgefallen. Wir saßen auf dem Asphalt des leeren Schulhofes auf unseren Turnbeuteln und wussten längere Zeit nicht, was wir machen sollten. Ein Junge, der direkt neben der Schule wohnte, ging schließlich zu sich nach Hause, aß dort etwas und brachte Süßigkeiten mit. Morgens beim Frühstück hatte er einen längeren Bericht über die New Yorker Feuerwehr im Radio gehört, davon erzählte er uns jetzt Einzelheiten. Durch ihn kannte ich, schon Jahre bevor ich die Stadt selbst sehen würde, die roten Rufsäulen, von denen aus man in Manhattan bereits im 19. Jahrhundert Alarme telegrafiert hat, und erfuhr, dass in den Sechziger- und Siebzigerjahren manche Viertel in der Stadt so verarmt und heruntergekommen waren, dass regelmäßig Gebäude angezündet wurden, um Versicherungssummen zu kassieren.

Ich war bei den Gruppengesprächen, ganz egal, worum es ging, immer zurückhaltend. Nur selten machte ich Einwürfe, die von den anderen meist bis auf einen kurzen Blick ignoriert, selten auch mal mit einem Kopfnicken oder einer knappen Antwort kommentiert wurden. Aber dieses Mal war das anders. Ich war ziemlich aufgeregt. In der Zeit nach unserem ersten Austausch und vor den regelmäßigen Treffs in seiner Weddinger Wohnung hatten Bruno und ich uns zwei- bis dreimal die Woche geschrieben. Manchmal hatte er mir auch Nachrichten auf die Mailbox geschickt, die ich ebenfalls mit einer Sprachnachricht beantwortete. Ob er arbeitete und wo er wohnte, erfuhr ich in der Zeit zwar nicht, aber er erzählte mir oft, wo er an einem bestimmten Tag gerade war oder was er unternahm, und beschrieb mir die schönen Dinge, die ihm dabei auffielen, wie eine leckere Pizza in einem Lokal in Kreuzberg oder ein Sonnenuntergang am Müggelsee. Manchmal war er auch wieder auf die Zeit in Manhattan zurückgekommen. In dem Moment fielen mir sofort einige Details über die Rettungsarbeit und über die New Yorker Feuerwehr ein, die er erwähnt hatte und die ich den anderen unbedingt mitteilen wollte.

Da ist was im 81., sollte beispielsweise ein Mann gesagt haben, der für den Securitydienst im Nord- und Südturm arbeitete. Der Mann schaute auf einen seiner Monitore, wo auf einmal eine Tür zu sehen war, durch deren Spalt am Fußboden Rauch drang, und griff sofort zum Telefon. Der Satz sei, hatte mein Vater mir erklärt, mittlerweile eine Legende, weil er der erste war, der überhaupt als Notruf einging. Bruno hatte mir auch die gelben Sauerstoffflaschen und weißen Helme und die roten Alarmleuchten auf den Feuerwehrwagen ausführlich beschrieben und verschiedene rote Lampen unter einer kleinen Kuppel, die aufblinken und gleichzeitig rotieren konnten. Drei Männer, die in einem engen Korridor unter brennenden Möbelteilen und Wandverkleidungen begraben wurden, während Retter hilflos zuschauen mussten, hatte er auch erwähnt und einen anderen Mann, der durch einen riesigen Raum geeilt war, in dem bereits alles in Flammen stand, Deckenverkleidungen, Schränke und Teppiche, bis er am Ende schließlich selbst brannte und über eine Balustrade nach unten stürzte. Eine Frau in demselben Raum schlug, bevor sie vor Hitze erstickte, mit einem Stuhl Fensterscheiben ein und stürzte in die Tiefe, und auch über eine dramatische Rettungsszene, die sich in Brunos Nähe abgespielt hatte und am Ende gut ausgegangen war, wusste ich bestens Bescheid: Eine ältere Frau im Morgenmantel und zwei Kinder in ihrer Begleitung hatten sich in einem Treppenhaus, dessen Stufen durch Explosionen zerstört worden waren, sodass ein sich über etliche Etagen erstreckendes Loch entstand, selbst gerettet, in dem sie durch pendelnde, halb aus ihrer Verankerung gerissene Geländerreste und Notausgangsleitern nach unten kletterten. Zum Schluss brachten sie die unteren Enden der aneinanderhängenden und ineinander verkeilten Teile wie eine Schaukel zum Schwingen, um sich mit einem Sprung über einen Abgrund auf einem tiefer liegenden Treppenabsatz in Sicherheit zu bringen.

Das alles brach aus mir heraus. Ich erzählte es den anderen, mit heraussprudelnder, überlauter Stimme und in langen ausführlichen Sätzen, über die ich selbst erstaunt war. Es fühlte sich an, als hätte jemand ein Ventil geöffnet, aus dem der ganze Druck einer längeren Zeitperiode auf einmal entweichen wollte.

Niemand unterbrach mich, während ich sprach. Niemand bewegte sich. Nicht mal ein Räuspern oder Füßescharren war zu hören, und ich weiß noch genau, wie ich es genoss, im Mittelpunkt zu stehen. Es war das erste Mal, dass ich die Erfahrung machte, dass man andere mit dem, was man denkt und sagt, komplett in seinen Bann ziehen kann.

Erst während ich die Rettungsszene zu Ende erzählte, registrierte ich aus den Augenwinkeln, dass sich etwas veränderte. Zwei der Jungen flüsterten kurz miteinander. Dann lachte einer von ihnen plötzlich laut auf.

Brennende Vorhänge und Möbel? So ein Quatsch. Im World Trade Center waren doch nur Büros, sagte er.

Übernachtet hat da auch niemand, ergänzte der andere.

Und die Feuerwehr sieht ganz anders aus. Die haben dunkle Schutzmäntel und Schutzhosen an, mit gelben Phosphorstreifen auf der Brust und an den Beinen. Und ihre Sauerstoffflaschen sind weiß.

Was du uns da erzählt hast, sind Szenen aus einem alten Spielfilm mit Paul Newman, in dem ein Hochhaus brennt. Den haben wir mal zusammen auf Video gesehen.

Alle lachten.

Nach dem Ereignis weigerte ich mich zuerst, Bruno weiter zu besuchen. Zum ersten Mal erzählte ich Ina von der 9/11-Geschichte. Sie wurde erst etwas blass und sah für einen Moment wieder so aus wie in der Zeit ohne Bruno. Dann gab sie sich einen Ruck, das war deutlich zu sehen, und überredete mich, trotzdem an den Treffen mit meinem Vater festzuhalten. Ich ließ mich überzeugen, auch wenn sie für mich nicht mehr wie vorher waren.

Im Oktober 2002 ist Bruno dann aus Berlin weggegangen. Wieder plötzlich, ohne dass er es uns angekündigt hatte. Wir schrieben uns wieder Nachrichten oder telefonierten von Zeit zu Zeit, aber deutlich seltener. Irgendwann hörten wir nur noch an Geburtstagen und an Weihnachten voneinander. Nach dem Ende meiner Studienzeit hörten die sporadischen Anrufe ganz auf.

Als ich vor einem Jahr überraschend die Einladung zu einem Aufenthalt an der NYU bekam, war ich gespannt, die Universität kennenzulernen und Kontakte zu Kollegen aufzunehmen, ich freute mich auf Spaziergänge im Central Park, auf Streifzüge durch Brooklyn oder Harlem und auf Konzerte und Museen. An 9/11 dachte ich kaum noch. Zum Zeitpunkt meines Abflugs hatte ich zwei Jahre nicht mehr mit Bruno gesprochen. An dem Nachmittag mit dem seltsamen Besucher aus meiner Vergangenheit war die Erinnerung an ihn und den Herbst 2001 dann schlagartig wieder aktiviert worden, und an meinem zweiten Tag in Manhattan, nachdem ich mein Viertel das erste Mal erkundet und mir bei Best Buy eine Prepaidkarte besorgt hatte, beschloss ich aus einer Laune heraus, mich bei ihm zu melden.

Rate, wo ich gerade bin, tippte ich in das Feld unter seiner Nummer.

Ein solch unmittelbarer Einstieg war typisch für uns, obwohl wir uns lange nicht mehr gesehen hatten und kaum noch etwas übereinander wussten. Er hätte mich wahrscheinlich genauso kontaktiert, zumindest nahm ich das an.

Mehrere Stunden lang passierte nichts.

Wie geht es dir?, schrieb er schließlich zurück.

Das war eine erstaunlich normale Frage. Vielleicht hatte

er nachgedacht und wollte mit mir etwas anders machen. Aber der Gedanke kam mir erst später, in dem Moment war ich von seiner Reaktion irritiert und antwortete nicht.

Zwei Stunden später kam eine zweite Reaktion.

Endlich. Du bist also da.

Dann piepte es noch ein weiteres Mal: Genau rechtzeitig.

Warum?, fragte ich.

Weil sie gerade eröffnet haben.

Wer?

Na, das Museum. Ich konnte nicht kommen, aber meine Schuhe sind noch dort. Erinnerst du dich? Und an die Vitrine?

Mit Brunos zweiter Antwort kam ein tief vertrautes, stickiges Gefühl wieder zurück, das mich von klein auf mit ihm verbunden hat. Er hat mich immer gerne in Situationen gebracht, in denen er mehr wusste als ich oder in denen er in sonst irgendeiner Weise die Nase vorn hatte und mir helfen konnte.

In gewisser Weise ist das jetzt auch so. Wir glauben, dass es einen Grund dafür gibt, dass wir hier festsitzen, wir kennen ihn nur noch nicht.

Da ich schon als Kind ahnte, dass seine Geschichte nicht echt sein konnte, kommt es euch vielleicht widersprüchlich vor, dass ich nach diesem ersten Nachrichtenaustausch sofort an den Ort des damaligen Geschehens fahren, mir das 9/11-Gedenkmuseum anschauen und nach Brunos Schuhen Ausschau halten wollte. Aber es ist schwer, sich dem Einfluss der eigenen Eltern zu entziehen, auch wenn man weiß, dass es nicht stimmt, was sie einem vermitteln, braucht man viel Mut und innere Unabhängigkeit, um die

Wahrheit einzufordern. Zum anderen steckte hinter dem Versprechen, dass ich ihm nach unserem Austausch gegeben hatte, hinzufahren, die Schuhe aufzuspüren, ihm wenn möglich ein Foto zu schicken, natürlich auch der Wunsch, ihn mit eben dieser Wahrheit zu konfrontieren.

Aber dann war ich bei meinem ersten Besuch von den vielen Eindrücken und Baustellen und der Unübersichtlichkeit vor Ort zerrieben worden und hatte das Thema erst einmal verdrängt.

Anders als in früheren Jahren suchte Bruno jetzt jedoch immer wieder den Kontakt zu mir und fragte mehrmals nach, ob ich schon etwas herausgefunden hätte. Was brachte ihn nur dazu, die Situation derart auf die Spitze zu treiben? Ging es ihm darum, dass unser Kontakt nicht abriss, egal wie, und hielt er, solange ich es nicht übers Herz brachte, ihm zu erzählen, dass ich von seinen Lügengeschichten genug hatte, mit mir zusammen einfach daran fest? Oder waren solche Lügen für ihn vielleicht in Wirklichkeit gar keine? Von Ina habe ich später erfahren, dass er den beiden Frauen, mit denen er gleichzeitig mit ihr zusammen war, ständig Geschichten erzählt hat. Nur so gelang es ihm vorübergehend, zwei weiteren Menschen Hoffnungen auf ein gemeinsames Leben mit ihm zu machen. Seine Erfindungen reichten von Reisen, die wir angeblich zu dritt unternahmen – was ihm ermöglichte, phasenweise wieder nur ganz bei uns zu sein –, über ein schon lange währendes Unglück und die völlige Zerrüttung seiner Beziehung zu meiner Mutter – die ihr allerdings nie aufgefallen war und die sie ihm auch später nie abnahm – bis zu einem angeblich unmittelbar bevorstehenden Scheidungstermin.

Hat sich Bruno nach meiner New-York-Reise eingestanden, dass er sich seiner Vergangenheit stellen muss? Ist er deswegen wieder nach Berlin gekommen und hat sich bei dir Hilfe gesucht, Lydia? Wollte er aus diesem Grund auch das Familientreffen nach langer Zeit hier im Park? Kurz bevor ich mich auf den Weg gemacht habe, hat Ina sich entschieden, doch nicht hierher zu kommen. Ich habe Bruno deswegen nicht Bescheid gegeben, denn ich wollte ihn unbedingt sehen. Wäre das Treffen, wenn Ina dabei gewesen wäre, anders verlaufen? Wären wir dann jetzt nicht hier?

Wenn man sich in eine Situation wie die von Bruno erst einmal hineinmanövriert hat, empfindet man seine Geschichten selbst vielleicht gar nicht mehr als Lügen. Sie sind dann einfach eine Identität, die man in Gegenwart bestimmter Menschen annimmt, eine Welt, die man sich mit ihnen baut, oder eine Form der Kommunikation, mit der man die Beziehung zu seinem Gegenüber im Moment des Erzählens immer wieder neu erfindet – vielleicht weil man glaubt, sie erfinden zu müssen?

Ich bin gerne Wissenschaftler. Das habe ich euch ja vorhin schon erklärt. Wenn ich etwas behaupte, muss ich es immer belegen können, am besten mehrfach.

Als ich in Manhattan ein weiteres Mal vor meinem Apartmenthaus stand, war es zwei Uhr morgens. Ich näherte mich dem Haupteingang. Niemand war zu sehen. Etwas entfernt von der Eingangstür stellte ich mich mit dem Rücken an die Hauswand und blickte über den Platz vor den Gebäuden. Er war dunkel und leer. In den beiden anderen fast identischen Häusern waren vereinzelt Lichter an, und ich stellte mir vor, wie die Bewohner in ihren Zimmern von Zeit zu Zeit aufstanden, ein Fenster öffneten und sich ein Getränk holten oder wie sie versuchten, die uralten Heizungen aufzudrehen, zerkratzte, schwarze, an verbogenen Leitungen hängende riesige Metallkörper, die man, wie auch alle Badezimmer und Türen und Schlösser, seit den Sechzigern, als das Gebäude errichtet worden war, nicht mehr ausgetauscht hatte. Während der Instandsetzung der Häuser in Ostberlin haben meine Eltern in meiner Gegenwart manchmal über die Modernisierungswellen in der westlichen Welt, besonders in der alten Bundesrepublik, miteinander gesprochen. Über das lethargische Verharren in alten Bauten nach dem Krieg, dann den Abrisswahn, die zahlreichen Neubauviertel und schließlich die Achtziger- und Neunzigerjahre, in denen man sich Häusern aus dem vorigen Jahrhundert wieder verstärkt zugewandt, sich in ihrer Massivität und ihren altmodischen Schnörkeln wieder wohlgefühlt hat. Wenn ich an die Weichheit, große Sensibilität und grundsätzliche Verunsicherung meiner Eltern denke, ihr ständiges Fragen und Infragestellen, kommt es mir so vor, als wären diese vor mehr als zwei Jahrzehnten wieder so beliebt gewordenen stuckverzierten alten Häuser für ihr romantisches Wolkenkuckucksheimleben in den Neunzigern, ihr Dasein im Ungefähren, genau das Richtige gewesen.

In New York waren solche Überlegungen unwichtig, sagte ich mir. Hier herrschten, was das Wohnen anbelangte, andere, deutlich härtere Bedingungen. Die Distanz zu meiner eigenen Herkunft tat mir in dem Moment gut.

Ich nahm all meinen Mut zusammen, öffnete die Lieferantentür und trat ins Treppenhaus. Wenn ich schon nicht in meine Wohnung kam, konnte ich vielleicht wenigstens bei einem der Nachbarn klingeln, die ich inzwischen kennengelernt hatte. Es war zugig und leer. Bis zur Souterrainebene mit dem Wäscheraum, von dem aus man durch einen zweiten Ausgang ins Haupttreppenhaus kam, waren es wenige Stufen. Zu später Stunde hatte noch jemand eine Wäsche angestellt, das schabende Geräusch einer einzelnen Wäschetrommel war von Weitem zu hören.

Ich erreichte zuerst den Korridor des Untergeschosses, der in einen beleuchteten Vorraum mündet. Er ist an drei Wandseiten mit Sitzgelegenheiten versehen, schmale Holzbänke, auf denen häufig Gegenstände liegen, die Hausbewohner aussortiert haben und ihren Nachbarn zum Mitnehmen anbieten, kleine Vasen, ältere Küchengeräte oder Bücher, manchmal auch Kinderkleidung und Spielzeug in kleinen Pappkartons.

Dort entdeckte ich zu meinem Erstaunen meinen Koffer. Es musste meiner sein, schwarz mit grauen Seitennähten. Schnell packte ich das Gepäckstück am Griff. Ich entschied mich, es erst einmal an mich zu nehmen und das Gebäude wieder zu verlassen.

Draußen setzte ich den Koffer vorsichtig auf und zog ihn dann hinter mir her, so schnell ich konnte. Es hatte jetzt angefangen, zu regnen, das Rumpeln der kleinen Räder war überscharf auf dem leeren Platz zu hören. Was war passiert? Hatte man die Wohnung geräumt und meine Sachen eilig hineingestopft? Und da wohl unklar gewesen war, was mit meinen Hinterlassenschaften passieren sollte, hatte jemand ihn am Ende einfach in diesem Raum abgestellt? Paul und seine Kollegen fielen mir jetzt wieder ein, wie sie mich gepackt und weggezerrt hatten. Ich beeilte mich, zum Subway-Eingang West 4th Street zu gelangen. Das Gepäckstück kam mir wesentlich praller gefüllt vor als auf meiner Hinreise, und da ich große Mühe hatte, es beim Gang die Treppen hinunter anzuheben, schleifte ich es schließlich polternd nach unten, was durch die gesamte Station hallte.

Die Halle unten war leer. Eine letzte Bahn fuhr noch. Ich setzte mich und legte den Koffer vor mir auf dem Boden zurecht. Ich hatte ziemlichen Durst und fühlte mich abgekämpft. Während ich am Reißverschluss nestelte, um den Koffer zu öffnen, registrierte ich aus den Augenwinkeln eine schlurfende Gestalt, die vom anderen Ende des Bahnsteigs zu mir herüberlief. Der Mann, sofern es sich um einen Mann handelte, war mir anfangs nicht aufgefallen. Er musste sich in Sekundenbruchteilen aus einem unterirdischen Gang oder aus einer der unbeleuchteten Nischen, in der er wohl vorher bewegungslos gehockt oder gesessen hatte, herausgelöst haben. Mit glasigen Augen starrte er mich und meinen Koffer an.

Er war nicht alt, wirkte aber schon ergraut, was vielleicht an seinen verfilzten Haaren und seiner schmutzigen Kleidung lag. Die Bahn kam. Ich stand schnell auf und stieg ein. Der Mann folgte mir und nahm in dem ansonsten leeren Wagen mir gegenüber Platz. Ich versuchte, dem Blick in sein Gesicht auszuweichen, da ich das Gefühl hatte, dass er mich anstarrte. Nach der dritten Station holte er eine abgegriffene Plastikflasche hervor, die mit einem Rest Wasser gefüllt war, gab einen gurrenden, schadenfroh wirkenden Laut von sich und goss das Wasser mit einem Schwung vor mir auf den Fußboden. Mein Durst wurde noch größer. Hatte er mir ansehen können, dass ich etwas zu trinken brauchte, und mich ärgern wollen? Er schüttelte die leere Flasche noch mehrmals, sodass einige Tropfen in meine Richtungen flogen. Dann steckte er eine Hand in seine Hosentasche und holte etwas daraus hervor, das er in die Flasche warf, ich hatte den Eindruck, es waren kleine Kugeln, vielleicht Murmeln, und fing an, sie mit einem umnachteten Blick rhythmisch zu bewegen, erst ganz langsam und allmählich immer schneller werdend.

Nach einer endlos wirkenden Zeit erreichte der Zug den Bahnhof Penn Station. Ich stieg aus, fand einen Waschraum und trank minutenlang von einem Wasserhahn. Dann ging ich zu dem einzigen Schalter, der um die Uhrzeit geöffnet war, löste einen Fahrschein für den nächsten Vorortzug und fuhr nach unten zu den Gleisen. In einem Viererabteil hob ich den Koffer auf den gegenüberliegenden Sitz und legte die Füße hoch. Vereinzelt waren bereits Menschen unterwegs zur Arbeit. Eine ältere schwarze Frau mit einer großen, randlosen Brille und einem unter dem Kinn festgeknoteten Kopftuch blickte missbilligend auf meine Sitzhaltung, aber ich ignorierte sie, sah stur auf die endlos langen Reihen von Backsteinhäusern und Feuerleitern, die an mir vorbeizogen, und schlief irgendwann vor Erschöpfung ein.

Als ich hochschreckte, hatte der Zug mehrmals kreischend gebremst, und wir fuhren in den Bahnhof Bridgeport ein.

Ich schleppte den Koffer längere Zeit eine leere Straße entlang, die in eine weitere Straße mit Geschäften und niedrigen Zweckgebäuden mündete, vielleicht das Ortszentrum. Es war jetzt halb fünf, und wahrscheinlich weil wir hier in der Peripherie waren, kam es mir deutlich kälter vor als vorher. Hier ist also der Rand, dachte ich mehrmals. Das, was man, wenn man durch Manhattan läuft, verdrängt. Mir war wiederholt gesagt worden, dass man von typischen amerikanischen Städten keine Ahnung hat, wenn man New York City nicht auch mal verlässt. Aber auf das, was ich hier sah, war ich trotzdem nicht vorbereitet, die Gegend, durch die ich jetzt kam, wirkte auf mich wie der Gipfel der Verlassenheit und Menschenleere. Ich schlurfte unbestimmte Zeit unter der riesigen Betonbrücke eines Highways hindurch, der in einer nicht einsehbaren Schleife den Ort überwölbt. An einer Stelle führten eiserne Stufen hoch zu einem Gerüst mit einem baufälligen, provisorischen Ausguck aus Holz. Ich ließ mein Gepäck am Fuß der Treppe stehen und stieg hoch. Irgendwo hier in der Nähe musste die aufgegebene Remington-Munitionsfabrik sein. Ein Busfahrer, dem ich bei seiner Mittagspause in einem Imbiss in Queens begegnet war, hatte mir ausführlich davon erzählt, seine Mutter war jahrzehntelang dort beschäftigt gewesen. Man erkennt sie, wie er mir erklärt hat, an einem steil aufragenden Gebäudeteil, dem sogenannten Schussturm, in dessen Innern früher Waffenschrot hergestellt wurde, indem man flüssiges Metall von oben durch Siebe gegossen und in einem kalten Wasserbecken in der Tiefe abgekühlt hat. Mehrmals schaute ich in alle Richtungen, aber ich sah nur flache Häuser und Schuppen und fast unter mir, nicht weit entfernt, schließlich einen Fährhafen mit einer Anlegestelle.

Wie ich dort hingekommen bin, weiß ich nicht mehr. Nur dass ich längere Zeit in einem völlig überheizten Wartehäuschen gedöst habe, bis das Schiff kam. Außer mir ging nur eine Handvoll anderer Passagiere mit an Bord. Sie verloren sich schnell in dem großen Innenraum zwischen den vielen Reihen leerer Sitze, sodass es mir bald so vorkam, als wäre ich bei der Überfahrt ganz alleine. Das Schiff schwankte stark. Das Wasser war grau und kam mir, schon kurz nachdem wir den Hafen verlassen hatten und ein Stück draußen waren, unüberwindbar vor. Ich ging zur Theke eines kleinen Cafés und bestellte Tee. Ein mürrischer Mann trat aus einem Hinterzimmer, erklärte mir, dass es nur Kakao gab, und reichte mir kurz darauf ein dickflüssiges Getränk in einem synthetisch riechenden Becher, das ich in einem Zug austrank und eine halbe Stunde später über der Reling erbrach.

Als ich in Port Jefferson auf Long Island angekommen war, atmete ich auf. Eine Weile stand ich am Hafen und blickte betäubt auf die Idylle mit den zahlreichen kleinen Schiffen, dann lief ich zur Bahnstation. Der Zug zurück nach Manhattan ging in zwanzig Minuten. Erst jetzt kam ich auf die Idee, mich noch einmal mit dem Koffer zu beschäftigen. Nicht nur sein Gewicht, auch die Art und Weise, wie er gepackt war, wollte ich mir genauer anschauen. Ich legte ihn hin und öffnete den Reißverschluss. Er war bis zum Rand gefüllt mit fremden Büchern und gebrauchtem Spielzeug. Panik überkam mich. Ich tastete über den schwarzen Stoff. Koffer sehen sich ähnlicher, als man denkt, ich war mir plötzlich nicht einmal mehr sicher, ob es überhaupt meiner war.

Als ich zwei Stunden später wieder am Bahnhof Penn Station ankam, war ich körperlich ausgelaugt und meine Stimmung auf dem Tiefpunkt. Ich hatte eine schwere Ladung fremder Sachen durch die Gegend geschleppt, ohne Sinn und Verstand. Was sollte ich damit jetzt machen?

Ich ging zu einem Schließfach, bezahlte für 24 Stunden und schloss das Gepäck dort ein. Irgendwann würde jemand das Fach öffnen.

Wie sollte es weitergehen? War es eine gute Idee, zurückzufahren und darauf zu bestehen, meine Sachen zu bekommen? Sollte ich endlich jemanden um Hilfe fragen? Oder lieber die Stadt mit dem restlichen Geld und meinen

Papieren so schnell wie möglich verlassen? Ich wusste, meine persönlichen Sachen und die Ordner mit Forschungsnotizen konnte ich unmöglich einfach so aufgeben.

Widerwillig stieg ich an der 34th Street in eine Bahn, die mich zurück zum Apartmenthaus brachte, blieb an der West 4th Street dann aber sitzen. Auch die Bleecker Street rauschte an mir vorbei. Ich saß wie festgenagelt auf einem der orangen Sitze. Die Stadt war in dieser einen Nacht vollkommen von mir weggerückt. Wir passierten die Brooklyn Bridge und steuerten auf Coney Island zu. Gemächlich fuhr der Wagen in die letzte Station ein. Wegen der Großzügigkeit der weiträumigen Vorhalle erinnerte mich dieser Bahnhof immer an einen Endbahnhof in Berlin. Mich überkam Heimweh.

Ich passierte die Sperre und stapfte langsam an den großen Reklametafeln vorbei in Richtung Meer, erleichtert, nichts mehr tragen zu müssen.

Meine Eltern hatten mir nach ihrer gemeinsamen Reise damals vom morbiden Charme von Coney Island erzählt, altmodischen abblätternden Riesenrädern, nostalgischen Verkaufsbuden. Heute gab es das alles nicht mehr. Dicht nebeneinander standen grellbunte Plastiklabyrinthe und neue Fahrgeschäfte im Sand, blau, rot, die Wagen abmontiert, auf den Gestängen glänzte winterlicher Regen.

Mein Telefon brummte. Kurz überlegte ich, es aus der Manteltasche zu holen, aber dann hatte ich Angst, es könnte Bruno sein. Er hatte mir in den Tagen davor nicht mehr geschrieben, dafür mehrmals versucht, mich anzurufen, meist fünf- bis sechsmal hintereinander, was neu war und mich überforderte.

In Wirklichkeit, gestand ich mir jetzt ein, hatte ich auch bei dem zweiten, erfolgreichen Versuch, Ground Zero zu besuchen, nicht feststellen wollen, ob die Vitrinen in der leeren Museumsvorhalle identisch waren mit denen auf dem Foto, das Bruno mir seinerzeit geschickt hatte. Dass dasselbe Behältnis in der aktuellen Ausstellung wieder verwendet wurde, war nicht wahrscheinlich, doch indem ich mir hektisch einredete, das unbedingt herausfinden zu müssen, hatte ich meine schlechten Gefühle Bruno gegenüber verdrängt, der mich immer noch belog.

Nach meinem gescheiterten ersten Besuch auf dem Gelände war ich wegen seines beharrlichen Nachfragens in der Angelegenheit irgendwann so verwirrt und genervt gewesen, dass ich anfing, eine Art Spiel zwischen uns zu etablieren, bei dem ich immer mehr Indizien dafür sammelte, dass er 2001 nicht in der Stadt gewesen sein konnte.

Als ich beispielsweise an der Stelle am Broadway entlanglief, an der die Stadt Manhattan die Idee umgesetzt hat, bunte Stühle aufstellen zu lassen, um mitten in der Unruhe und Unrast der Passanten- und Autoströme ein Gefühl von Entspannung und Dörflichkeit zu etablieren, schrieb ich Bruno an und fragte ihn, ob er diese Stühle kenne. Da er sich scheinbar unter Druck fühlte, mir zu beweisen, wie gut er sich auskannte, antwortete er sofort mit Ja, obwohl die Sitzgelegenheiten erst Jahre nach dem Anschlag auf das World Trade Center dorthin gebaut wurden.

Danach konnte ich tagelang nicht mehr aufhören, ihm solche Fragen zu stellen. Er bestätigte mir, eine kleine, bunt bemalte Kirche in Harlem zu kennen, in der ich an einem Sonntag spontan den Gottesdienst besuchte, und fachsimpelte mit mir über Einzelheiten der Schwebebahn, mit der man von der 2nd Avenue nach Roosevelt Island gelangt, und ich schrieb weiter nichts dazu, obwohl immer offensichtlicher wurde, dass das meiste, was er behauptete, nicht stimmte. Nachdem er das dritte oder vierte Mal gelogen hatte, hätte er begreifen müssen, dass mir das klar war. Aber wir schwiegen darüber, wodurch wir, so schien es mir, seine Unwahrheiten indirekt auf eine Art natürlich doch kommunizierten. Und damit auch alles andere, was uns betraf: die Lügen von damals und heute, die Vergangenheit und die Tatsache, dass wir auch nach so vielen Jahren noch stark aneinander hingen.

Ich hatte jetzt das Meer erreicht. Ein paar Minuten lang schaute ich haltsuchend in die Wellen, dann lief ich immer geradeaus, in Richtung Westen, den Holzbohlenweg am Strand entlang. Am Ende von Coney Island gibt es einzelne, sehr schöne Häuser, dahinter liegt die Spitze der Halbinsel. Es wirkt von Weitem so, als könnte man sie mit etwas Geduld, immer einen Schritt nach dem anderen, mühelos erreichen. Und ich hatte Geduld. Ich lief und lief, der Wind blies mir seitlich ins Gesicht.

Irgendwann kreuzte ich einen Jogger. Nackt bis auf eine kurze Hose lief er mit flappenden Barfußschritten die Bohlen entlang. Zwei dicke Frauen auf Rädern kamen ihm aus meiner Richtung entgegen, er grüßte: Hi Girls! How are you doing?

Es war dieser Moment, in dem schließlich etwas in mir aufbrach, wahrscheinlich wegen seiner Normalität und Fröhlichkeit. Eine unwirklich schimmernde helle Fläche erschien vor meinen Augen, sie erinnerte an ein weißes Quadrat und schien in der Luft zu schweben, vielleicht auch ein Teil von ihr zu sein. Ich begriff, was ich sah, war etwas Zusätzliches, es lag neben der Realität. Ganz kurz hatte ich die Vorstellung von einem Eingang, in den ich hineinklettern konnte, der Übergang zu einer anderen Welt. Natürlich war das der Schlafmangel, ich fühlte mich obdachlos und war völlig übermüdet. Dann wurde mir plötzlich klar, dass das Quadrat mich auf etwas hinweisen wollte. Du siehst Dinge um dich herum, schien es mir zu sagen, und verknüpfst sie in einer bestimmten Weise. Aber das ist nicht alles. Es gibt immer noch eine andere Sicht der Dinge. Etwas, das du gerade übersiehst.

Ich sah die sommerliche Hitze des Jahres 2002 plötzlich wieder vor mir, Monate nach den Anschlägen. Die Treppe in unserer Schule, das blaue T-Shirt mit der Meereswelle. Es war mir vertrauter, als ich gedacht hatte, ich sah es für einen Augenblick zerknüllt in einer Ecke meines Zimmers liegen, dann im Badezimmer meiner Kindheit im Wäschekorb. Und schließlich wurde mir klar, dass der magere Jungenkörper, der darin gesteckt hatte, ich selbst gewesen war. Ich war es, der immer wieder die Treppe zum Hauptgebäude in unserer Schule genommen hatte, den Eingang zu den sechsten Klassen. Einen fremden Jungen hatte es nie gegeben. Die Sonne schien oft in diesem Sommer, dem ersten in der neuen Schule. Mir war heiß. Ich schwitzte überall am Körper. Besonders am Kopf war der Schweißfilm deutlich zu spüren. Denn meine Kopfhaut war nicht wie jetzt durch Haare bedeckt, die ihn aufgesogen hätten, sondern nur durch einen Flaum.

Die Häuser an der Westspitze von Coney Island näherten sich. Ich war schon lange unterwegs, und langsam dämmerte mir, dass mein Vorhaben, zum Zipfel der Insel zu gelangen, nicht aufgehen würde. Ich kniff die Augen zusammen, starrte scharf auf die Linie zwischen Sand und Meer und entdeckte, nicht mehr weit entfernt, einen dünnen Drahtzaun. Ich hätte jetzt umkehren können, wieder zurückfahren. Aber ich konnte nicht. Ich lief einfach weiter, immer schneller, und als der Zaun unmittelbar vor mir lag, fing ich an zu rennen und prallte mit voller Wucht dagegen. Draht schnitt mir ins Gesicht, ich trat wütend immer wieder nach den Maschen. Sie gaben nach, mein Fuß verfing sich, und ich fiel hin und fing bitterlich an zu weinen.

In dem Film, der sich, als ich anschließend betäubt im Sand hockte, vor mir entrollte, war ich selbst es, der regelmäßig den Bus von der Schule, die ich nicht gemocht hatte, an den Stadtrand nahm. In einem fremden Haus schloss ich voller Widerwillen die Tür auf, betrat dort ein Zimmer, das mir nicht vertraut war, und wartete. Nachdem es meine Mutter im Frühjahr 2002 wieder etwas besser ging, fing sie an, sich für andere Männer zu interessieren. Und einer von ihnen, mit dem sie mehrere Monate lang für meinen Geschmack viel zu intensiv zusammen war, ehe sie einander plötzlich wieder fallen ließen, hatte in einer öden Straße am Stadtrand gewohnt. Wenn die Schule aus war, musste ich mehrmals in der Woche zu ihm fahren und in einer fremden Wohnung warten, bis Ina und er nach der Arbeit nach Hause kamen. Irgendwann hatte ich das nicht mehr gewollt und mich verweigert, was dazu führte, dass ich fast zwei Wochen in unserer Wohnung am Rosenthaler Platz faktisch allein lebte.

Während mein Gesicht vom Wind und den getrockneten Tränen brannte, wanderten meinen Gedanken von dort weiter in das andere Zimmer, das mir vorher mehrmals durch den Kopf gegangen war, der schmale, grau gekachelte Raum, ein Krankenhauszimmer. Meine Mutter saß dort an meinem Bett, müde und mit geröteten Augen, und las mir die Kurzgeschichte von Heinrich Böll vor. Ich würde bald wieder in meine Klasse zurückkehren, hoffte sie, dann sollte ich gut vorbereitet sein. Das Thema des Textes, der drohende Tod eines Jungen, der eben noch Schüler gewesen war und jetzt als Soldat an den Ort seines Lernens – oder bildete er sich das nur ein? – zum Sterben zurückkehrte, nahm Ina damals stark mit. Immer wieder machte sie Pausen. Ihre Versuche, sich ihre Gefühle nicht anmerken zu lassen, rührten mich und machten mich ebenfalls traurig. Ich selbst hatte gar kein eigenes Gefühl zu meiner Lage, da war nur Taubheit. Eine Empfindung, die ich, so schien es mir, während ich jetzt Tausende Kilometer entfernt im Sand saß, jahrelang unreflektiert mit mir herumgeschleppt hatte. War die Bedrohung meines Lebens der Grund gewesen für Brunos Betrug an Ina? Ertrug er nicht, was mir widerfuhr, ließ es ihn damals ebenfalls stumpf und taub werden, bis er sich schließlich auf planlose und rücksichtslose Weise seinen Affären hingab? Ina hatte mehrmals die Vermutung geäußert, dass sein Verhalten vielleicht auf diese Weise zu erklären war. Irgendwann in den Jahren danach, als ich dreizehn oder vierzehn war. Eine chaotische Zeit, voller vergeblicher Versuche, in ein normales Leben zurückzukehren, an die mich ausführlich zu erinnern mir bis heute schwerfällt. Ich wollte damals ihrer Auffassung gerne Glauben schenken, aber ein Teil von mir bezweifelte sie gleichzeitig. War es nicht Zeit, Bruno endlich einmal zu sehen, wenn ich nach Deutschland kam, und ihn danach zu fragen?

Auch Gesprächsfetzen zwischen meinen Eltern fielen mir jetzt wieder ein, über toxische Stoffe als Krankheitsfaktor, ihre Langzeitwirkung im Körper. Im Frühjahr 2001 hatte ich mich längere Zeit schlapp gefühlt. Zuerst war ein Eisenmangel vermutet worden. Ich bekam Tabletten, mein Zustand besserte sich nicht. Mir fielen die Haare aus, ich wollte am liebsten nur im Bett liegen und konnte mich kaum konzentrieren. Meine Eltern gingen mit mir ins Krankenhaus. Es wurden Blutbilder gemacht, die nicht gut aussahen. Der Verdacht einer schleichenden Leukämie stand im Raum. Ich blieb dort, bekam Vitamine, später auch eine Transfusion, nichts half.

Das Gespräch zwischen meinen Eltern war ein Streit gewesen, in dem sie sehr laut wurden, ich hörte es aus ihrem Schlafzimmer. Es beunruhigte mich, da die beiden sonst kaum stritten. Ina war überzeugt, dass eine Schwermetallvergiftung, die ich mir als Kleinkind zugezogen haben musste, der Grund für meinen Zustand war. Obwohl es medizinisch dafür keine Bestätigung gab. Andererseits argumentierte sie aber auch immer wieder völlig irrational, sie sprach vom Verlust von Energie und Freude in der Familie und war überzeugt, nicht allein Medikamente, sondern vor allem Liebe und eine positive Einstellung zum Leben könnten mich retten. Bruno war von dem Gespräch zunehmend genervt, und ich konnte ihn verstehen. Unsachlich zu argumentieren war sonst nicht typisch für meine Mutter.

Du wolltest doch unbedingt nach Schöneweide ziehen, unterbrach er sie irgendwann schroff. Du hast dich von diesem Industriegebiet damals regelrecht angezogen gefühlt.

Ich hatte Angst, mit einem Neugeborenen in einer Einzimmerwohnung ohne Dusche zu leben, widersprach sie lautstark. Wir hatten damals kein Geld und konnten keine andere Wohnung finden.

Deine Eltern, fuhr er fort, ohne ihren Einwurf zu beachten, leben doch auch so komisch neben einem Fabrikgelände. Mein Eindruck war, dass du damals überhaupt kein Gefühl dafür hattest, was eine schöne Umgebung ist. Du hast mich zu dem Mietvertrag regelrecht überredet.

Meine Eltern wohnen in einer Kleinstadt, korrigierte sie, die ausgesprochen beliebt ist und noch dazu teuer.

In einem hässlichen flachen Bau, der aussieht wie ein Parkhaus.

Mehr konnten sie sich dort eben nicht leisten!

Am Ortsausgang, ätzte mein Vater weiter, zwischen Bahngleisen und einer Schnellstraße, neben Schuppen, einer Fabrik für Kupplungen und Bremsen und einem Bauunternehmen. Dort, wo andere höchstens zum Arbeiten hingehen, und das vielleicht noch nicht einmal gerne, haben sie sich ein Haus gekauft, fast das einzige Wohnhaus in der Straße. Stell dir vor, wir würden uns ein Eigenheim direkt neben einer Werkhalle bauen, in der Nachbarschaft von dröhnenden Maschinen. Das ist doch so, als gäbe es neben der Arbeit gar kein privates Leben. Wenn du mich fragst, ist es das, was uns damals nach Schöneweide geführt hat, und schließlich auch auf das Gelände mit dem Industrieschrott. Und seit wann verteidigst du eigentlich den Ort, an dem du aufgewachsen bist?

Ein paar Wochen bevor Bruno untertauchte, normalisierten sich meine Blutwerte. Alle um mich herum waren erleichtert, Bruno und Ina, meine Freunde, natürlich auch die Ärzte. Was mit mir passiert war, blieb unklar. Eine Erklärung ließ sich nicht dafür finden.

Während der Dialog von damals in mir verhallte, sah ich auch den Besucher in meinem Arbeitszimmer wieder vor mir. Auf einmal hatte ich große Mühe, die Szene mit ihm so zu erinnern, wie ich sie die ganze Zeit im Gedächtnis hatte und euch vorhin erzählt habe. Ich versuchte mir vorzustellen, wie der Mann mir gegenübersaß. Aber an der Stelle, an der ich ihn in meiner Erinnerung platziert hatte, war in dem winzigen Zimmer gar kein Platz. Als ich noch jünger war, fanden alle immer, ich sähe Bruno ähnlich, die lange Nase, die blonden Haare, die hohe Stirn. Doch kaum war er aus unserem Leben verschwunden, verschwand interessanterweise für andere auch diese Ähnlichkeit. Wer mich in späterer Zeit mit Ina zusammen sah, dem fielen sofort die dunklen Augen und Augenbrauen auf, die ich von ihr habe, alles andere wurde gar nicht gesehen, sodass auch ich allmählich fand, ich sei meiner Mutter wie aus dem Gesicht geschnitten. Ich vertiefte mich in das Bild des Mannes, den ich mir als meinen Besucher vorgestellt hatte, in seine Miene, seine Haare, seine Handbewegungen und die, wie ich jetzt fand, etwas feminin wirkende Gestalt. Dann tauchte der Jugendamtsbrief mit der Namensreihe in meiner Erinnerung auf. Drei Kinder, die heute schon fast erwachsen sind, zwei Jungen und ein Mädchen. Alle mussten mir ähnlich sehen. Ein vertrautes Gefühl von damals breitete sich aus. Ich hatte es, nachdem ich den Brief an meine Mutter auf ihrem Schreibtisch in den Händen hielt, noch lange gehabt. Ein Gefühl von Schäbigkeit, Beliebigkeit. Von Verdoppelung oder Verdreifachung, von Austauschbarkeit meiner selbst. Wie sahen diese drei Menschen, die ganz sicher so wie ich mitten in ihrem Leben standen, wohl heute aus? So wie dieser Mann, den ich mir vorgestellt hatte?

Ich riss mich hoch und lief den langen Weg zurück, fast rannte ich. Die Subway, die mich zurück in das Apartmenthaus brachte, rumpelte laut, sie fuhr fast hypnotisch langsam, und ich tauchte noch ein letztes Mal tief ein in ihr Singen und Quietschen und starrte dabei auf leere Plastikflaschen und Papierfetzen auf den Schienen.

Es war nicht so, dass Paul mich erwartete, als ich die Eingangshalle betrat. Aber ich bildete mir ein, dass er den Kopf etwas schneller hob als sonst. Ich ging zum Empfang und nannte meinen Namen. Als er mir den Schlüssel aushändigte, verzog er dabei keine Miene, doch ich sah einen bestimmten Ausdruck in seinen Augen, von dem ich glaubte, dass er neu war, eine Mischung aus Sympathie, Anerkennung und Belustigung. Als ich mit dem Fahrstuhl nach oben gefahren war und die Tür aufgeschlossen hatte, erkannte ich sofort, dass alle meine Sachen noch unverändert da waren. Während ich in der Wohnung aufs Bett sank, fiel mir ein, dass ich ihn gerne gefragt hätte, was am Tag davor den Rausschmiss ausgelöst hatte. Während ich in den Schlaf hinüberglitt, fiel es mir selbst wieder ein, wenn auch vage: Ich hatte in der Halle gestanden, in Gedanken vertieft und vielleicht hatte ich dabei leise mit mir selbst gesprochen, ohne dass es mir aufgefallen war. Er war auf mich zugegangen, hatte mich gefragt, ob er mir helfen könne. Daraufhin fing ich an, mit ihm zu plaudern, was ihm jedoch zu privat war, er wollte mir nicht zuhören. Dunkel erinnerte ich mich, dass ich mich ihm aufgedrängt und ihm von meiner persönlichen Geschichte mit 9/11 erzählt habe, von dem Film *Flammendes Inferno* mit Paul Newman und von Kindern, die gerettet werden müssen. Er muss überzeugt gewesen sein, ich wäre betrunken oder hätte Drogen genommen und wollte ihn provozieren.

So weit meine Geschichte.

Natürlich beschäftigt mich bis heute, woher meine falschen Erinnerungen kamen. Waren es Halluzinationen, ausgelöst durch zu langes Alleinsein? Ich war über Wochen auf mich gestellt gewesen. Die Kontakte zu den anderen Forschenden hatten sich als eher oberflächlich herausgestellt. Hier sind viele im Umgang miteinander unverbindlich, da muss man hart im Nehmen sein, erklärte mir einer von ihnen an einem der wenigen persönlichen Abende, die sich für mich ergeben hatten. Lange Zeit merkte ich gar nicht, dass mir das nicht gut bekam. Habe ich Eindrücke, die völlig real waren, als Kind, in einer Situation, in der ich ebenfalls auf mich gestellt war, anders interpretiert als meine Umgebung und sie dann Jahre später, unter erneut starkem Stress, noch einmal in einer ähnlichen, zur Situation passenden Weise erinnert? Ausgelöst durch die Themen New York, Bruno und 9/11, die ich so lange in mir vergraben hatte? Wird nicht auch jetzt, je länger wir hier drinnen feststecken, die feste Ordnung und klare Vorstellung, die wir uns von der Welt sonst machen, immer löchriger werden? Während wir in diesem Bunker mit unklarer Perspektive unsere Zeit absitzen, geht draußen das Leben weiter. Wir nehmen es nur nicht wahr.

Was war der Moment höchster Verunsicherung, aber auch größter Erkenntnis in eurem Leben? Das hat Bruno uns vorhin gefragt. In diesem komischen Augenblick der Stille, bevor er sich dann umgedreht hat und einfach irgendwohin verschwunden ist. Wir finden die Frage ungewöhnlich und wollen darüber nachdenken, was er damit gemeint haben könnte. Und ob er von uns vielleicht Antworten erwartet.

Ist der Moment, in dem klar wird, man muss einer Sache auf den Grund gehen, schon der Beginn der Erkenntnis? Und wenn es nicht so ist, warum hat Bruno dann die beiden Begriffe, Verunsicherung und Erkenntnis, so dicht zusammengeführt?

Für mich war das Anrennen gegen den Zaun von Coney Island dieser Moment, ich bin mit der Realität zusammengeprallt. Erst danach konnte ich sehen, dass ich lange Zeit mit erfundenen Geschichten und Ausflüchten gelebt habe.

Seid ihr auch der Meinung, dass weit mehr im Leben Einbildung ist, als man glaubt? Hält eine Schicht aus Befürchtungen und Spekulationen uns nicht häufig davon ab, zu sehen, was um uns herum geschieht? Hat die Tendenz, sich zu allem eine eigene Meinung zu bilden, jenseits von gesichertem Wissen, in letzter Zeit nicht sowieso zugenommen? Wie ist das alles mit Brunos Frage verknüpft und mit seinem Verschwinden von damals?

Ich merke, ich bin erschöpft. Ich brauche eine Pause. Draußen ist es schon dunkel, ist es euch aufgefallen? Die meisten Menschen sind zu Hause, kaum jemand geht um diese Uhrzeit noch durch den Park, schon gar nicht an einem nassen unfreundlichen Wintertag wie heute. Wenn wir nachher noch mal die Treppe hochgehen zu der kleinen Luke und versuchen, uns bemerkbar zu machen, wird uns wahrscheinlich niemand hören.

Aber wir haben dieses Gerät. Wir haben auf den Startknopf gedrückt und jetzt können wir reden, bis die Speicherkarte voll ist. Das dauert lange. Die Akkus sind geladen und das Gerät verbraucht wenig Strom. Ich habe ein ganz ähnliches für meine Interviews auf Forschungsreisen. Wir können aufnehmen, so viel wir wollen. Telefonsignale scheinen durch die dicken Mauern bisher nicht nach draußen zu dringen. Trotzdem sollten wir regelmäßig nachschauen, ob sich nicht doch ein Signal zeigt. Und wir dürfen nicht aufhören zu sprechen. Das hält uns warm und bringt uns durch die Nacht.

Berlin, Humboldthain

Das blaue Licht aus dem Apparat müsste jetzt flackern, denkt Bruno, wie eine Kerze im Dunkeln, die für kurze Momente den Blick auf etwas freigibt, das sonst nicht erkennbar wäre. Oder wie früher der Ton, wenn ein Radiosender nicht richtig eingestellt war. Aber es ist einfach nur da. Kalt und ebenmäßig erhellt es einen Umkreis von höchstens zwanzig Zentimetern vor meinem Gesicht.

Einzelne Sätze von Julius wirbeln in hohem Tempo in seinem Kopf herum. Es gibt einen Grund dafür, dass wir hier festsitzen, hat er gesagt, was könnte damit gemeint sein? Gilt das auch für ihn? Hat jemand sie in eine Falle gelockt? Aber wer? Wer sind die beiden, die mit Julius zusammen sind, und warum ist er von den anderen getrennt?

Ist Julius' Erzählung vielleicht erst nach seinem Sturz aufgenommen worden? Die Hoffnung, nicht alleine zu sein, keimt kurz in ihm auf, verschwindet aber sofort wieder. Ich mache mir etwas vor, denkt er. Die Erkenntnis trifft ihn mit voller Wucht.

Er wendet seinen Blick ab, kneift die Augen zusammen. Er hat zu lange in den bläulichen Schimmer gestarrt, und ihn überkommt das Gefühl, dass die Einförmigkeit und Dimensionslosigkeit dieses Lichts ihn einzukreisen und zu ersticken droht.

Nicht das Licht beeinträchtigt mich, denkt er dann, sondern die Dinge, die ich eben gehört habe. Mit Verzögerung begreift er, was Julius erzählt hat.

Er soll ein Lügner sein. Ein Betrüger.

Verschiedene Gefühle überfluten ihn jetzt. Ist manches, was ich gehört habe, vielleicht gar nicht real, überlegt er, sondern nur ein Teil meiner Angst? Was ich ihm damals erzählt habe, war ja nicht ernst gemeint, sondern augenzwinkernd gedacht. Wie kam es nur dazu, dass die Geschichte zur wichtigsten Verbindung wurde, die wir noch zueinander hatten? Julius selbst war es ja, der mich daran erinnert hat, als er in New York war. Und ich habe mitgemacht, weil ich ihm zeigen wollte, dass ich ihn nicht vergessen habe, uns beide nicht.

Die Bemerkungen über meine Reise zu Ground Zero waren so etwas wie ein Spiel. Ist Julius das nicht klar gewesen? Ground Zero. Der Begriff fühlt sich plötzlich komisch an, er gefällt mir nicht, denkt Bruno. Nicht hier drinnen.

Er ist sich jetzt nicht mehr sicher, ob man es wirklich so sehen kann. Ich habe diese Reise für Julius erfunden, um seine Aufmerksamkeit zu bekommen und ihm zu imponieren, denn ich wollte nicht, dass er schlecht über mich denkt, gesteht er sich ein. Er fühlt sich haltlos mit diesen Überlegungen. Er findet, sie führen nirgendwohin. Sofort sieht er wieder nur das Licht, kalt und klar.

Die Frau, die ich getroffen habe, denkt er dann. Ich muss mich weiter an sie erinnern, es ist wichtig.

Lydia ist ihr Name. Julius hat ihn vorhin erwähnt. Ich bin mit ihr hierhergekommen, um Julius und Ina zu treffen. Daran habe ich mich eben schon erinnert. Er sieht jetzt eine Anhöhe vor sich, die sich ganz in der Nähe befindet, und drei Personen, die verlegen zusammenstehen, auf einer Wiese im kalten Wind, und auf ihre Schuhspitzen starren. Eine andere Frau war noch dabei. Er dachte zuerst, sie wäre nur eine Spaziergängerin und hätte sich zufällig genähert. Etwas später, als er mit Julius schon losgehen wollte, hat er dann begriffen, dass er sie ebenfalls kennt, Helen. Eine zierliche Person, dunkelhaarig wie Ina, aber kleiner und schmaler.

Ihre Anwesenheit hat ihn für einen Augenblick fast aus der Bahn geworfen. Er hat sich gefühlt, als wäre sein gegenwärtiges Leben ein Film, in dem die Rollen von Personen aus seiner Vergangenheit gespielt werden.

Eben hat er Lydias Schritte gehört, da ist er sich sicher. Er erinnert sich jetzt an ihren energischen Gang. Und auch an anderes, lange Zurückliegendes. Vor seinem Sturz, lange vor seinem Leben mit Ina.

Sie ist der Ursprung, denkt er, ohne den Sinn dieser Aussage wirklich zu verstehen.

Ihre Stimme ist jetzt zu hören. Er atmet aus und fühlt Erleichterung. Ein Gefühl von Sicherheit durchflutet ihn. Warum nur, denkt er. Es irritiert ihn. Während sie gesprochen hat, was er jetzt hören kann, war sie die ganze Zeit mit Julius zusammen, und mit Helen. Aber er hat den Eindruck, dass alles, was sie sagt, am Ende trotzdem immer nur für ihn bestimmt ist, warum?

Ich habe mit der Gegenwart zu tun, hört er sie sagen. Mit schwierigen Situationen, in die Menschen manchmal geraten. Mit der Vergangenheit beschäftige ich mich weniger. Vielleicht war mir deshalb anfangs nicht klar, wie tief ich in die Sache verstrickt bin. Ich erzähle von heute. Vom 17. Februar.

Im Hintergrund sind Geräusche des Aufstöhnens zu hören.

Beruhigt euch bitte wieder.

Sie ist angespannt, ihre Stimme bekommt ein Klirren.

Bruno hat uns eine Frage gestellt, bevor er weggelaufen ist, und ich finde, Julius hat recht. Wir sollten sie ihm beantworten. Er hat unsere Situation präzise zusammengefasst, wenn auch für meinen Geschmack zu verharmlosend. Wir haben genug Wasser hier, und es gibt sogar Toiletten, aber wann das nächste Mal jemand aufschließt, wissen wir nicht.

Vielleicht wird es bald sein. Vielleicht will Bruno ja nur, dass wir hier drinnen mal für einen kurzen Moment Angst haben.

Niemand von uns würde wagen, in so einer Lage, ihn zu täuschen, auch ich nicht. Gerade ich nicht.

Berlin, Gesundbrunnenviertel

Ich dachte, gleich ist es so weit, als Bruno und ich beim Treffpunkt, der kleinen Anhöhe, ankamen. Die Familie von damals ist wieder zusammen, wie er es sich gewünscht hat. Bei unserem zweiten Termin hat er mir zu verstehen gegeben, dass geschlossene Räume ihm manchmal Probleme bereiten, wenn er unter Stress steht, also haben wir für die Begegnung diesen Park hier ausgewählt.

Als wir den verabredeten Ort fast erreicht hatten, sahen wir schon, wie du, Julius, dich nähertest. Ich konnte beobachten, wie ihr aufeinander zugelaufen seid, du und dein Vater. Eure Mienen und die Gefühle darin. Spannung, Freude und Angst. Ihr seid stark miteinander beschäftigt gewesen und habt mich erst einmal nicht mehr beachtet. Also habe ich mich der Frau zugewandt, die die ganze Zeit schon dastand, etwas abseits. Und sie hat meinen Blick erwidert. Aber statt dich anzusprechen, Helen, habe ich mich, einem Impuls folgend, den ich mir zuerst selbst nicht richtig erklären konnte, einfach umgedreht und bin weggerannt. Denselben Weg zurück, den wir gekommen waren.

Nach Einsätzen wie diesem habe ich meistens Hunger. Auf irgendwas, das richtig reinhaut. Etwas Fettiges oder Salziges. Oder auf ein Stück Torte. Also bin ich, einer Gewohnheit folgend, zu der kleinen Bäckerei am oberen Ende der Pankstraße gelaufen, habe am Schiebefenster zur Straße eine Bestellung aufgegeben und gewartet. Ich fühlte mich gehetzt und völlig durcheinander. Immer wieder gingen mir die letzten Minuten mit euch durch den Kopf.

Wir hätten uns eigentlich begrüßen sollen, und ich hätte mit euch ein Gespräch geführt, in dem wir uns langsam in die Situation hineintasten. Irgendwann hätte ich vorgeschlagen, euch alleine zu lassen, und euch gebeten, mit mir in Kontakt zu treten, wenn es weitere Treffen geben soll.

Dann dachte ich plötzlich, irgendwas stimmt nicht, und ich bekam Angst. Hatte ich da schon registriert, dass zwischen der Frau und den beiden Männern eine auffällige Bezugslosigkeit herrscht? Gerade habe ich noch mal darüber nachgedacht, ich glaube nicht. Die Mutter ist vorsichtig, dachte ich, hält zum Vater Distanz und will dem Sohn bei der Begegnung den Vortritt lassen. Erst als Bruno und ich vorhin am Eingang des Bunkers so krass aufeinandergeprallt sind und uns anschließend noch einmal dicht gegenüberstanden, ist mir wieder eingefallen, dass ich Ina ja schon mal begegnet bin und dass du, Helen, gar nicht die Mutter von Julius sein kannst. Von da an waren nicht nur die immer abrufbaren Bilder aus meiner Kindheit und der Zeit mit Bruno wieder da, sondern auch noch andere, die ich tief in mir vergraben hatte.

Meine Arbeit ist emotional gesehen nicht immer ganz leicht. Man lernt Menschen intensiv kennen, für ein paar Wochen oder Monate, und anschließend begegnet man ihnen nie wieder. Ich verbiete es mir daher normalerweise, abgeschlossenen Fällen hinterherzugrübeln. Nach dem letzten Treffen schließe ich sie ab. Mit so einem ungesunden Bäckereiessen, oder mit einer Flasche Rotwein und einem Film bei mir zu Hause auf dem Sofa. Aber diesmal war alles anders, von Anfang an. Und das hatte ich ja auch gewusst.

Heute war ein Tag, an dem man keinen Weitblick hat, findet ihr nicht auch? Nasses Wetter, und es ist so diesig. In der Großstadt schaut man viel zu selten in die Ferne. Man muss sich ja meistens schon den Kopf verrenken, um überhaupt ein Stück Himmel zu sehen. Oft gibt es auch zu viel Ablenkung. Die vielen Häuser, die Menschen auf der Straße, ihre Schritte, ihre Rollkoffer, Motorenlärm. Blinkende Lichter, das Rattern der Züge.

Im Winter steigert sich das noch. Dann muss man sich manchmal richtig konzentrieren, um die einfachsten Dinge hinzukriegen. Und so ein Tag war heute. Alles in einem ist auf kurze Distanz eingestellt. Morgens beim Aufwachen die Bettdecke anstarren. Man muss es irgendwie schaffen, sie beiseitezuschieben, sonst kommt man nicht hoch. In der S-Bahn die schmuddeligen Finger von dem Mann, der gegenübersitzt und einen Pappbecher umklammert hält, sein stickiger Kaffeegeruch. Auf dem Weg zur Arbeit grauer Asphalt, trostlose Hauswände. Ein aufgegebener Rollator an einer Straßenecke, der zerknitterte Rock einer Frau, die aus dem Haus tritt. Lauter Details, die sich an einem festsaugen, bis man kaum noch klar denken kann.

Als ich zwischen zwanzig und dreißig war, dachte ich immer, was man wirklich will im Leben, das kriegt man hin. Die Herkunft spielt dabei keine Rolle. Als Bruno vor zehn Tagen zu mir kam, fiel mir das wieder ein.

Wir sind in unserem Projekt ein bisschen von allem. Beratungsstelle, Treffpunkt und Krisenzentrum. Ich habe es in den Neunzigern mit zwei anderen Frauen gegründet, als es hier in der Gegend kaum etwas Ähnliches gab. In unserem Gruppenraum, über der Sitzecke, hängt ein großer Stadtplan der BVG. An der Stelle, wo die Bornholmer Brücke abgebildet ist, hat ein Praktikant mal zwei Fähnchen reingesteckt. Auf das rechte war mit Buntstift ein Daumen-hoch-Zeichen gemalt. Was auf der anderen Seite stand, muss ich euch wahrscheinlich nicht erklären.

Die Fähnchen sind dringeblieben. Sie stecken da jetzt seit Jahren. »Links oder rechts« ist bei uns zum geflügelten Wort geworden. Wir sagen es, wenn jemand das erste Mal hier war. Hinterher, in unserer Besprechungsrunde. Und vorher denken wir es. Sobald die Leute reinkommen, sortieren wir sie ein.

Bei Bruno habe ich das auch versucht, einen Moment lang. Er stand auf der Straße und blickte zögerlich durch die Scheibe. So machen es die Leute oft, wenn sie eigentlich schon wissen, dass sie Hilfe brauchen, sich aber noch nicht trauen, zu klingeln oder an die Scheibe zu klopfen. Ich habe die Tür geöffnet, mich nach draußen gestellt und so getan, als würde ich frische Luft schnappen. Nach ein paar Sekunden hatte ich ihn erkannt. Ich bat ihn rein, bot ihm einen Kaffee an. Und dann wartete ich darauf, dass auch er sich erinnerte.

Weitblick brauche ich auch für meine Arbeit, psychologischen. Oder Lebensklugheit. Situationen zu verstehen, in die Menschen geraten, und mit ihnen abzuschätzen, wohin bestimmte Entscheidungen sie führen könnten, das ist meine Aufgabe. In letzter Zeit frage ich mich manchmal, ob es einen Zusammenhang gibt zwischen den viel zu kurzen Distanzen, die uns die Großstadt aufzwingt, und dieser anderen, zwischenmenschlichen Form von Weitblick. Je enger der Bereich, der unseren freien Blicken zur Verfügung steht, bis eine Zimmerdecke, eine Brandmauer oder Häuserfront sich dazwischenschiebt, desto entgrenzter entfaltet sich das Innere. So meine Theorie. Als die Menschen noch mehr mit der Natur gelebt haben, gab es immer einen Wald in der Nähe, oder wenigstens Felder, zu denen man hinlaufen und in die man sich zurückziehen konnte, wenn es einem nicht gut ging. Und die Wahrscheinlichkeit war hoch, dabei einem Lebewesen zu begegnen, das zarter oder wütender oder geschickter war als man selber. Ein Reh vielleicht, ein Wildschwein oder ein Biber. Hier gibt es das nicht, wir haben nur Katzen, Tauben und Hunde. Und die immer gleichen Grünflächen.

Eine sanfte Erhebung, im nordöstlichen Teil des Parks. Wenn man von der Gustav-Meyer-Allee aus den ersten Weg rechts geht, stößt man darauf. Hätte Bruno vorgeschlagen, sich hier oben am Flakturm zu treffen, wäre ich dagegen gewesen. Eine Plattform mit Blick über die Stadt ist viel zu bedeutungsschwanger. Aber diese kleine Anhöhe passte. Zu einer Seite hin fällt das Gelände ab, perfekt für Kinder zum Schlittenfahren. Zur anderen Seite gibt es ein paar künstliche Bassins, über die Holzbrücken führen, und einen kleinen Platz mit einer Laube und einem Pavillon.

Auf Brunos Vorschlag hin haben wir uns am U-Bahnhof getroffen. Er trug dieselbe Jacke wie bei unseren beiden vorherigen Treffen und dieselben nicht ganz dazu passenden Schuhe, teuer und sorgfältig poliert, aber schon oft getragen, die Zehen zeichneten sich einzeln ab unter dem weichen Leder. Als er sah, dass ich von der S-Bahn-Treppe herunterkam und ihm ein Zeichen gab, wirkte es so, als wäre er am liebsten wieder abgehauen. Aber dann riss er doch den Arm hoch und begrüßte mich, lebhaft winkend, wie ein guter Freund.

Wir nahmen den südlichen Ausgang, liefen zuerst ein Stück die Brunnenstraße hinunter und überquerten sie dann an der nächsten Ampel. Als wir am Parkeingang angelangt waren, kam mir das Gelände besonders grau und unfreundlich vor. Die Wiesen voller Dreck und Matsch, überquellende Papierkörbe, und das Klohäuschen war mal wieder außer Betrieb. Es war komplett mit schwarzem Klebeband umwickelt, wie ein zum Abtransport bereites Paket. Gleich wird ein Hubschrauber kommen, dachte ich, und es von hier wegheben.

Bruno wirkte nervös und schlenkerte beim Gehen unruhig mit den Armen. Alles wird gut, habe ich zu ihm gesagt, mit dem betont ruhigen Tonfall, den ich zu solchen Anlässen manchmal auflege. Komischerweise hilft er fast immer. Dabei ist klar, dass die Ruhe nicht echt ist.

Wir gingen ein paar Schritte in den Park hinein und hielten uns dann rechts, bis der Pavillon zu sehen war. Schon von Weitem konnte ich erkennen, dass du am Treffpunkt standest, Helen, neben der kugelförmigen Skulptur, an deren Scheitelpunkt im Sommer aus einem kleinen Loch Wasser sprudelt. Um diese Jahreszeit ist der Brunnen abgestellt und die Teiche sind ausgetrocknet. Du hattest uns schon bemerkt, das konnte ich an einer Drehung deines Kopfes sehen, aber du hast dich nicht zu uns hingewandt, sondern hattest weiter einen Fuß auf diese Kugel gestützt und deinen Blick auf die abschüssige Wiese gerichtet. Erst später, als ich mich wieder daran erinnerte, kam mir das merkwürdig vor. Dann kam aus deiner Blickrichtung ein schmaler jüngerer Mann zu uns herauf, du, Julius. Ich sah deinen grauen Anzug, darüber den Wollmantel und die glänzenden schwarzen Schuhe und dachte, du bist eine völlig andere Erscheinung als dein Vater, der immer nur

Jeans trägt und Kapuzenpullis, aber die Ähnlichkeit zwischen euch ist trotzdem offensichtlich.

Pavillon ist zu viel gesagt. Es ist eigentlich nur ein Unterstand, bescheiden und verwittert. Vier Pfeiler aus Gussbeton, darüber eine Kuppel aus Teerpappe. Drinnen Holzbalken mit den Motiven der zwölf Tierkreiszeichen. Falls es anfing zu regnen, würde er uns Schutz bieten, und wenn wir in einem Gespräch zusammenkommen wollten, war es möglich, sich dort hinzusetzen, unter dem Dach stehen zwei Bänke einander gegenüber. Der Bau stammt aus der Zeit, als hier die ersten neu angepflanzten Bäume langsam kräftiger wurden und anfingen, Schatten zu spenden. Alles, was man in den ersten Jahren nach dem Krieg gebaut hat, bestand ja aus ganz einfachem Material. Die Häuser waren schlicht und sahen aus wie Kartons, heute übersieht man sie meistens.

An mehreren Stellen im Park gibt es Gedenktafeln mit Fotos, die das Gebiet in einem der ersten Sommer nach Kriegsende zeigen. Man sieht ein hell flirrendes, sandiges Terrain. Schutt, Steine, Schubkarren. Und magere Schulkinder in kurzen Lederhosen, die Setzlinge in die Erde bringen. An einem regnerischen Nachmittag in den Achtzigern habe ich mal lange vor diesen Aufnahmen gestanden. Es erschien mir damals logisch, dass das die Strafe für Kriegsschuld war: Dürre, Unfruchtbarkeit, die Abwesenheit von Schatten. Das Gelände war zu der Zeit schon lange wieder bewachsen, an manchen Stellen fast waldartig und kühl. Ich weiß noch, wie ich mich in die Abbildungen vertieft habe und nicht recht in der Lage war, das, was sich mir darbot, mit der Umgebung in einen Zusammenhang zu bringen. In der Welt, die die Aufnahmen zeigten, schien es undenkbar, dass hier je wieder etwas wachsen würde.

Ich stellte mich neben den Pavillon, Julius und Bruno fingen ein Gespräch an und Helen schaute immer wieder zu Julius. Wärme erschien dabei auf deinem Gesicht, Helen, eine intensive sogar. Ich frage mich, warum. Vielleicht erfahren wir es ja noch.

Als ich mit meiner Rückschau an diesem Punkt angelangt war, kam die Verkäuferin zurück zum Schalter und reichte mir ein dick belegtes, mit Mayonnaise garniertes Brötchen, eine Donauwelle und einen Kakao. Ich nickte ihr zu und wandte mich zu einem der Stehtische auf dem Bürgersteig.

Extremes always touch, plötzlich kam mir dieser blöde Spruch wieder in den Sinn, ich habe ihn im Alter von siebzehn das erste Mal gehört, bei einem Portugalurlaub. Ich sah einen schlaksigen Jungen in einer Strandbar vor mir. Er angelt einen Bierdeckel von einem Stapel an der Bar und holte aus der Brusttasche seiner Jeansjacke einen Kugelschreiber, grinste uns an, mich und meine drei Freundinnen, und dabei kam er sich wohl klug und ungeheuer lässig vor. You see. Auf der Pappe erschien ein Ziffernblatt. Es zeigte fünf vor zwölf. Hinter der Theke flimmerte ein Video von Michael Jackson. When one of the hands is as far away as you can imagine, then it is also very close. As close as possible. Um seine Ernsthaftigkeit zu unterstreichen, legte er eine Hand auf seine Brust, während er das sagte, und sah jede von uns durchdringend an. Hinterher, in unserem Viererzimmer in der Touristenpension, haben wir noch lange über ihn gelacht. Fünf vor zwölf! Meinte er das ernst? Hatte er wirklich geglaubt, eine von uns mit dieser abgedroschenen Lebensweisheit ins Bett zu kriegen?

In den Jahren nach dem Mauerfall habe ich an den Satz dann wieder zurückgedacht. Damals standen wir uns gegenüber, die Anfangzwanzigjährigen aus Ost und West, und dachten: Wir sind uns so fremd, als wären wir das jeweils andere Ende einer Skala. Wir werden nie zusammenfinden. Wir sprechen dieselbe Sprache, können uns aber nicht verstehen. Das sollte einen misstrauisch machen, so ein Extremgefühl. Denn obwohl wir in verschiedenen Ländern geboren wurden, hat sich später trotzdem herausgestellt, dass wir uns untereinander viel ähnlicher sind als der Generation vor oder nach uns.

Das waren meine Gedanken, während ich jetzt mein Brötchen aß und meinen Kuchen und dabei auf den Feierabendverkehr schaute und auf die vollen Straßen. Bruno und ich sind ja hier im Wedding aufgewachsen, als die Mauer noch unüberwindbar war. Ich habe viel mit Trennungen zu tun, und ziemlich bald, nachdem ich diese Arbeit aufgenommen habe, ist mir aufgefallen, wie sehr die Beteiligten sich dabei fertigmachen, sich manchmal noch die letzten Grundlagen rauben. Bei Leuten meines Alters läuft das oft besonders dramatisch ab. Die Jüngeren haben mehr innere Sicherheit und sind toleranter und großzügiger, und die Älteren denken ohnehin oft traditionell und halten die Familie zusammen, auch wenn sie darunter leiden. Migrantische Familien habe ich da jetzt nicht miteinbezogen. Da gibt es zum Teil noch mal andere Regeln. Jedenfalls, irgendwann wurde mir klar, was ich anfangs dachte, war gar nicht der Punkt. Weil diese Grundlagen nämlich nie da waren. Die Liebe ist weg, und da ist nichts mehr. Nur die Kinder sind übrig, und wenn es schlecht läuft, müssen sie, fast so wie wir damals, alles ausbaden.

War es ein Fehler, mit Bruno nur spärlich über unsere

Vergangenheit zu sprechen? Konnte ich deshalb den Gedanken an ihn nicht abschütteln? Obwohl ich mich gerade ausgeklinkt hatte und ihm wahrscheinlich nie wieder begegnen würde? Nein, da war noch etwas anderes. Nur ein komisches Gefühl. Nichts, das ich genauer fassen konnte.

Zahllose Gesichter zogen jetzt an mir vorbei. Hastig, frierend. Ganze Familien, dachte ich, während ich den vorbeieilenden Menschen zusah. Wenn man die mal zusammen sieht. Dann begreift man es erst. Nicht die mit kleineren Kindern, die noch nicht alleine unterwegs sind, sondern Erwachsene. Man macht sich oft gar nicht klar, warum einem ein Gesicht besonders auffällt, man betrachtet es eben. In der U-Bahn, in einem Lokal oder auf der Straße. Ein alter Mann mit ungewöhnlich verlaufenden Falten im Gesicht. Ein blasses Mädchen, das schnell rot wird, ein mit verkniffenen Lippen Grübelnder. Wir schauen in ihre Mienen wie in eine Landschaft oder wie auf ein Bild, in dem wir etwas zu erkennen glauben, Feinfühligkeit oder Verzweiflung vielleicht, Liebe, Trauer oder Stumpfsinn.

Wenn man sich in den Anblick eines Menschen mit markanten Zügen vertieft, kann man sich dann vorstellen, den Blick zu heben und direkt daneben eine Person zu entdecken, die ähnlich aussieht? Und ganz in der Nähe noch eine weitere? Nein, das wäre undenkbar. Die besonders interessanten, vom Leben gezeichneten Gesichter sehen wir nie als Teil einer Gruppe, sondern stellen sie uns immer als Einzelgänger vor.

Wir haben damals geglaubt, dass es keine Rolle spielte, wo wir herkommen, und dass jeder alles erreichen kann. Das ist einer ganzen Generation so beigebracht worden. Erst später wurde mir klar, wir hatten einfach gute Bedingungen. Unsere Herkunftsländer, egal ob Ost oder West, haben dafür die Weichen gestellt, und das war auch nötig. Denn viele von uns waren als Kinder genau die Art Einzelgänger, von denen ich grade gesprochen habe. Wir haben in Familien gelebt, waren aber auf uns gestellt. Mit Eltern und Großeltern, die uns kaum wahrgenommen haben, weil sie noch halb in der Kriegszeit feststeckten. Heute ist das anders, da zählt wieder die Familie, die Herkunft. Fast nichts als das.

Einzelgänger erkennt man immer. Am Gang, der kann leicht gebeugt sein oder etwas schlurfend. An den Klamotten, die so wie bei mir, ich kann noch so sehr dagegen ankämpfen, immer ein bisschen unzusammenhängend am Körper sitzen. Oder an den Gesichtszügen. Das Grübeln an stillen Orten hat sich fest darin eingeprägt und noch etwas anderes, vielleicht ein lebenslanges Warten.

Menschen, die man auch als Erwachsene noch viel mit ihren Eltern zusammen sieht, sind dagegen anders. Sie haben meistens mehr Ruhe im Gesicht, denn sie sind nie allein. Sie beziehen sich aufeinander. Oft sieht man, wenn sie zusammen unterwegs sind, auch, dass die ganze Gruppe im gleichen Stil angezogen ist. Die Kinder haben sich von den Eltern nicht so weit entfernt wie wir damals, wodurch die Ähnlichkeit sich noch erhöht.

Am Rosenthaler Platz haben sie sich niedergelassen. In den Neunzigern. So hat Bruno es mir erzählt. Aber die Personen am Treffpunkt sind mir nicht vorgekommen wie eine Familie, die mehr als ein Jahrzehnt innig zusammengelebt hat.

Ich hatte Bruno vertraut. Und er hatte mich belogen.

Ich habe sofort das Essen stehen gelassen, als mir das klar wurde, und bin zur Kreuzung gerannt. Dort habe ich noch mal kurz innegehalten und zur Badstraße hingesehen, die an der Stelle leicht nach unten führt. Auf das Sammelsurium an Menschen und Dingen davor auf dem Bürgersteig. Der Platz vor dem Fernbahnhof war leer, überall sah man Schlaglöcher und kleine Kieshaufen, nassglänzend vom Regen. Eine Frau versuchte gerade, ihren Kinderwagen die drei flachen Stufen hochzuzerren, die vom nahe gelegenen Einkaufszentrum zu diesem Platz führen. Eine Brache, auf der, seit hier an einer neuen Eingangshalle gebaut wird, in wildem Durcheinander Verkaufswagen stehen, dazwischen Kabel, Abfallcontainer, ein quadratischer Pavillon der Bahn. Eine kleine Fläche oben, jenseits der Stufen, ist abgeteilt mit verschiebbaren Gitterzäunen, wie man sie sonst auf Baustellen verwendet. Im Innern dieser Umzäunung wird billiges Spielzeug verkauft. Ein blasser Mann mit gelblichem Haar stand hinter einem Verkaufstisch, bekleidet mit einer blauen Strickmütze und einer gelben Weste mit Leuchtstreifen, wie sie Straßenarbeiter tragen. Er blies auf ein dampfendes Getränk in einem großen weißen Becher, den er mit dicken, behandschuhten Händen festhielt, sah der Frau zu, schüttelte den Kopf, winkte und wies ans Ende des Platzes, wo eine Schräge den Zugang ermöglicht, aber die Frau sah ihn nicht.

Er wusste, sie wollte zu ihm, und winkte noch einmal. Er trat dazu ein Stück zur Seite, nahm sich ein großes Plastikauto, hielt es hoch und schwenkte es. Und da sah ich es, hinter ihm. Ein sich drehendes Blau. Man denkt, dass es über eine Mauer oder Wand streicht, wenn es so deutlich rhythmisch wiederkehrt, nur war da keine Mauer. Zum Nachdenken war keine Zeit. Ich habe das Blau gesehen und war mir sicher, ich muss wieder zurück, bei euch ist irgendwas schiefgegangen.

Ich wohne seit 1998 auf der Westseite der Wollankstraße, das ist zwei S-Bahn-Stationen nördlich von hier. Ich wäre in ein paar Schritten am Bahnhof gewesen und zehn Minuten später zu Hause. Das muss man sich klarmachen. Ich hätte die Sache abgehakt. Wäre ich nicht wieder bei euch aufgetaucht und hätte eingegriffen, säßen wir vielleicht jetzt nicht hier. Ihr könnt euch darüber empören, klar. Aber vielleicht hört ihr mich erst einmal an.

Als ich die andere Seite der Brunnenstraße erreichte, die an der Stelle gleichzeitig eine Bahnüberführung ist, hielt gerade ein ICE. Ich blieb noch ein zweites Mal stehen, für wenige Sekunden an die klobigen grünen Streben der Brüstung gelehnt, und sah, wie der elegante, glänzende Zug langsam zum Stillstand kam. Das Geländer ist noch dasselbe wie zu der Zeit, als ich ein Kind war. Der Bahnsteig, an dem der Zug hält, ist dagegen irgendwann neu errichtet worden, er ist viel länger als der für die S-Bahnen und schaut an der Stelle ein Stück unter der Unterführung hervor. Das war mir bisher nie aufgefallen, aber das war es nicht, was mich stutzig machte, sondern dass ich für einen kurzen Moment den Eindruck hatte, der Zug stamme aus der Zukunft. Erst da wurde mir bewusst, was doch eigentlich schon lange klar war: dass mich diese Geschichte auf direktem Weg zurück in meine Kindheit führt.

Mir sind schon ein paarmal in meinem Leben komische Geschichten passiert. Ich würde nicht gleich sagen, sie waren übernatürlich, aber eben doch seltsam. In den Neunzigern hat mich auf einem Konzert die Trommel eines Musikers von der Elfenbeinküste mal in Trance versetzt. Danach habe ich mich zwei Tage lang gefühlt, als könnte nichts mir jemals wieder etwas anhaben. Und vor ein paar Jahren bin ich als Romtouristin in einem der Nebengänge des Papstpalastes in eine Prozession geraten und wurde, obwohl ich überhaupt nicht religiös bin, von den vorbeiziehenden Menschen in eine deutlich wahrnehmbare Wolke aus Licht und Liebe getaucht.

Bei der Sache mit dem Blaulicht war es aber umgekehrt. Es kam nicht etwas hinzu, mit dem ich nicht gerechnet habe, sondern ich habe mir umgekehrt etwas eingebildet, das nicht existierte, einen von meinem Auge aufgeschnappten Lichtreflex, vielleicht ausgelöst durch ein Gefühl von Dringlichkeit und extremer Anspannung tief in mir drin, vergrößert. Als ich den nördlichen Parkeingang erreichte, war da jedenfalls nichts. Alle Parkflächen besetzt, die Scheibenwischer der Autos angefroren, in ihrem Innern alles Dunkel.

Verunsichert ging ich weiter. Mit jedem Schritt wuchs meine Alarmiertheit, das diffuse Gefühl einer Gefahr, aber auch die Angst vor Verstrickung. Wenn diese Familienzusammenführung in einer Grünanlage, die ich ohne das Wissen meiner Kolleginnen angeschoben hatte, schlecht ausging, es irgendwelchen Ärger gab, würde ich alles verlieren, was ich mir aufgebaut hatte, da war ich mir in dem Moment sicher. Und dann würde ich wieder die alte Lydia von damals sein. Eine Befürchtung, die mich jahrzehntelang in Albträumen verfolgt hat.

Bruno und ich sind damals hier im Viertel nicht auf dieselbe Schule gegangen, jedenfalls die meiste Zeit nicht, aber wir wohnten in Nachbarhäusern und kannten uns daher flüchtig. Als wir elf waren, hatten wir mehrere Wochen lang intensiv miteinander zu tun. Anschließend sind wir uns komplett aus dem Weg gegangen. Kurz vor dem Ende der Schulzeit habe ich seine Mutter, die meine Mutter kannte, mal auf der Straße getroffen. Sie erzählte mir, dass Bruno seit Monaten in einem Waldstück in Frohnau in einem Zelt wohnte und bei seinen Eltern nur noch zum Wäschewaschen vorbeikam. Sie wusste nicht, wo der Ort genau war, an dem er sich aufhielt, und war deswegen ziemlich gestresst. Aber ich wusste es. Und mir gefror das Blut in den Adern, als ich das hörte. Die Vergangenheit ist also nicht vorbei, dachte ich.

Ein paar Jahre später sind wir uns noch einmal zufällig begegnet, in der Kurfürstenstraße. Irgendwann zwischen Nacht und Morgen. In einer Bar, in der die Uhrzeit und das Tageslicht keine Rolle spielten. In den späten Achtzigern habe ich solche Lokale oft aufgesucht. Rückblickend würde ich sagen, dass ich damals fast vollständig den Boden unter den Füßen verloren hatte.

Ich erinnere mich an einen lang gestreckten, schallisolierten Raum in einem Keller. Von der Decke hing eine Discokugel. Sie drehte sich noch, aber die Musik war schon abgeschaltet. Ohne Musik war der Raum kaum zu ertragen. Mein Lieblingslehrer in der Mittelstufe hat mich bei einer Klassenfahrt mal darauf aufmerksam gemacht, dass Cola nur schmeckt, wenn man sie wirklich kalt trinkt und mit viel Kohlensäure. Wann immer mir damals Menschen begegnet sind, die sich wirklich für uns Kinder interessiert haben, habe ich alles, was sie sagten, komplett aufgesogen. Ohne dieses Prickeln und die Kühle ist das Getränk absolut widerlich, sagte er zu mir, probier es aus. Er hatte recht. Danach habe ich Cola für längere Zeit gemieden. Auf den Raum, in dem ich mich in dieser Nacht aufhielt, traf dasselbe zu, ohne viele schwitzende Menschen und laute Musik war er hässlich, düster und bedrückend. Und das gilt auch für das Leben, das ich damals geführt habe.

Ich saß auf einem Stuhl und wartete. Vielleicht hatte mich auch jemand dorthin gesetzt. Ein kleiner, breitschultriger Mann spülte etwas weiter entfernt hinter einem Tresen Gläser. Von Zeit zu Zeit sah er mich durchdringend an. Ich hatte Angst vor ihm. Das unerträgliche Gefühl, das mich in seiner Gegenwart überkam, war in dieser Lebensphase für mich fast der Normalzustand. Meine Kniekehlen waren feucht, die Hände schwitzig. Ich erinnere mich, dass ich konzentriert auf die Tischplatte starrte. Aber um den Tisch ging es nicht, sondern um meine Handtasche darunter, in der kleine Plastiktütchen steckten, nach denen ich tastete. Es waren viele. Einige davon leer, andere mit kleinen Portionen einer bröseligen Masse gefüllt. Mehrmals zählte ich nervös nach, dabei war mir längst klar, es waren zu wenige von den gefüllten. Bruno erzählte mir später, dass er mich gleich nach dem Reinkommen entdeckt hatte. Er war braun gebrannt, als ob er sich immer noch lieber im Freien aufhielt als drinnen, und obwohl es Sommer war und heiß, trug er ein großes, zerschlissenes Baumwolltuch mehrmals um seinen Hals gewunden. Aber an dem Ort, wo wir gerade waren, waren auch die Jahreszeiten unwichtig. Ich hob den Kopf, blickte mich kurz um und entdeckte ihn. Die letzten anderen Gäste waren inzwischen gegangen, nur er saß noch am Nebentisch und sah zu mir hin. Seine Miene war leicht abschätzig. Vielleicht kam es mir auch nur so vor, weil ich ja wusste, dass er, seit wir Kinder waren, bis in alle Ewigkeit einen Grund dafür haben würde, mich zu verabscheuen. Er kam sonst nie in die Bar, sonst wäre er mir vorher schon aufgefallen, er war zufällig dort hineingeraten. Erst neulich habe ich von ihm erfahren, dass er damals in der Nähe gewohnt hat. Er ging zum Tresen und bestellte etwas. Der Typ hinter der Theke sah zu mir hin, als Bruno sich wieder weggedreht hatte, und rollte mit den Augen, servierte ihm aber kurz darauf höflich und ohne sich etwas anmerken zu lassen ein Bier, das mir Aufschub gab. Ich hatte mich mit Dealern eingelassen, für die der Barmann manchmal etwas deponierte, und dabei eine nennenswerte Summe unterschlagen. Ich konnte dieses Geld nicht zurückzahlen und wusste, ich würde irgendwie dafür aufkommen müssen, und davor fürchtete ich mich schon seit Tagen.

Auf einmal muss Bruno meine Angst aufgefallen sein. Oder er hatte sie schon von Anfang an bemerkt, begriff aber erst jetzt, wie groß sie wirklich war. Er stand auf, nahm sein Glas, kam zu mir an den Tisch und legte seinen Arm auf der Tischplatte demonstrativ neben meinen. Wir sprachen nicht. Wir saßen nur da. Der andere Mann verschwand kurz im Hinterzimmer. Er wusste ja, dass ich nicht gehen würde, sondern so wie er wartete, bis wir allein wären. Bruno sah mich wieder an, jetzt von ganz Nahem. Ich sah eine Härte und Brutalität in seinem Blick, die man bis eben noch nicht vermutet hätte. Wir dachten beide in dem Moment an damals, ohne dass man das hätte aussprechen müssen, oder vielleicht wäre es präziser zu sagen, wir *waren* im Damals. Ruckartig stand er auf, riss mich hoch, mit einem schmerzhaften Griff, und zerrte mich die Stufen hoch zum Ausgang. Und draußen dann weiter, die fast menschenleere Straße entlang bis zu einer Haltestelle. Ein Nachtbus kam. Wir stiegen ein, kletterten in die obere Etage und fuhren eine Dreiviertelstunde lang durch die Nacht in Richtung Norden. Nach einigen Stationen fingen wir an, miteinander zu sprechen, als wäre nichts passiert. Er erzählte mir, dass er vor Kurzem begonnen hatte, Jura zu studieren. Ich sprach von den verschiedenen Jobs, die ich damals hatte.

In der Nähe unserer alten Gegend sind wir dann ausgestiegen und haben uns in aufgekratzter Stimmung voneinander verabschiedet, fast wie Befreundete nach einem Kinoabend. Ich bin ein paar Schritte bis zu einer früheren Schulfreundin gelaufen, die damals noch bei ihren Eltern wohnte, habe dort geklingelt und bei ihr die nächsten zwei Wochen verbracht. In das Zimmer, in dem ich davor gewohnt habe, bin ich nur noch einmal zurückgekehrt, um meine Sachen zu holen. Die Bar habe ich nie wieder betreten.

Vielleicht ist die Familienzusammenführung für Bruno ja von Anfang an nur ein Vorwand gewesen, einer seiner Tricks, so wie damals, dachte ich, als ich wieder auf die Gustav-Meyer-Allee zulief. Nach einer Nacht, die wir als Kinder auf dem Bahngelände und hier im Bunker verbracht haben und die ihm sehr zugesetzt hatte, konnte ich mehrmals beobachten, wie er versuchte, andere zu Figuren eines Spiels zu machen, dessen wahre Ziele und Regeln nur ihm selbst bekannt waren. Ich konnte mir gut vorstellen, dass das auch heute noch so war, und mit jedem Schritt steigerte ich mich mehr in diesen Gedanken hinein. Am Ende bin ich ein drittes Mal fast denselben Weg gelaufen, obwohl man die Erhebung, auf der der Pavillon steht, vom Bahnhof Gesundbrunnen aus quer über die Straße und durch den Park auch abkürzen kann. Daran kann man sehen, wie völlig durch den Wind ich war.

Neben dem breiten Kiesweg, den ich entlanghastete, steht auf halber Strecke ein Schild, auf dem zu lesen ist, dass hier demnächst das Fundament der alten Kirche freigelegt wird, deren Reste noch bis 1949 gestanden haben und für die der gesichtslos wirkende Bau ein Stück weiter südlich, den du vorhin auch erwähnt hast, Julius, nur ein provisorischer Ersatz ist. Ich stimme dir übrigens zu, es ist ernüchternd, vor dieser Nachfolgekirche zu stehen. Man hat das Gefühl, auf die Mehrzweckhalle in irgendeiner beliebigen Hofeinfahrt zu schauen.

Als der Bunker damals hier hochwuchs wie ein Schatten und auf der anderen Seite des Parks ein weiterer Turm, der der Ortung diente, muss die Kirche dazwischen auf einmal klein und unbedeutend gewirkt haben. Ihre Spitze mit dem Kreuz wurde in den letzten Wochen des Kampfes um Berlin weggesprengt, damit die Soldaten auf den Flaktürmen eine bessere Sicht hatten. Anfang Mai 1945 haben sich hier tausend Kämpfer versammelt, um sich unbedingt ein letztes Mal zum nördlichen Stadtrand durchzuschlagen. Wie hat es danach an dieser Stelle der Brunnenstraße wohl ausgesehen, als die alten Häuser noch standen und die Menschen von damals noch dort wohnten? Der Park, das habe ich ja schon erwähnt, bestand in den Jahren danach nur noch aus einem Trümmerberg, um den herum alles kahl war und gleißend hell und staubig.

Fünfzehn Jahre später wurde die Gegend zum größten Sanierungsgebiet Westdeutschlands erklärt. Ich erinnere mich an Berichte, die ich als Kind in den Sechzigerjahren im Fernsehen gesehen habe, Bilder von bröckelnden Mauern und lichtlosen Hinterhöfen, die wohl abschreckend wirken sollten, und von übervollen Bussen, in denen Bewohner, die man unbedingt umsiedeln wollte, zur Neubaubesichtigung in weiter entfernte Stadtviertel gekarrt wurden. Ist es nur ein Zufall, dass die dem Park gegenüberliegenden Häuser, obwohl sie erst vor dreißig Jahren fertiggestellt wurden, heute schon wieder heruntergekommen aussehen? Während ich weiterlief und von Zeit zu Zeit hektisch zum anderen Bürgersteig schaute, aus Angst, euch vielleicht schon verpasst zu haben, stellte ich mir diese Frage. Vielleicht ist euch aufgefallen, wie schäbig sie sind, Klinkerbauten aus den frühen Achtzigern mit klobigen Erkern und plastikverkleideten Fensterrahmen. Auch die üblichen Läden darunter, eine Juwelierkette, ein Tattoostudio, Spätis, ein billiges italienisches Lokal, wirken trostloser als anderswo.

Die Familie macht einen Spaziergang im Park und kommt sich dabei etwas näher. So hatte ich es mir mit Bruno überlegt. Anschließend suchen die drei sich ein nettes Café, vielleicht in ihrer alten Gegend. Falls Bruno und Julius daran festhalten, dachte ich, könnten sie mir, wenn ich in den Park einbiege, entgegenkommen. Das ist der schnellste Weg zum U-Bahnhof Voltastraße, von wo aus Züge in Richtung Mitte fahren.

Ich war gerade ein paar Schritte in das Gelände hineingegangen, als mir eine leuchtende Mauer aus Rot und Orange entgegenkam. Ich blieb stehen, überrascht und etwas verwirrt. Acht oder neun Frauen, untergehakt eine Reihe bildend, die Beine in Jeans und Stiefeln, waren auf dem Weg, der rund um die große Wiese führt, spazieren gegangen und bogen jetzt ab in Richtung Straße. Ihre Köpfe und Schultern waren in gemusterte Tücher von verschiedenstem Rot gehüllt, Grellorange, Knallrot, Purpur, Violett. Ihre Gespräche und das sanft versetzte Knirschen ihres Gleichschritts wehten, verstärkt von der nassen Luft, leise zu mir herüber. Die Schönheit dieses Anblicks, ein unerwartetes machtvolles Leuchten im Wintergrau des

Parks, ließ mich für einen Moment alles andere vergessen. Als ich mich ihnen näherte, sah ich, dass sie unterschiedlich alt waren. In der Mitte liefen zwei jüngere Mädchen, eine Frau war schwanger, die Älteren gingen am Rand. Ich schob mich an der Gruppe vorbei, und dabei kam ich einer hageren, großen Frau in meinem Alter ziemlich nahe. Im Gegensatz zu den anderen hatte sie nur ein einfaches dunkelrotes Kopftuch unterm Kinn zusammengeknotet. Ich kenne sie, dachte ich, bekam einen Schreck und strauchelte. Das spitze Kinn. Die hochgezogenen Schultern, die grünen Augen. Für einen Augenblick war ich mir absolut sicher, dass es Ayşe war. Sie beachtete mich nicht, ihr Blick war fest auf den Boden gerichtet, als wir einander streiften. Schnell glitt mein Blick über ihr Gesicht und suchte eine Narbe über der rechten Augenbraue. Aber es war schon zu spät, um sich zu vergewissern.

Ich blieb stehen und rang kurz nach Luft. Wie viele Kinder von früher lebten wohl heute noch hier? Kannte mich jemand und sah mich vielleicht regelmäßig, ohne dass es mir bewusst war? Bis Bruno so unvermittelt aufgetaucht war, hatte ich nie darüber nachgedacht. Was hatte ich denn geglaubt? Dass alle Menschen von damals, bloß weil meine eigene Zeit mit ihnen in der Vergangenheit lag, von hier verschwunden waren?

Nach den Handgreiflichkeiten vorhin zwischen Bruno und mir, und eurem Entsetzen darüber, hat er uns in die Stille hinein, die danach entstand, plötzlich gefragt, ob wir nicht alle zusammen einen Tee trinken wollen. Ich fand das in dem Moment seltsam. Aber jetzt denke ich natürlich, es wäre besser gewesen, zuzustimmen. Und dann folgte diese Frage, mit der wir uns jetzt so intensiv auseinandersetzen. Die nach unserem wichtigsten Moment. Der Verunsicherung und der Erkenntnis. Als er davon sprach, hatte ich gleich kein gutes Gefühl mehr.

Er hatte, während er diese Frage aufwarf, dieselbe leise, etwas verwaschen klingende Stimme, die ich noch von früher von ihm kenne. Ich hatte, wie gesagt, kein gutes Gefühl, habe den Eindruck dann aber erst mal weggeschoben. In einer bestimmten Schulhofpause habe ich ihn das erste Mal so sprechen hören. Nach dem Sonntagnachmittag damals im Wald in Frohnau, mit Eladio, dem Dicken, Ayşe, ihrer Freundin, Andi und mir, und nach der darauffolgenden Nacht auf der Brücke und im Bunker. Da waren Ayşe und ihre Freundin nicht mit dabei, die beiden wurden zu Hause streng kontrolliert und hatten sich nicht getraut, nachts heimlich die Wohnung zu verlassen.

Es war eine erste Pause, die längere, um kurz nach halb zehn. In einem fremden Schulgebäude, in dem ich mich immer noch nicht richtig wohlfühlte. Ich hatte mich zuerst im Klassenzimmer herumgedrückt, wischte dreimal die Tafel ab und sammelte in Zeitlupe kleine Kreidestücke ein, die ich in der Stunde davor in den Zimmerecken und auf den Fensterbrettern verteilt hatte. Die Türen der Unterrichtsräume blieben in den Pausen offen, damit die Lehrkräfte sich vergewissern konnten, ob alle auf dem Hof waren.

Es war März, aber noch genauso kalt wie im Februar. Ich war von dem schmuddeligen Klassenzimmer, in das sie uns hineingestopft hatten, immer noch genauso angeekelt wie am Anfang. Außerdem fühlte ich an dem Tag deutlich, dass ich schon seit mehreren Monaten eine etwas zu dünne Jacke trug, ich wollte nicht gerne nach draußen. Ein paar Monate vorher hatte es in meiner Schule einen Brand gegeben. Zwei unserer Klassen, darunter auch meine, mussten jetzt vorübergehend in einem anderen Gebäude unterrichtet werden. Wenn es den Schulortwechsel damals nicht gegeben hätte, wäre ich Ayşe, Eladio und dem Dicken wahrscheinlich nie begegnet und das mit Bruno wäre nicht passiert.

In meiner eigenen Schule waren die Klassenräume kleiner und die Decken niedrig, aber alle Räume dort waren hell und immer sauber, und die Tische und Stühle waren aus ganz neuem orangem Plastik, was mir als Kind ein schwer zu erklärendes Gefühl von Sicherheit gab. Die düstere Treppe mit dem schmiedeeisernen Geländer, die viel zu großen, hallenden Gänge, Türklinken, an die die Erstklässler kaum heranreichten, und Türflügel, die viel zu schwer waren und in den Angeln quietschten, vor allem aber der Keller im Untergeschoss mit dem riesigen alten Verschlag voller Kohlenstaub und uralten Besen, Eimern und ausrangierten Turnmatten – nach meiner Vorstellung gehörte das alles einer anderen Art von Gebäude an, zu der der Neubau, den ich seit der ersten Klasse besucht hatte, in keiner Verbindung stand, aus der er in keiner mir nachvollziehbaren Weise hervorgegangen sein konnte. Als hätte man das Wort Gebäude in jüngster Zeit noch einmal neu erfunden.

Bis zum Jahr davor hatte ich viel mit Andi zusammengehangen, der wie Bruno in meiner Straße wohnte. Aber dann hatte Andi die Schule wechseln müssen, er ging jetzt in Brunos Klasse. Dass ich ihn durch meinen vorübergehenden Schulwechsel jetzt wieder in den Pausen sah, gab mir Zuversicht. Wir hatten fast zwei Jahre im Unterricht nebeneinandergesessen und waren als die, die am meisten störten, bei den Lehrern berüchtigt gewesen. Andi war ein dünner, zäher Junge aus dem Wedding, er stammte aus einer Familie von Ziegeleiarbeitern, die früher im Berliner Umland an den Brennöfen standen. Ein paar braunstichige Fotos von früher, die das bezeugten, hingen bei ihm zu Hause im Flur. Sein Stiefvater verprügelte ihn oft, und er selbst, angefüllt mit dieser Gewalt, legte sich mit fast jedem Jungen aus seiner Klasse an. Da ich ständig in seiner Nähe gewesen war, hatten die Mädchen aus meiner Klasse automatisch Angst vor mir gehabt, ich musste nur etwas ernst gucken. Ich war gerne in Andis Nähe. Er überließ mir, wenn wir in der Gruppe zusammen waren, in bestimmten Situationen fast vollständig das Wort. Ich mochte seine Macht und sein Vertrauen und fühlte mich bei ihm gut beschützt. Es war nicht unbedingt üblich, dass ein Mädchen und ein Junge in dem Alter zusammenhielten. Allerdings war ich damals auch kein typisches Mädchen. Ich spielte immer gerne mit Jungs. Ich fand mich überhaupt nicht stark. Für mich selbst hatte ich damals, glaube ich, gar kein richtiges Gefühl. Auch nicht für den Sockel, auf den Andi mich hob, oder für die Stärke, die ich durch ihn besaß.

Seit er nicht mehr in meiner Klasse war, fühlte ich mich allerdings nicht mehr so sicher, das spürte ich schon. Das Schulleben war seitdem anstrengender geworden. Unser Zusammentreffen in den Pausen war deshalb für mich ein Lichtblick, was Andi, der sich auch auf der neuen Schule wieder schnell wie ein Außenseiter benahm, genoss. Nach wenigen Tagen waren wir wieder in allen Pausen zusammen. Ich lernte einige Jungen aus seiner neuen Klasse kennen, und so entstand die Bande. Wir waren eine Gruppe, die sich gegenseitig beschützte, bei Schwächeren Geld erpresste und immer zusammenhielt. Bald trafen wir uns nicht nur in den Pausen, sondern auch außerhalb der Schule, manchmal auch nachts. Andi und ich gehörten dazu. Eladio, der Dicke, an dessen Namen ich mich nicht mehr erinnere und der auch stets nur so genannt wurde, Ayşe und Ayşes Freundin. Auch wie sie hieß, weiß ich heute nicht mehr.

Die Pausenaufsicht kam nach wenigen Minuten. Ich wurde in den Hof geschickt. Die Pfützen auf dem Schulhof waren zugefroren, es war fast so kalt wie in der Nacht ein paar Wochen davor, normalerweise wurde dann geschlittert. Die Jungs nahmen dafür etwas großspurig Anlauf, gingen in die Knie, stellten die Füße schräg parallel, wie beim Wintersport im Fernsehen, hoben gleichgewichtssuchend die Arme und rasten dann lässig und ziemlich schnell über die glatten Flächen. Vor dem Eingang zu einem überdachten Außenbereich, eine Stelle, an der sich die größte Pfütze befand, bildete sich sonst immer eine große Gruppe, aber an diesem Tag waren alle ans andere Ende des Schulhofs gelaufen, in eine Ecke in der Nähe des Zauns, wo ein Baum stand.

Ich lief hin. Zwei Jungen, die ich nicht kannte, hatten Bruno mit einem Seil an diesem Baum festgebunden. Er hatte keine Schuhe an, und sie bespuckten ihn. Die Umstehenden schauten zu, manche waren entsetzt oder angewidert, einige grölten. Er war das typische Opfer damals, schüchtern, verträumt, etwas pummelig. Als ich ihm allerdings jetzt ins Gesicht sah, wie er dort stand, bemerkte ich eine Wut und Entschlossenheit, die neu war. Kommt doch näher, wenn ihr euch traut, schrie er die beiden Jungen mit kieksender, überdrehter Stimme an. Kämpft doch mit mir. So, wie ich jetzt hier stehe. Ich bin festgebunden. Aber ihr werdet schon sehen, ich mache euch trotzdem fertig.

Einer der Jungen fühlte sich herausgefordert. Er trat näher und schaute Bruno verächtlich an. Einige Umstehenden lachten. Na los, rief Bruno wieder. Diesmal sprach er leise. Und seine Stimme hatte plötzlich diesen seltsam friedlichen, verwaschenen Sound, von dem ich gerade gesprochen habe. Als Antwort holte der andere aus und schlug ihm ins Gesicht. Brunos Nase fing an zu bluten, aber er versuchte trotzdem, noch ruhiger zu wirken. Komm her, wenn du dich traust, rief er erneut. Sein Gegenüber trat wieder zu ihm hin, und Bruno löste seine Hände aus dem Seil, das offenbar nicht fest genug geknüpft worden war, umklammerte ihn plötzlich blitzschnell und zog ihn dicht zu sich heran. Der andere fing mit schmerzerfülltem Gesicht an zu schreien. Niemand konnte sich erklären, warum das so war. Bruno tat nichts weiter, als ihn umschlungen zu halten. Schließlich kam, reichlich spät, ein Lehrer. Er riss den Jungen vom Baum weg, ohne sein sofort einsetzendes Weinen weiter zu beachten, und befahl ihm barsch, Bruno augenblicklich loszubinden. Am nächsten Tag wurde überall erzählt, dass Bruno sich ein kleines Brett besorgt hatte, in dem Nägel steckten. Er hatte es mit einem Gürtel an seinem Bauch befestigt und es unter einem weit sitzenden Pulli verborgen. Als ich davon hörte, wurde mir klar, dass er von nun an nachmachte, was wir ihm in dieser schlimmen Nacht beigebracht hatten: eine mächtige Wirkung zu erzielen, indem man sein Gegenüber täuscht. Er machte sich auch mit anderen fiesen Tricks bald einen Namen. Niemand mochte ihn mehr, aber er wusste, dass die Zeit auf seiner Seite war. Bald würde die sechste Klasse und damit die Grundschule vorbei sein, und die Schläger ließen ihn endlich in Ruhe.

Das mit Ayşes Narbe ist eine Woche später passiert,

Eladio ging mit einem Schraubenzieher auf sie los. Die beiden hatten sich in der Fünfminutenpause gestritten. Eladio saß direkt hinter ihr und hatte unter ihrem Stuhl einen Groschen entdeckt. Er tippte ihr auf die Schulter und forderte sie dann wortlos auf, das Geld für ihn aufzuheben, mit erhobenem Arm und befehlsartig ausgestrecktem Zeigefinger, und so wie ich ihn damals kannte, wahrscheinlich auch mit einem feinen, verächtlichen Lächeln. Das hatte er drauf. Wir anderen stammten ja überwiegend aus einfachen Verhältnissen. Mein Vater ist fünf Jahre zur Schule gegangen und war Hilfsarbeiter bei Borsig, meine Mutter putzte in Arztpraxen. Er dagegen – ich habe in Erinnerung, dass seine Familie deutlich gebildeter war als unsere – konnte einen Blick aufsetzen wie ein herrischer Großgrundbesitzer, den Rücken durchgedrückt, das Kinn schräg gestellt und nach oben gereckt, die Augen düster. Die Hierarchie unter den Kindern nicht deutscher Herkunft stand damals fest. In meiner Klasse genauso wie in seiner. Darüber haben wir nie gesprochen. Es wurde nicht mal darüber nachgedacht, sie war einfach da. Franzosen oder Engländer kamen nicht zu uns, dafür Italiener. Sie waren ganz oben. Dann kamen die Spanier, dann die Griechen. Es sei denn, jemand konnte gut Deutsch, damit stand man grundsätzlich immer etwas über den anderen. Die Türken waren immer ganz unten, da halfen auch keine Sprachkenntnisse. Und für die türkischen Mädchen, wenn sie nicht gerade mit deutschen Mädchen befreundet waren, so wie Ayşe mit mir, galt das erst recht. Ayşe, ein blasses Mädchen mit hellbraunen Haaren und Sommersprossen, war stark, ähnlich wie ich, aber viel gelassener. Meistens verströmte sie Ruhe und Gutmütigkeit, die man aber nicht reizen durfte, dann kam plötzlich eine Wut zum

Vorschein, die man vorher bei ihr nicht vermutet hätte. Sie wollte das Geld nicht aufheben, und Eladio fühlte sich gedemütigt. Er drehte sich um zu seiner Tasche, die an der Stuhllehne hing, holte den Schraubenzieher heraus – er trug ihn zu der Zeit immer als Waffe in seinem Schulranzen bei sich – und schlug ihr damit an den Kopf. Er flog noch am selben Tag von der Schule.

Als das passierte, war die Zeit, in der wir einen Zusammenhalt gehabt hatten, bereits vorbei, die Bande auseinandergefallen, die Stimmung zwischen uns gedrückt. Wir waren mit Bruno zu weit gegangen, das wussten wir.

Schon ein paar Tage nach der Nacht an den Gleisen und auf der Brücke haben wir, wenn einer dem anderen allein auf dem Schulhof begegnete, keine Notiz mehr voneinander genommen. Wenn Dritte dabei waren, haben wir, damit es nicht zu auffällig war, pro forma ein paar Worte gewechselt, aber das war's. Nach der Sechsten ist Andi mit seinen Eltern nach Hermsdorf gezogen. Bruno ist auf die Gesamtschule hier im Viertel gegangen und ich auf ein Gymnasium in der Nähe. Die meisten von uns haben später studiert. Bruno und ich sind in die Sozialarbeit gegangen. Ayşe wurde Anwältin und hat sich für Frauenrechte eingesetzt, Andi hat ein Ingenieurstudium gemacht. Ich habe ihn in den Nullerjahren manchmal hier im Viertel von Weitem auf der Straße gesehen, und was ich da beobachtet habe, machte auf mich keinen so guten Eindruck. Er hat irgendwas mit dem Bunker zu tun, von ihm hatte Bruno den Schlüssel.

Als Bruno mich vorhin angesehen hat – an den Türrahmen gelehnt, die Eisenstange noch in der Hand und den schmerzenden Fuß leicht angehoben, mit diesem Flatterblick –, wusste ich, es ist ihm vielleicht gelungen, das von früher wegzuschieben, es in seinem Innern zu versenken, aber ganz weggegangen ist es nie. Seit der Nacht auf der Brücke war er einfach schräg drauf. Schon seit Stunden überlege ich fieberhaft, was das heißen könnte. Ob darin vielleicht irgendein Wissen verborgen liegt, dass uns jetzt helfen könnte.

Als Bruno und ich uns vor zwei Wochen in meinem Büro das erste Mal gegenübersaßen, habe ich mich erst mal nur länger mit ihm unterhalten. Es ging ihm nicht sonderlich gut, das konnte man sehen. Ich wollte ihm helfen. Gleich zu Beginn erfuhr ich, dass er seit zehn Jahren nicht mehr in Berlin lebt. Und kurz darauf erklärte er mir, mit dem Feuer spielend: Ich bin aber hier aufgewachsen. Ich spürte, wie bei dieser Bemerkung mein Puls sofort anstieg. Ich habe seine Pupillen gesucht, aber nicht mal ansatzweise war zu sehen, dass sich darin etwas zusammenzog oder weitete, höchstens wirkte sein Blick etwas starr. Eine Katastrophe, erklärte er mit vager Handbewegung, habe seine Familie vor zehn Jahren auseinandergerissen. Jetzt sei er zurückgekehrt, um seinen Sohn wiederzusehen und mit der Mutter irgendwie ins Reine zu kommen. Als ich nachhakte, um die näheren Umstände in Erfahrung zu bringen, erzählte er mir von den Jahren am Rosenthaler Platz. Ich erfuhr, dass er jetzt als Betreuer in einer ländlichen Jugendwohngruppe lebt. Die Frage, ob er selbst noch weitere Kinder habe, schien ihn merkwürdig zu berühren, er ließ sie unbeantwortet.

Ich hätte ihm natürlich erklären müssen, dass ich befangen bin, und ihm einen Termin mit jemand anderem vorschlagen. Aber dann hätte ich über unsere Vergangenheit gesprochen, und das habe ich mich in dem Moment nicht getraut. Brunos Verbindung zu mir lag außerdem ja lange zurück und war Teil eines ganz anderen Lebens und einer anderen Zeit. Da war eine Sperre, die ich nicht so schnell überwinden konnte.

Gleichzeitig fühlte ich mich stark und dachte, ich kriege das für ihn hin. Aber natürlich besteht die Verstrickung genau in der Einbildung, alles zu überschauen. Wenn man das merkt, sollte man sofort innehalten. Und dann einfach nicht weiter nachdenken und aussteigen, jetzt weiß ich es. Aber in dem Moment zweifelte ich nicht im Geringsten daran, die Situation im Griff zu haben. Oder hatte ich am Ende doch Angst, Probleme zu bekommen, wenn er jemandem, mit dem ich zusammenarbeite, von damals erzählte? Ich glaube nicht, denn eine komplizierte Vergangenheit zu haben ist in diesem Arbeitsbereich nicht unüblich und erhöht sogar eher noch die Glaubwürdigkeit, manchmal sogar die Kompetenz.

Das Waldstück und der Bunker waren mir längst unwichtig geworden. Auch an der Brücke ging ich manchmal vorbei, ohne von ihr überhaupt noch Notiz zu nehmen. Mich hat einfach interessiert, welche Schnipsel von welchem Leben dieser Mann, der ein Teil meines früheren Ichs war, jetzt versuchen würde, mit meiner Hilfe wieder zusammenzufügen. Die Neugier hat alles andere überlagert.

Beim zweiten Treffen hatte ich ihn für den Abend bestellt. Kurz vor Büroschluss wurde ich nervös, weil meine Kollegin die ganze Zeit nicht loskam. Als ich Bruno die Tür öffnete, war sie erst an der nächsten Straßenecke, wo sie immer ihr Fahrrad abstellt, wahrscheinlich sind die beiden sogar aneinander vorbeigelaufen. Aus Angst, sie könnte etwas vergessen haben und zurückkommen, zog ich ihn zuerst schnell in den Laden und schob ihn dann nach einem kurzen Gespräch wieder nach draußen, mit einer resoluten Handbewegung und den Worten, heute machen wir einen Spaziergang! Er war sofort einverstanden. Wir sind in Richtung Osloer Straße gelaufen, von da über die Bornholmer Brücke, dann nahmen wir die erste Straße rechts rein und erreichten das dahinterliegende Wohnviertel. Ruhige Straßen, ordentlich, aber nicht luxussaniert, zwischendurch hübsche kleine Läden. Ich drehte mich mehrmals zu Bruno hin und sah Sehnsucht auf seinem Gesicht, den Wunsch nach dem alten Leben mit Ina und die in ihm arbeitende Vorstellung, was gewesen wäre, wenn er seine Frau und sein Kind nicht so ignoriert und enttäuscht hätte, wie Julius es gerade erzählt hat.

Wir bogen noch einmal nach links und erreichten den Arnimplatz. Eigentlich ist es kein Platz, eher ebenfalls ein kleiner Park. Am Rande eines Rondells, von dem Wege mit Bänken abgehen, steht eine metallene Skulptur der von Arnims, in der sie fest miteinander verbunden dargestellt werden, gleichzeitig aber lässig, der Welt zugewandt, den Platz überblickend. Ganz anders als hier, wo lediglich eine mattgraue Platte, die aussieht wie ein Grabmal, auf den Namensgeber des Terrains hinweist, zur selben Zeit errichtet wie die Ersatzkirche.

Wir setzten uns und schauten gemeinsam auf den Eingang zu einem Spielplatz in der Dämmerung, und plötzlich sagte er zu mir: Verrückt, dass ausgerechnet wir beide jetzt hier sitzen, findest du nicht? Ich sagte nichts und sah ihn nur an. Sein Blick wurde noch einmal für einen Augenblick härter, wie damals in der Bar. Aber dann zerstreute sich diese Unnachgiebigkeit wieder, und er wirkte hilflos. Er war jetzt nicht in einer Situation, in der die Kraft ihm etwas genutzt hätte, und ich hatte in dem Moment großes Mitgefühl mit ihm, fast hätte ich ihn umarmt.

Danach hatte ich das Gefühl, ihm vertrauen zu können. Menschen, die sich für Jahre aus den Augen verloren haben, wieder zusammenzubringen ist nicht das, was ich üblicherweise mache, aber ich dachte mir, warum nicht. Was er sich wünscht, kann schließlich nicht so kompliziert sein. Aktuelle Konflikte zu schlichten ist viel schwieriger. Ich würde einfach helfen, eine Begegnung zu arrangieren, und mit ihm zusammen schauen, was daraus wurde.

Er erzählte mir, dass er mit dir, Julius, per SMS in Kontakt stehe. Nach dem letzten Treffen hätte er dich gefragt, ob du dir ein Familientreffen vorstellen könntest, und dich gebeten, deine Mutter ebenfalls zu fragen, sie sei einverstanden gewesen. Ich hätte an der Stelle vielleicht genauer nachfragen müssen. Wahrscheinlich war ich zurückhaltender, als ich es sonst gewesen wäre.

Ich erkundigte mich an dem Abend nach den Umständen seiner Trennung. Aber er reagierte ausweichend. Das kenne ich gut von Männern in diesen Situationen. Ist die Familie weg, gibt es nur noch zwei Zustände: energisches Nichtwahrhabenwollen oder enorme Zerbrechlichkeit. Nichts daran kam mir ungewöhnlich vor.

Trotzdem ist mir die Situation entglitten, als wir auf der Anhöhe zusammenstanden. Und das Resultat ist, dass wir jetzt hier eingesperrt sind.

Während ich durch den Park zu euch zurücklief, dämmerte mir, wie naiv ich gewesen war. Ich hatte ein Treffen initiiert, aber mein eigenes Verhältnis zu Bruno und unsere gemeinsame Vergangenheit dabei nicht mit bedacht.

Ich näherte mich der Anhöhe. Bruno und Julius waren nicht mehr da. Helen saß dagegen noch auf einer der Bänke unter dem Pavillon. Sie starrte mich verblüfft an, als sie mich sah. Bereits kurz danach kam zwischen uns so etwas wie Verbundenheit auf. Du hast mir erklärt, Helen, dass auch du Bruno von früher kennst. Wir waren beide in Sorge, um Julius, vielleicht auch um Bruno selbst. Mir fiel der Bunker ein, nur eine Vermutung. Ich wusste wie gesagt, dass Bruno einen Schlüssel hat. Ich schlug Helen vor, dorthin zu laufen und nach euch zu suchen. Wir sind gleich losgegangen, haben den Weg an der Wiese und am Schwimmbad entlang genommen, nicht den über den Berg hoch zur Plattform. Nach ein paar Metern wurden wir gleichzeitig schneller, sind fast gerannt. Ich erklärte ihr, dass es, als wir Kinder waren, einen anderen Eingang gegeben hat, den man am besten von unten erreicht. Zehn Minuten später standen wir bereits vor der großen grauen Wand. Auf der rechten Seite, ein Stück den sandigen Abhang hoch, klaffte früher zwischen grob gemauerten Stufen und aus dem Boden ragenden Resten von Betonröhren ein Loch. Hier, und auch an anderen Seiten des früheren Gebäudes, konnte man damals graben und, wenn die Öffnung groß genug war, einfach in die Ruine hineinklettern. Ich kroch den Abhang hoch, hockte mich auf Knien in den Winkel und tastete die Erde und das Mauerwerk ab. Aber da war keine Öffnung mehr. Es muss woanders noch eine Stelle geben, durch die Bruno vor uns nach draußen gelangt ist.

Helen und ich gingen die Treppen hoch zum Eingang und dort riefen wir immer wieder nach euch, aber niemand antwortete. Schließlich haben wir einen großen Stein gefunden, mit dem wir immer wieder gegen die Tür geschlagen haben, was im Innern, wie Julius ja erzählt hat, laut und dröhnend zu hören war. Ich weiß nicht, ob Bruno mit uns gerechnet hat. Oder ob er wirklich an Hooligans geglaubt hat, die ihn und Julius beim Aufschließen der Tür beobachtet haben und jetzt auf sich aufmerksam machten und den Eintritt erzwingen wollten. Diese Leute treffen sich doch viel lieber an verborgenen Orten, die sonst niemand kennt. Wollte Bruno seinem Sohn etwas beweisen? Hat er sich deshalb eine neben der Treppe auf dem Boden liegende Stange geschnappt, die wahrscheinlich von einem der kleinen Baugerüste hier drinnen stammt? Womit hat er gerechnet, als er theatralisch die Tür aufmachte, mit der Stange als Waffe in der Hand? Ich habe sie ihm aus der Hand geschlagen, konnte aber nicht verhindern, dass sie auf seinen Fuß traf, während wir miteinander rangen. Laut scheppernd fiel sie zu Boden, und ich habe einen Schreck bekommen und ihn angebrüllt, was ihm eigentlich einfällt.

Bruno und ich haben eine Kindheit gemeinsam, wie sie heute nicht mehr üblich ist. Das Überleben mit fast nichts außer dem, was man selber kann oder von Gleichaltrigen, die in derselben Lage sind, aufschnappt und übernimmt. Wir waren nicht nur uns selbst überlassen, sondern mussten auch die Fähigkeit entwickeln, uns jeden Tag aufs Neue von der Mischung aus Selbstmitleid, Angst und Verachtung für Schwächere zu entgiften, in die uns die Älteren eingehüllt haben. Ich weiß, ehrlich gesagt, nicht, wie wir das geschafft haben. Vielleicht ist es ja über Nacht passiert. Im Schlaf. Denn wir konnten damals trotzdem jeden Morgen aufwachen und uns über irgendwas freuen: über die Sonne. Ein Brötchen, das wir gleich essen würden. Oder darüber, dass wir im Schlaf ein paar Stunden lang gelöst und nicht mehr erschöpft waren. Aber sind wir das Gift wirklich losgeworden? Oder steckt ein Teil davon doch noch in uns drin, hat uns verformt und uns in Lebenswege geführt, die wir sonst so nicht gegangen wären? Du, Helen, die Frau, die traurig auf der Bank im regennassen Park saß, warst ein Ergebnis dessen, was Bruno aus seinem Leben gemacht hat. Er hat seine Familie über alles geliebt, das konnte man sehen, seine Frau aber schlecht behandelt. Und andere Frauen auch. Sonst wäre seine Ehe nicht auf diese Weise kaputtgegangen. Kann man so ein Gift, wenn man nicht aufpasst, an andere weitergeben? Habe ich vielleicht aus Angst davor nie selbst mit jemandem zusammengelebt, geschweige denn eine Familie gegründet? Ich kenne etliche Frauen in meinem Alter, die immer allein gelebt haben. Viele sind in den Achtzigern hierhergezogen, andere wie ich hier geboren. Etwas Genaues, das uns verbindet, gibt es nicht. Nur dieses Alleinleben, für das die Gründe nicht richtig klar sind. Schon komisch. Es kommt mir auf einmal so vor, als hätte mein unauffälliges Leben einen Sinn.

Wir hatten vor Jahren mal einen elfjährigen Jungen bei uns, der aus einem Heim in Brandenburg abgehauen war und den wir für einen Abend und eine Nacht bei uns behielten. Wann immer sich in der Zeit eine Gelegenheit dazu bot, fragte er nach etwas zu trinken. Ich wusste, dass er nach dem dritten Glas keinen Durst mehr haben konnte. Er hat nur den Moment genossen, wenn ich, die seine Nachtwache war, auf die schüchtern vorgebrachte Bitte, eine gespielte Schüchternheit, hinter der sich Überlebenswille und ziemlich viel Gerissenheit verbargen, von meinem Sessel aufstand, zu der Wand hinter uns ging, ein Glas von dem Brett neben dem Waschbecken nahm und den Hahn aufdrehte. Er wollte sich bedienen lassen. Für wenige Stunden ein umsorgter Gast sein. Wir hatten bereits bei der zuständigen Einrichtung angerufen, damit sie jemanden schickten, der ihn abholte. Ihm war klar, er würde bald wieder in einen trostlosen Alltag zurückmüssen, in dem er sich nicht beachtet fühlte.

Wir wissen immer noch nicht genau, in welcher Situation wir uns hier drinnen befinden. Aber wenn es das ist, was wir vermuten, geht das in eine ähnliche Richtung. Menschen, die glauben, in einer Notlage zu sein, und etwas erzwingen wollen, brauchen vor allem Aufmerksamkeit. Geiselnahmen müssen daher gar keine spektakulären Fälle an öffentlichen Orten sein, sondern können sich auch unauffälliger in der eigenen Wohnung abspielen. Vor dem Projekt hier im Brunnenviertel habe ich ein paar Jahre lang eine Arbeit gehabt, bei der Hilfe in akuten Krisen dazugehörte. Da erlebt man so was öfter, irgendwann kommt es einem fast normal vor. Eine Frau ruft an, weil ihr Mann arbeitslos geworden ist, und jetzt sitzt er im fünften Stock auf der Balkonbrüstung. Er weiß, dass er seine Arbeit so nicht zurückbekommt, aber für einen Moment steht er im Mittelpunkt. Endlich denken alle mal über ihn nach. Wie er sich wohl fühlt. Was er durchmachen muss. Das gilt für die Familie, die voller Angst im Wohnzimmer sitzt, aber auch für Nachbarn, Freunde und für Fremde, die vielleicht im Hof stehen und sich fragen, ob er springt. Der Mann nimmt sie nicht physisch als Geisel, er bedroht sie nicht, aber er nötigt sie doch emotional, indem er sie zwingt, Anteil zu nehmen. In einem anderen Fall, an dem ein Kollege von mir mal beteiligt war, hatte ein Mann in einem Kaufhaus eine Kassiererin mit der Waffe bedroht. Das Gebäude wurde natürlich sofort geräumt, die Polizei rückte an. Schließlich stellte sich aber heraus, der Typ will gar kein Geld. Er will auch kein Fluchtauto. Seine frühere Freundin soll herkommen und ihm vor Zeugen darlegen, warum sie ihn verlassen hat.

Es geht meistens um Druck. Er baut sich in den Leuten auf, bis sie ihn nicht mehr aushalten, ihn irgendwo hintragen müssen. Mit diesem Druck ist es so wie mit dem vorhin erwähnten Gift: Wer nicht erträgt, ihn bei sich zu behalten, gibt ihn an andere weiter. Um Geld oder persönliche Vorteile geht es dabei so gut wie nie, im Gegenteil, die Leute haben anschließend noch mehr Stress als vorher. Meistens wollen sie einfach nur mal vorne stehen und bestimmen, wo's langgeht.

Es ist eine Situation der Nötigung, in die Bruno uns hineinmanövriert hat, das will ich euch damit klarmachen. Welcher Moment dabei *mein* Moment ist, wie Julius das genannt hat, kann ich nicht sagen. Vielleicht war er vorhin, als ich von euch weggerannt bin. Oder vor der Bäckerei, als ich zurücklaufen wollte. Oder genau dazwischen, als ich das Blaulicht gesehen habe, da sprangen auch bei mir die Warnsignale an. Die Vergangenheit, die man versteht, das weiß ich jetzt, kann man vielleicht überwinden. Die Vergangenheit, die man ignoriert, entfaltet dagegen ihre Wirkung im Verborgenen und tritt plötzlich wieder hervor, wenn man nicht mehr damit gerechnet hat. Natürlich kann es auch sein, dass da überhaupt kein Licht gewesen ist. Dass sich die Befürchtungen von vornherein nur in meinem Kopf abgespielt haben. In der Großstadt sind Lichter so zahlreich, ständig blitzen sie auf und verschwinden wieder, als Teil des großen, nervösen Berlins, in dem wir leben. Niemand könnte sie vollständig bezeugen oder im Gedächtnis behalten.

Gut möglich, dass dieser Moment auch schon viel früher da war, schon als wir Kinder waren. Ich sollte euch jetzt endlich erzählen, was damals passiert ist, auf der Brücke, im Bunker. Und vorher im Wald. Aber dafür brauche ich Mut. Und das spreche ich nicht auf Band.

Berlin, Humboldthain

Lydia hat ihren Bericht beendet. In der wieder einsetzenden Stille spürt Bruno einen Taumel im Kopf, als hätte er einen Schlag bekommen.

Woher kommt dieses Gefühl? Durch das, was sie erzählt hat? Oder durch die plötzliche Leere, die die Stille mit sich bringt?

Sie hat das Treffen auf der Anhöhe mit mir vorbereitet, denkt er. Wir kamen gemeinsam dort an, und dann ist Julius auf mich zugelaufen. Ihn nach so langer Zeit wiederzusehen, zu spüren, wie vertraut er mir war und immer sein wird, hat alles andere vorübergehend unwichtig erscheinen lassen. Wir haben uns angelächelt und umarmt. Julius war aufgeregt, so wie ich, das führte zu einer leichten Verlegenheit zwischen uns. Aber alles, von dem ich vorher geglaubt habe, es stünde zwischen uns, mein Weggang, die gescheiterte Kommunikation in den Jahren danach, die angebliche und die echte New-York-Reise, hatte in dem Moment keine Bedeutung mehr. Julius hat mich gefragt, wie lange ich schon in der Stadt bin. Wo ich wohne. Wie mir Berlin jetzt vorkommt. Er hat mir von seinem Studium erzählt und seiner daran anschließenden Arbeit. Wir haben auch über unser Zuhause von damals gesprochen. Warst du schon da? Nur kurz? Ich fahre von Zeit zu Zeit hin. Alles hat sich verändert. Ja. Die Langsamkeit von damals, die Aufbruchsstimmung. Es war aber doch nicht für alle ein Aufbruch.

Dann ist Lydia plötzlich weggegangen. Das hat ihn verunsichert. Gleichzeitig war er von dieser Verunsicherung überrascht. Sie hat ihm vorher Halt gegeben, wodurch? Auf einmal erinnert er sich jetzt an den Moment, in dem er Lydia erkannt hat, nach ihrem ersten Gespräch. Er hat ihren Laden verlassen, ist um die Ecke gebogen, in die Straße seiner Kindheit, und als er dort vor dem Haus stand, in dem er früher gewohnt hat, wusste er es plötzlich wieder.

Sie war weg, aber Helen stand immer noch da, nicht weit von ihm und Julius entfernt. Was hatte sie hier zu suchen? Er fühlte, dass er über ihre Anwesenheit ungehalten war. Ina hätte doch kommen sollen. Warum war sie nicht da?

Als er mit Julius losging und sie außer Hörweite waren, hat er ihn als Erstes nach seiner Mutter gefragt. Sie wollte eigentlich dabei sein, hat er beteuert, aber im letzten Moment hat sie es sich anders überlegt.

Ein Schluchzen dringt jetzt aus dem Apparat. Angespannt lauscht Bruno den abgehackten, erstickten Lauten, bis sie schwächer werden. Jemand schnäuzt sich. Eine zweite Frauenstimme sagt:

Okay, jetzt bin ich dran. Was ich euch erzählen will, liegt mehr als zehn Jahre zurück. Ich war damals in einer ziemlichen Schieflage. Es hatte mit Ina zu tun. Ich glaube aber nicht, dass Bruno das weiß.

Ich war vorhin unterwegs zu dem türkischen Supermarkt in der Badstraße, Obst und Oliven kaufen, als ich Bruno zufällig getroffen habe. Manchmal komme ich extra deswegen hierher. Ich bin aus der U-Bahn gestiegen und sah ihn am Bahnsteig stehen, nach mehr als zwölf Jahren. Er lief unruhig auf und ab. Dann kam Lydia und begrüßte ihn. Statt mich umzudrehen und meine Besorgungen zu machen, bin ich den beiden hinterhergelaufen. Ich wusste in dem Moment nicht, warum. Sie gingen in den Park. Ich folgte ihnen, in ein paar Metern Abstand. Ich war neugierig. Ich wollte wissen, was Bruno jetzt macht. Vielleicht wollte ich mir auch im Nachhinein über irgendwas Klarheit verschaffen. Als ich sah, dass er auf den Pavillon zusteuerte, habe ich eine Abkürzung genommen und war vor euch da.

Ich dachte, er würde mich sofort erkennen, und bin etwas näher herangegangen. Dann noch näher. Lange Zeit blieb sein Blick leer, aber dann, ganz plötzlich, wusste er es wieder.

Er war überrascht und wirkte hilflos. Dann verlor er die Kontrolle. Er rannte auf mich zu, schrie mich an, was mich seine Familie angehe, ich solle abhauen. Julius ist eingeschritten und hat ihn beruhigt, und die beiden sind in Richtung Bunker gegangen. Ich habe noch eine ganze Weile auf der einen Bank unter dem kuppelförmigen Dach gesessen, und dann stand Lydia plötzlich wieder vor mir.

Ich tue, was ich kann.

Ihre Stimme kippt.

Ich hätte nicht gedacht, dass mich diese Geschichte noch mal einholt.

Berlin, Prenzlauer Berg

Mein Name ist Helen. Das wisst ihr ja schon. Ich wurde in London geboren und habe dort auch studiert. Seit Mitte der Neunziger wohne und arbeite ich am Zionskirchplatz.

Der Raum, in dem ich tätig bin, liegt anderthalb Meter unter der Erde. Im Sommer ist er dunkel und immer ein bisschen kalt. Grabestiefe, hat meine erste Patientin Susan mal gesagt. Sie war Britin, so wie ich, und ich mochte sie, vor allem ihren Humor. Als ich erwidert habe, dass wir in einem ganz normalen Berliner Souterrain sind, einen Meter vierzig unter dem Asphalt, antwortete sie, ohne mit der Wimper zu zucken: Kindergräber müssen nicht so tief sein.

In der Zeit, von der ich euch erzähle, musste ich oft an sie denken. An die Angst, die ich manchmal um sie gehabt habe. Mein Schreibtisch in dem Raum steht am Fenster. Wenn ich den Kopf hebe, sehe ich zwischen parkenden Autos ein Stück Straße, und wenn Passanten kommen – das passiert nicht oft, es ist eine Seitenstraße –, ihre Beine und was sie mit sich führen. Kinder, Einkaufstaschen. Seltener auch Hunde.

Damals strich seit Tagen eine verwahrlost aussehende Frau ums Haus. Drei Meter weiter, an der Straßenecke steht eine Litfaßsäule. Dort hatte sie beim ersten Mal zwanzig Minuten lang ausgeharrt, vor einem Plakat mit Theaterwerbung, und versucht, das Kleingedruckte zu entziffern. Oder so getan. Ich wurde auf sie aufmerksam wegen ihres Knies. Sie trug keine Strumpfhose, obwohl es seit einiger Zeit wieder kühl war, und unter den nackten Waden Turnschuhe, schon älter, ohne Strümpfe. Ich war gerade dabei, einen Brief an Inas Familie zu schreiben, und dabei hatte ich kurz aufgeblickt und gesehen, wie sie mit großen Schritten auf mein Fenster zulief. Zuerst war mir der rote Fleck an ihrem Knie aufgefallen, noch bevor ich die Beine selbst überhaupt wahrnahm, eine tiefe Abschürfung.

Das Viertel rund um den Rosenthaler Platz war damals bei Weitem noch nicht so ruhig und teuer wie heute. Obwohl sich die Entwicklung dazu schon abzeichnete. Leute wie diese Frau, deren Leben sichtbar aus dem Ruder gelaufen war, gab es natürlich auch in der Umbruchphase der Jahre davor. Menschen in solchen Lebenslagen gibt es ja immer. Aber man hat sie zu der Zeit weniger wahrgenommen, weil alles drum herum so unruhig und quirlig war. Und inzwischen ist das auch wieder so. Denn jetzt ist von vornherein klar: Wer in meiner Nachbarschaft auftaucht und halb oder ganz auf der Straße lebt, kann nur von weiter weg kommen, meistens vom Stadtrand. In der Zwischenzeit aber, um die es jetzt geht, es war 2002, im Juni, lag immer noch eine leicht erhöhte Nervosität in der Luft, wegen der Anschläge vom Jahr davor. Das Gefühl, etwas könnte sich ändern, eine Abschottung, Restriktionen oder jedenfalls ein Verlust an Offenheit bevorstehen. Gleichzeitig zog das Viertel zunehmend seine Mauern hoch. Damals fing ich an, mich zu fragen, wo die Menschen, die vorher jahrzehntelang in meiner Nachbarschaft gelebt hatten, in Zukunft wohl ihr Zuhause haben würden, und wenn ich in meiner Umgebung Menschen sah, die nicht klarkamen, habe ich das genau registriert und fühlte mich davon betroffen.

Die Frau machte eine Drehung, lief mit unerwartet schnellen Schritten auf mein Fenster zu und blieb dicht davor stehen, als hätte sie mich bemerkt. Ich bekam einen Schreck. Obwohl ich wusste, dass das nicht sein kann. Wenn man von draußen zu mir reinschaut, erkennt man die frisch sanierte Hausfassade von gegenüber als Spiegelbild an der Scheibe, man sieht eine Laterne und einen Ausschnitt der Zionskirche, die damals noch grau und verwittert war. Von dem dahinterliegenden Zimmer dagegen so gut wie nichts, allenfalls Schemen.

Mit klopfendem Herzen flüchtete ich vom Schreibtisch weg in den hinteren Bereich des Praxiszimmers, wo ich mich auf einen der beiden Sessel fallen ließ. Kurz darauf wurde mir klar, dass es derjenige war, der sonst für die Patienten bestimmt ist. Eine Welle der Erregung war in mir hochgekommen und wollte längere Zeit nicht verebben. Ich fühlte mich schon seit Längerem entblößt und blamiert und reagierte deshalb auf alles, was mich irritierte, besonders empfindlich.

Der Brief musste unbedingt fertig werden. Er war wichtig. Ich saß daher am nächsten Tag an derselben Stelle und versuchte es wieder. Liebe Frau. Sehr geehrte. Mit großem Bedauern habe ich zur Kenntnis genommen. Erfahren. Verbissen starrte ich auf das Blatt. Auf Deutsch über sensible Themen zu schreiben war damals schon kein Problem mehr für mich, das war es nicht, was mich abhielt. Sondern ich war einfach nicht in der Lage, mich auf den Fall, um den es ging, zu konzentrieren. Sobald ich es versuchte, baute sich eine Mischung aus Wut und verletzten Gefühlen in mir auf.

Es war zu dem Zeitpunkt fast drei Wochen her, dass die Polizei die Wohnung einer meiner Patientinnen aufgesucht hatte, weil der Hinweis eingegangen war, dass dort ein Kind allein wohnte. Die Nachbarin hatte sich an meinen Namen erinnert. Er war in ihrer Gegenwart von der Wohnungsinhaberin erwähnt worden.

Ina – sie war die Frau, um die es geht, Julius wird das inzwischen klar sein – war ein halbes Jahr lang regelmäßig zu mir gekommen. Das hört sich nach einem langen Zeitraum an, aber in Wirklichkeit ist es eher wenig. Jeder kennt ja die Dinge, die man sich immer wieder vornimmt, aber dann schafft man sie nicht oder hat sie vergessen. Die Steuererklärung, den Hausputz. Den Pflichtbesuch bei einer Verwandten oder zur Aufrechterhaltung einer Freundschaft, die einem in Wirklichkeit nicht mehr wichtig ist. Es scheint, als ob die Zeit, die man für diese Vorhaben benötigt, einfach verschwindet. Oder als ob der Ort, den man hätte aufsuchen müssen, um sie auszuführen, nur schwer zu erreichen ist. Und genau da muss ich hin mit den Leuten. An Orte, die für sie nicht existieren, weil sie sie nicht wahrnehmen können. Wir haben dafür fünfzig Minuten Zeit, zweimal in der Woche. Das ist nicht viel, wenn man sich klarmacht, dass die Reise immer eine Weile dauert und man auch Zeit für den Rückweg einrechnen muss. Zweimal die Woche lässt sich auch gar nicht ganz einhalten, es gibt immer wieder Krankheiten, Urlaube oder andere Gründe für Absagen. Ina hat oft abgesagt.

Und dann ist sie eines Tages gar nicht mehr gekommen. Ich habe ein paarmal versucht, sie anzurufen, bin der Sache dann aber nicht mehr nachgegangen. In großen Städten wollen Menschen oft schnell Verbindungen knüpfen, sie aber, wenn ihnen danach ist, auch genauso schnell wieder kappen. Ich habe Verständnis dafür. Ich habe früher selbst so gelebt.

Der Sohn meiner Patientin war trotz des langen Alleinseins in einer guten Verfassung, als er aufgesucht wurde. Er war regelmäßig zur Schule gegangen, und es hatte in der Wohnung auch genügend Vorräte für ihn gegeben. Theoretisch hätte er jederzeit jemanden um Hilfe bitten können. Ich weiß noch, wie ich zu dem Haus lief, in dem ihr damals gewohnt habt, Julius, es liegt nur einen kurzen Fußweg von meiner Praxis entfernt. Die Wohnungstür stand offen. Ich betrat den großen Flur, du standest am anderen Ende. Eine Polizistin verwickelte dich gerade in ein freundliches Gespräch. Hinter euch an der Wand hing ein großes gerahmtes Foto. Ich habe dich, den Jungen, in ziemlich auffälliger Weise angestarrt, das weiß ich noch, und genauso auffällig das Foto. Eigentlich erstaunlich, dass das der Polizistin nicht auffiel. Du, der Zwölfjährige, wirktest ruhig und nicht wie jemand, der mit seiner augenblicklichen Situation nicht klarkommt, hattest du doch einen sehr erwachsenen Blick, auf den ich nicht gefasst gewesen war. Dass du damals mit einem zweiten Ich gelebt hast, kommt mir übrigens nicht ungewöhnlich vor, ein Schutzmechanismus. Die eigentliche Verblüffung und Sensation, die mit dem Foto an der Wand zusammenhing, kamen mir erst mit Verzögerung zu Bewusstsein.

Am frühen Abend desselben Tages meldete sich die Polizistin noch einmal bei mir. Ich erfuhr, dass der Junge jetzt in der Obhut einer befreundeten Familie war. Die Mutter gehe schon den ganzen Tag nicht ans Telefon. Die Eltern seien getrennt, der Vater seit Monaten nur schwer zu erreichen. Sie bat mich, ihr mitzuteilen, falls Ina zu mir Kontakt aufnehmen würde, und ich habe natürlich auch überlegt, ob ich etwas tun könnte. Aber Ina hatte die Therapie abgebrochen. Es wäre gegen die Regeln gewesen, einfach wieder bei ihr anzurufen.

Ein paar Tage später meldete sich Inas Schwester bei mir. Paula ist ihr Name, glaube ich – du nickst, Julius, dann erinnere ich mich also richtig. Sie hatte mehrmals erfolglos bei Ina angerufen und schließlich Julius über sein Handy erreicht. Da ihr Neffe sie nicht wirklich gut kannte, schilderte er seine Lage eher zurückhaltend, was sie offenbar erst recht beunruhigte. Sie alarmierte die Nachbarin, die schließlich die Polizei rief. In unserem Gespräch wurde schon nach kurzer Zeit klar, dass Paula ihrer Schwester, aber auch der Großstadt allgemein und Inas vergleichsweise offenem und tolerantem Leben ziemlich ablehnend gegenüberstand. Sie selbst arbeitete nicht, gab mir aber zu verstehen, dass ihre Schwester mit ihren Übersetzerjobs kaum über die Runden kam. Inas »unerwarteter und seltsamer Familienzuwachs«, so nannte sie es, verstörte sie tief, und mir als Therapeutin und ganz allgemein der Psychotherapie stand sie misstrauisch gegenüber, wollte aber trotzdem über Inas Behandlung informiert werden. Natürlich sagte ich ihr dazu nichts. Am Ende erklärte sie mir, dass es wohl das Beste wäre, wenn sie ihren Neffen eine Weile zu sich nahm. Das wusstest du nicht, Julius? Du siehst richtig schockiert aus. Sie hatte sich dafür Unterstützung von mir erhofft, und als deutlich wurde, dass sie sie nicht bekommen würde, hatte ihre Stimme plötzlich einen hysterischen Unterton. Sie redete immer schneller, nannte mich unfähig und versuchte, von der sonoren Stimme ihres Mannes im Hintergrund unterstützt, meine Arbeit und meine Person massiv in Zweifel zu ziehen.

Die provinzielle Welt, aus der Ina vor fünfzehn Jahren

nach Berlin geflohen war, trat durch dieses Gespräch überdeutlich zutage. Und für mich war es, ehrlich gesagt, nicht irgendeine Provinzialität, sondern eine typisch deutsche. Woran ich das festmache? Inas Schwester wirkte zwar auf den ersten Blick sehr anteilnehmend. Aber die Werte und Bedingungen dieser Sorge, ob man auch wirklich »sein Leben im Griff hatte«, durften, das merkte ich schnell, nicht hinterfragt werden. Tat man es doch, bekam ihr Verhalten plötzlich eine fast menschenverachtende Härte. Sie war eben nicht wirklich besorgt um Ina, sondern fühlte sich von deren Schwierigkeiten in ihrer kleinen wohlgeordneten Welt gestört und bedroht. Eine Welt, deren erstickende Enge ich so deutlich fühlen konnte, dass ich schon nach wenigen Minuten selbst Beklemmungen bekam. Da sie Inas Fähigkeiten als Mutter generell anzweifelte, hatte auch die Fürsorge für ihren Neffen etwas bedrohlich Autoritäres. Hinter einer auf den ersten Blick intakt wirkenden Fassade waren für mich ziemlich schnell Totalität, Macht und Entmündigung zum Vorschein gekommen.

Wenn zur Zeit des Dreißigjährigen Krieges jemand eine Wundinfektion oder einen Knochenbruch hatte, ist fast immer sofort amputiert worden. Einer meiner Ausbilder hat uns das mal erklärt, und nach dem Anruf fiel es mir wieder ein. Einen Menschen, der so was heute noch befürwortet, würden wir wohl ziemlich seltsam finden. Aber wenn es um psychologische Themen geht, ist das anders. Da darf jeder, egal, ob als Verwandter, guter Freund oder Partner, die Erkenntnisse der letzten hundert Jahre für überflüssig halten und sich selbst zum Experten erklären. Unabhängig davon, ob die Betroffenen das wollen oder nicht. Als Therapeutin muss man geduldig bleiben und damit klarkommen, und das hätte ich beherzigen müssen.

Stattdessen verlor ich die Geduld und fuhr Inas Schwester an, dass sie keine Ahnung habe und den Mund halten solle. Sie legte sofort auf.

Danach herrschte für ein paar Tage Ruhe. Ich hielt meine Stunden ab, wie immer, aber ich war nicht mehr die Gleiche. Meine Umgebung und ich schienen plötzlich nicht mehr zusammenzupassen. Wie bei einer Collage, wo das Verwischte und Matte einer Zeichnung mit den überscharfen Details eines daran angrenzenden Fotos keine Verbindung eingeht. Und ich war die Zeichnung: ein diffuses, hingekritzeltes Wesen, umstellt von einer Umgebung, die mir fordernd und scharf entgegentrat.

Ein paar Monate vorher – das war der Hintergrund – hatte ich zum ersten Mal seit längerer Zeit einen Mann kennengelernt. Eigentlich hatte unsere erste Begegnung schon im Jahr davor stattgefunden, im September. Die eigenartige Stimmung, in die die Stadt damals für mich getaucht war, habe ich ja vorhin schon erwähnt. In der dritten Septemberwoche hat man das besonders gespürt. Anfangs dachte ich noch, ich wäre die Einzige, die das so wahrnimmt. Aber es war keine Einbildung. Ich war an dem Tag vom Alexanderplatz mit der aus Neukölln kommenden U8 gefahren. Bereits der Alexanderplatz war ungewöhnlich leer gewesen, die Bahn war es ebenfalls. Während der zwei Stationen, die ich fuhr, saßen mir drei Jugendliche gegenüber, die lebhaft auf Arabisch miteinander sprachen. Sie waren die Einzigen, die etwas sagten, die anderen Fahrgäste wirkten auffällig zurückhaltend, und insgesamt war die Stimmung gedrückt. Plötzlich sprang eine der drei, ein etwa sechzehnjähriges Mädchen, auf, machte mit der Hand ein Victoryzeichen und schwenkte es provokant in alle Richtungen, während die beiden anderen albern dazu lachten. Ich hielt den Atem an. Ein älterer Mann stand sofort auf, ging zu der Gruppe und stellte das Mädchen unfreundlich zur Rede. Auch zwei weitere Fahrgäste erhoben sich. Ich musste aussteigen und konnte nicht mehr verfolgen, wie die Situation ausging. Draußen lief ich ein paar Schritte und setzte mich dann im Weinbergspark auf einen Mauervorsprung. Die Spaltung, die ich gerade gespürt hatte, war neu und belastete mich. Ich trank etwas Wasser aus einer mitgebrachten Flasche, schaute auf ein Rosenbeet und versuchte, mich wieder zu beruhigen. Irgendwann fiel mir auf, dass ein gutmütig wirkender Mann ungefähr in meinem Alter, der mir gegenübersaß, zu mir hinsah. Sein Blick war auf eine sachliche, nicht unangenehme Weise interessiert. Im nächsten Moment musste ich lachen, weil mir klar geworden war, dass er Durst hatte. Ich hielt meine Flasche hoch. Er nickte und lächelte, zog seinen Rucksack heran und holte einen Becher daraus hervor. Wir tranken gemeinsam und redeten eine Weile. Erst über das an dem Tag eher kühle Wetter. Dann über zwei kleinere Kinder, die ganz in der Nähe sehnsüchtig am Rand eines flachen Beckens standen, das bei großer Hitze immer mit Wasser gefüllt wurde. Er erzählte mir, dass er Vater eines Sohnes sei, mit dem er in früheren Jahren viele Stunden hier verbracht hätte. Im Sommer zum Spielen im Wasser, zu anderen Jahreszeiten auf dem nahe gelegenen Spielplatz. Seine Offenheit und die Lust auf ein ausführliches Gespräch kamen mir ungewöhnlich vor für einen Familienvater an einem Nachmittag. Ich fand, dass ihn das sympathisch machte, ohne dass es auf mich aufdringlich wirkte. Wir tauschten Telefonnummern aus und ich ging beschwingt nach Hause. Die Ereignisse vom Tag davor erwähnte er nicht, und ich hatte mich in diese im Nachhinein für mich plötzlich wieder etwas irreal wirkende Normalität gerne von ihm hineinziehen lassen.

Ein paar Monate später, im März des darauffolgenden Jahres, bekam ich unerwartet einen Anruf von ihm. Seine Stimme klang eine Spur gepresster, als ich sie in Erinnerung hatte. Aber genauso groß wie der Druck, den man darin fühlen konnte, war auch die charmante Mühe, mit der er ihn zu verbergen suchte, und schließlich verabredete ich mich mit ihm.

Wir fingen auf unkomplizierte Weise eine Beziehung an, meine erste seit mehreren Jahren des Alleinlebens. Wir sahen uns ein-, zweimal die Woche, manchmal auch am Wochenende, und machten lange Spaziergänge zusammen. Er war Berliner und freute sich, mir Orte zu zeigen, die ich noch nicht kannte. Das Dorf Lübars, die großen Gewächshäuser im Botanischen Garten, eine kleine öffentliche Sauna auf der Fischerinsel. Außerdem war er aufmerksam und geduldig und schien viel über Menschen nachzudenken, das gefiel mir. Ich erfuhr, dass er von Beruf Sozialarbeiter war, aber seit einem halben Jahr arbeitslos. Er deutete einen Burn-out an und Schwierigkeiten mit der Mutter seines Sohnes. Ich mochte die Art, wie er darüber sprach, und hatte Mitgefühl. Die familiäre Situation schien auch der Grund zu sein, warum wir uns nie bei ihm treffen konnten. Nur vorübergehend, wie er beteuerte, bis sich nach der Trennung alles besser eingespielt habe. Er wirkte ziemlich offen, erzählte mir viel von seiner Kindheit, seiner früheren Arbeit und seinem bisherigen Leben. Nach ein paar Wochen hatte ich ihn erstmals Freunden vorgestellt, kannte allerdings immer noch niemanden aus seinem Leben. Er bestand strikt darauf, dass ich nicht in die Nähe seines Handys kam, was ich auf seine schwierigen Lebensumstände schob, und manchmal kam er mir vorübergehend traurig vor und irgendwie verloren. Aber davon abgesehen hatten wir eine glückliche Zeit, und ich dachte schon manchmal daran, wie es wäre, bald seinen Sohn kennenzulernen und gemeinsam Pläne zu machen.

Und dann hatte ich an der Wand in Inas Wohnung sein Foto entdeckt.

Ich musste so bald wie möglich mit ihm darüber reden. An dem Abend, der auf die Begehung von Inas Wohnung folgte, dachte ich bis in die Nacht hinein über nichts anderes nach. Ein paarmal hatte ich dem Mann – es ist Bruno, wie euch inzwischen sicher klar ist – unter der Bedingung der Verschwiegenheit von meiner Arbeit erzählt. Ina hatte ich allerdings nie erwähnt. Dass seine frühere Frau bei mir in Behandlung gewesen war, konnte Bruno also nicht gewusst haben. So wenig, wie ich wusste, dass er es war, von dem sie mir während der Therapie erzählt hatte.

Wenn das Bild, das man sich aus Berichten über jemanden gemacht hat, plötzlich in Wechselwirkung tritt mit einer realen Person, der man diese Beschreibung nicht zugeordnet hatte, ist das ein seltsames Gefühl. Ich hatte mir Ina als für Beständigkeit sorgende, gutmütige und nicht besonders attraktive Frau vorgestellt, in Wirklichkeit war sie gut aussehend und temperamentvoll, allerdings als Gesprächspartnerin auch anstrengend und gelegentlich auf eine rührende und nicht ganz unheikle Art und Weise kindlich.

Spät am Abend ging ich noch einmal in die Praxis und durchsuchte meine Unterlagen. Inas Mann hatte in den letzten Jahren der Ehe mit zwei anderen Frauen Beziehungen gehabt, aus denen zwei Kinder hervorgegangen waren.

Auf dem Weg durch das nächtliche Treppenhaus war mir das zu meiner Bestürzung wieder eingefallen. Sie war ursprünglich deshalb zu mir gekommen, aber schon nach kurzer Zeit wurde klar, dass ihre Probleme eigentlich tiefer lagen. Sie hatte schon gleich zu Beginn eine auffällig offene Art mir gegenüber. Mehrmals legte ich ihr ans Herz, über verschiedene Stufen von Nähe im Umgang mit Menschen nachzudenken und nicht immer gleich so schnell Vertrauen zu fassen, wenn sie jemanden noch nicht gut kannte. Es kann sehr lebendig wirken, wenn jemand sich so verhält, oft ist es aber kein gutes Zeichen. Wahrscheinlich war sie als kleines Kind häufig alleine gelassen oder über längere Zeit komplett ignoriert worden. Und dann, vermutete ich, hatten ihre Eltern sich ihr plötzlich wieder intensiv zugewandt, sie mit Gefühlen überschüttet und hohe Erwartungen gehabt. Ein ständiges Auftauen und wieder Einfrieren, das irgendwann zu einer inneren Inflexibilität und Starre bei einer gleichzeitig hohen Gefühlsdurchlässigkeit führt. Sie und ihre Schwester waren tatsächlich in der Kindheit oft sich selbst überlassen gewesen, erfuhr ich nach und nach. In ihrem Wunsch nach Nähe hatten sie sich manchmal beinahe jedem anvertraut, der bereit gewesen war, sich mit ihnen zu beschäftigen: Gäste im Lokal der Eltern, Nachbarn, Zufallsbekanntschaften auf der Straße. Menschen, die das erleben, sind später meistens gefährdeter als andere, ausgenutzt zu werden. Ina hatte noch Glück gehabt: Als Siebzehnjährige ist sie nach einem Straßenfest mal in eine haarige Situation mit einem wesentlich älteren, stark drogenabhängigen Mann geraten, danach wurde sie vorsichtiger.

Normalerweise würde ich solche Details nicht einfach erzählen, das ist euch sicher klar. Aber wir wissen nicht, wie es hier weitergeht, jeder kleine Mosaikstein an Erkenntnis könnte uns vielleicht weiterhelfen. Und wenn ich ehrlich bin, bin ich gerade auch zu durchgeschüttelt, um über so was wie Diskretion noch nachdenken zu können.

Inas Vater war als junger Mann Wehrmachtssoldat. Es hatte auf mich so gewirkt, als ob sie zu ihm eine größere Nähe hätte als zu ihrer Mutter, die sie nicht oft erwähnte. Oder hatte sie über ihn nur häufiger gesprochen, weil die Beziehung zu ihm, dem wesentlich Älteren, distanzierter war und dadurch problematischer? In den Monaten, in denen wir miteinander gesprochen hatten, war das für mich nicht deutlich geworden. Als sie noch klein war, hatte ich mir notiert, wohnte die Familie, die insgesamt sechsmal umgezogen war, in einer zugigen, aber dafür großzügigen Wohnung über einem ihrer Lokale. Ihre Schwester hielt sich zu der Zeit auch tagsüber alleine in einem anderen Zimmer auf, das sich am Ende eines langen Flures befand. Ina hatte den Eindruck gehabt, von ihrer Schwester abgeschnitten zu sein, was sich später noch vertiefte. Als einmal ein teurer zerbrechlicher Gegenstand kaputtgegangen war, hatte der Vater, um herauszubekommen, wer von den beiden dafür verantwortlich war, mit seinen Töchtern in verschiedenen Räumen Verhöre durchgeführt, die sich über zwei Tage erstreckten. Den Kindern wurde eine Lampe, die heiß war und blendete, dicht ans Gesicht gehalten. Wenn man früher im Krieg in einem Lager gefangen war, wurde ihnen erklärt, und sich etwas hatte zuschulden kommen lassen, wurde das auch so gemacht.

Am nächsten Tag kam Bruno abends zu mir. Ich erklärte ihm die Situation und stellte ihn zur Rede. Ich wollte von ihm wissen, warum er aus dem Leben seiner Familie ohne Ankündigung verschwunden war und warum er sich nicht um Julius kümmerte. Ob ihm nicht klar sei, dass der Junge seine Unterstützung als Vater brauche, und Ina ebenfalls? Er versuchte gar nicht erst, abzustreiten, dass er mich über sein früheres Leben im Unklaren gelassen hatte. Das mit Julius sei allerdings komplizierter. Und dann sank er auf meinem Sofa in sich zusammen und wurde traurig. Das Gespräch, das folgte, war wahrscheinlich so ehrlich wie kein anderes zwischen uns davor. Ich fragte ihn, ob er gewusst habe, dass ich Inas Therapeutin war. Er beteuerte, keine Ahnung gehabt zu haben. Als ihm klar wurde, dass sein Leben bald in sich zusammenfallen würde, sei er eines Tages einfach von zu Hause weggegangen. Von seinen anderen Beziehungen habe Ina erst danach erfahren. Er habe sich dann längere Zeit nicht in der Stadt aufgehalten, und das sei, fügte er verschämt hinzu, auch jetzt noch manchmal so. Ich sah ihn lange an. Ich erinnere mich noch genau an den feuchten Schimmer in seinen grünen Augen hinter der runden Brille und den sanften, tief melancholischen Ausdruck in seinem Gesicht. Ich versuchte, diese Miene, die ich jetzt schon gut kannte, noch einmal zu ergründen und mir klarzumachen, dass er mich vermutlich auch jetzt wieder anlog, weil er ja häufig log. Aber es gelang mir nicht, sein Verhalten als unaufrichtig zu empfinden, und um die ganzen Vorgänge herum breitete sich dadurch für mich etwas Blankes, Irrationales aus, ein pures Gefühl, das mich verwirrte. Mit einer großen Wut, die zusammen mit Hilflosigkeit langsam in mir wuchs, versuchte ich eine Weile, meinen Blick in sein Gesicht geradezu hineinzufräsen, als könnte ich dadurch hinter die Oberfläche schauen. Aber er wirkte nur immer deprimierter, und da mir zumindest diese Niedergeschlagenheit echt vorkam, ließ ich davon ab. Ich wollte wissen, wo er genau wohnte, bekam aber nur eine ausweichende Antwort. Danach sprachen wir nicht mehr und gingen ratlos schlafen. In der Nacht wurde ich wach, weil ich das Gefühl hatte, eine beunruhigende Stickigkeit hätte sich in meiner Wohnung ausgebreitet. Ich stand auf, ging in den Flur und untersuchte Brunos Sachen. In seinem Rucksack fand ich Unterwäsche, ein Bild von dir, Julius, mit einem großen gelben Drachen in der Hand an einem Strand, Waschsachen, Campingbesteck, ein Mittel zum Kleben von Rissen in Zeltplanen, denselben Becher, den er bei sich gehabt hatte, als wir uns kennenlernten, und zusätzlich zu dem Paar, das an der Eingangstür stand, noch ein weiteres Paar Wanderschuhe. Mir war bereits aufgefallen, dass er stets knöchelhohe Stiefel trug, auch im Sommer.

In den folgenden beiden Wochen versuchten wir gemeinsam, Brunos Leben zu sortieren. Ich erfuhr, dass er jetzt in einer Wohnung am Gesundbrunnen lebte. Allerdings nicht immer. Da er die Miete nicht vollständig zahlen konnte, hatte er sie tageweise als Schlafplatz an einen Pendler vermietet und zeltete dann am nördlichen Stadtrand in einem Wald. Mitte April hatte er Ina einmal zufällig in der Bankfiliale getroffen, in der die beiden früher ein gemeinsames Konto hatten. Er versuchte gerade vergeblich, an Bargeld heranzukommen, und als er sie sah, bettelte er sie um Geld an. Sie drückte ihm die 30 Euro in die Hand, die sie gerade bei sich trug. Und dabei hatte sie einen Gesichtsausdruck, erklärte er mir, den ich noch nie bei ihr oder bei irgendjemand anderem gesehen habe. Ich borgte ihm ebenfalls Geld, eine größere Summe. Jedenfalls nannten wir es so. Mir war klar, dass ich es nicht zurückbekommen würde. Er kündigte daraufhin sofort seinem Mitbewohner. Gemeinsam sprachen wir bei drei Behörden in Mitte, Friedrichshain und Lichtenrade vor, die Unterhalt für seine verschiedenen Kinder von ihm forderten. Ich schlug ihm vor, den Müttern Briefe zu schreiben, die Haltlosigkeit seiner Situation darzulegen und um Stundung zu bitten, und natürlich um Verzeihung. Aber das lehnte er strikt ab. In der Situation war er mir nicht mehr so sympathisch wie am Anfang. Was hatte er in den Monaten zwischen September und März eigentlich gemacht? Hatte er nach der Trennung von Ina versucht, mit einer der beiden anderen Frauen wieder in Kontakt zu kommen? Oder mit beiden? Und warum fühlte er sich als Opfer, obwohl er es doch gewesen war, der alle belogen hatte? Er liebte seinen Sohn, das spürte man. Dachte er gar nicht daran, wie das alles auf ihn wirkte? Dass er in seinem Lebenschaos den Überblick verlor, leuchtete mir ein. Und auch dass er sich sicher war, dass die Mütter von nun an nur Schlechtes über ihn erzählen würden und ihn niemand mehr mochte. Offenbar hatte er ein Gefühl der Ohnmacht ihnen gegenüber, das mir echt vorkam. Andererseits hatte er davor einen selbstbewussten Eindruck auf mich gemacht. Da war etwas, das ich nicht verstand. Oder konnte ich es vielleicht gar nicht verstehen, steckten hinter seinem Verhalten Erfahrungen, die mir nicht zugänglich waren? Wie konnte man sein eigenes Leben so zu Grunde richten? Phasenweise verzweifelte ich regelrecht an dieser Ungereimtheit. Sein Vater war Franzose, hatte er mir einmal erzählt. Ein zurückhaltender Mann, der sich in Deutschland nie ganz eingelebt hatte. Brunos Mutter hatte das Sagen gehabt, sie war als Kind nach dem Krieg alleine aus Ostpreußen hierhergekommen und hatte sich durchkämpfen müssen. Gab es da einen Zusammenhang? Oder hing der Nebel in meinem Kopf nur mit den Gefühlen zusammen, die ich für ihn gehabt hatte? Unterschied sich meine mangelnde Urteilsfähigkeit und Vertrauensseligkeit überhaupt von der Inas? Hätte ich Brunos Situation, auch wenn er sie geschickt vor mir verborgen hatte, nicht wesentlich eher bemerken müssen?

Nach einer Zeit, in der ich ihm beim Nötigsten geholfen hatte, trennte ich mich schließlich von ihm.

Kurz darauf meldete sich die Psychotherapeutenkammer bei mir. Sie wollten ein Gespräch. Verschämt schlich ich mich ein paar Tage später die Treppen hoch zu einem Termin bei einer gewissen Frau Lindner in der obersten Etage eines Charlottenburger Altbaus. Ich weiß noch, dass ich lange vor der Tür des Büros stand, bevor ich anklopfte. Mein Blick blieb an einem Feuermelder hängen, der im Flur an der Wand befestigt war, und einen Moment lang dachte ich daran, einfach die Scheibe einzuschlagen. Eine Fantasie, die ich als Kind häufig hatte, um unangenehmen Situationen zu entgehen, in der Schule, vor wichtigen Prüfungen.

In einem kleinen hellen Zimmer saß Frau Lindner hinter ihrem Schreibtisch und nickte mir freundlich zu, als ich eintrat. Sie war eine magere Frau um die sechzig, mit auffällig rot geschminkten Lippen. Obwohl es an dem Tag heiß war, trug sie ein langärmeliges, elegantes schwarzes Kleid und eine schwere Kette aus pflaumengroßen Türkisen.

Ich erfuhr die Beschwerde im Wortlaut. Inas Schwester hatte sie unterschrieben, ihre Mutter und zu meinem großen Erstaunen auch Ina selbst. Die drei warfen mir vor, Inas Zustand falsch eingeschätzt und ihren Rückzug aus der Behandlung nicht hinterfragt zu haben. Ich hätte Inas Überforderung in Bezug auf Julius erkennen und sie dabei unterstützen müssen, sich Hilfe zu suchen. In ihrem Umfeld, bei ihrer Familie oder zur Not beim Jugendamt. Ich war schockiert. Längere Zeit blickte ich die Frau hinter dem Schreibtisch einfach nur an. Und sie betrachtete mich ebenfalls aufmerksam, was die Angelegenheit noch unangenehmer für mich machte. Dann passierte etwas, das ich nicht erwartet hätte: Lindner lehnte sich plötzlich zurück und fing laut an zu lachen. Es war ein ziemlich aufdringliches, schepperndes Lachen. Offenbar verfügte sie über eine besondere Form von Humor. Sie sehen wirklich furchtbar aus, sagte sie dann. Jetzt atmen Sie doch mal durch. Warum lassen Sie sich denn so verunsichern? In ihrer Stimme schwang Mütterlichkeit mit, aber auch noch etwas anderes, das verführerisch komplizenhaft war und mir zuerst guttat. Andererseits fühlte ich mich plötzlich auch spießig und verkrampft. Als sie das bemerkte, lachte sie ein weiteres Mal.

Ich kann natürlich vermitteln, wenn Sie das möchten, sagte sie dann. Das habe ich der anderen Seite auch gesagt. Alle Beteiligten kommen zusammen, und wir rollen die Sache noch mal auf. Aber stellen Sie sich vor, wie die drei Ihnen dann gegenübersitzen. Rechts die Mutter, links die Schwester und in der Mitte, von beiden eingerahmt, ganz genau: Ihre Patientin. Was für Assoziationen haben Sie da? Dass das seltsam wäre? Da liegen Sie richtig. Die Therapie ist ein Ort, an dem man über sein Leben aus einer Distanz heraus sprechen kann, auch mit Abstand zur Familie. Eine verschwundene Mutter und ein älteres Kind, das eine Zeit lang sich selbst überlassen war. Das ist natürlich nicht schön. Aber es ist nicht Ihre Schuld. Wir können die Patienten ja nicht rund um die Uhr überwachen. Von uns haben Sie jedenfalls nichts zu befürchten, ich werde unserem Gremium empfehlen, die Sache fallen zu lassen. Allerdings wünsche ich mir, dass Sie der Familie einen Brief schreiben, in dem Sie Ihre Arbeit in angemessener Weise erklären und Ihr Bedauern ausdrücken über das, was passiert ist. Vielleicht wird Ihre Patientin dann noch am ehesten darüber nachdenken, ob der Schulterschluss mit ihrer Familie wirklich das war, was sie selbst gewollt hat.

Ich war erleichtert, dass Lindner meine Arbeit nicht infrage stellte. Aber ihr eigenartiger Humor und die plötzlich hervorbrechende Lockerheit in ihrem Benehmen verwirrten mich auch. Ich fand sie irrational und sah darin eine Ähnlichkeit zu Brunos unklarer Gefühlslage. Ihr Lachen hatte in mir ein Gefühl von Haltlosigkeit hervorgerufen. Als würde ich in einen Bereich eintreten, in dem es kumpelhafte Solidarität, aber auch keinerlei Grenzen mehr gab.

Als ich Anfang der Neunziger das erste Mal in Berlin zu Besuch war, fiel mir als Erstes auf, dass die Subkultur in der Stadt anders war, als ich es aus England kenne. Ich habe damals viel Zeit an den Orten zugebracht, die alle interessant fanden: provisorisch wirkende Cafés, illegale Konzerte, besetzte Häuser. Einmal bin ich aus Neugier zum Treffen einer marxistischen Sekte gegangen, Menschen unterschiedlichen Alters, die wöchentlich im Versammlungsraum eines Plattenbaus in der Otto-Braun-Straße zusammenkamen, um zu überlegen, wie man den Kommunismus neu installieren könnte. Und dann hatte es da noch eine politische Diskussionsveranstaltung im Mehringhof gegeben, die mir jetzt plötzlich wieder einfiel. An den Grund für die Zusammenkunft erinnere ich mich nicht. Ich weiß nur noch, dass ich eine Gesprächsrunde erwartet hatte und Besucher, die zuhörten und mitdiskutierten. Stattdessen fand ich mich in einem riesigen, kaum beleuchteten Raum wieder, der vollgestopft war mit Menschen, zwischen denen ich mich innerhalb von Sekunden eingezwängt fühlte. Elektrisches Licht gab es nicht. An verschiedenen Ecken waren auf Stehtischen Kerzen verteilt. Vorne stand etwas erhöht auf einem kleinen Podest ein Mann, dem alle geduldig zuhörten, obwohl er mit kehliger Stimme äußerst lange und schleppend sprach. Er versuchte, die Menge für das Mitmachen bei einem Vorhaben zu begeistern, über das außer mir offenbar alle Bescheid wussten. Es wirkte so, als sei alles längst klar, abgemacht und nicht mehr hinterfragbar. Wer von euch kann mauern oder Brot backen, fragte er, und wer kann einen Artikel schreiben oder kennt sich mit Gesetzessachen aus? Ich fand die Situation gespenstisch und wollte eigentlich sofort wieder weg, war aber gleichzeitig auch fasziniert. Die Leute schienen sich gemeinsam vorzustellen, dass jenseits des Raumes, in dem wir zusammenkamen, Chaos herrschte und alles zerstört war – oder zerstört werden sollte? Es zählte jedenfalls nur noch diese Gemeinschaft, die zur Not alles, wenn auch vielleicht in dilettantischer Weise, selbst machen konnte. Der Redner war älter als ich, Mitte dreißig vielleicht. Er trug schmuddelige Sachen, die aber auf eine schwer zu definierende Weise gut aussahen. Wenn er lachte, entblößte er zwei große Zahnlücken. Die Welt, die diese Leute imaginierten, erinnert mich entfernt an das, was du vorhin über diesen Raum erzählt hast, Julius: ein auf zerstörerische Weise freier Ort, ohne Begrenzungen.

Man sah damals vielen Gebäuden und Straßen in der

Stadt die vor noch nicht langer Zeit überwundene Teilung an. Und bei den Menschen war es ähnlich. Die Frisur oder die Kleidung, eine bestimmte Art zu sprechen, sich zu bewegen oder in bestimmten Situationen zu agieren, ließ Rückschlüsse auf die Herkunft zu.

Das konnte man auch bei Lindner sehen. Gleich beim Eintreten in ihr Zimmer war eine Ausstrahlung zu spüren gewesen, mit der sie dem Gegenüber ein verführerisches Gefühl von Eindeutigkeit und Sicherheit vermittelte. Aber ihr elegantes schwarzes Kleid war eine Mogelpackung, sie hatte darin mehr Seriosität verströmt, als sie eigentlich hatte.

Während wir sprachen, war mir auf dem Bücherregal hinter ihr ein Foto aufgefallen, das sie als jüngere Frau in einer Gruppe von Punks zeigte, und als wir uns zum Schluss mit einem Händedruck verabschiedeten, waren die Ärmel ihres Kleides hochgerutscht, und ich sah an ihrem Unterarm zahlreiche Narben und ein älteres, selbst gestochenes Tattoo.

Kürzlich habe ich zwei Filme gesehen, die in den ersten Jahren meiner Berliner Zeit entstanden sind, die Dokumentation *Black Box BRD* und ein Porträt über Hans-Joachim Klein. Mir wurde erst dadurch klar, wie gespalten die westdeutsche Gesellschaft nach dem Krieg gewesen ist und dass Alternativkultur hierzulande immer eine ganz andere Auseinandersetzung mit Macht und Gewalt war als bei uns anderen Westeuropäern. Womit wir uns unbedingt auseinandersetzen müssen, das steckt meistens auch ein Stück weit in uns drin. In dem Fall Manipulation, Willkür, Menschenverachtung. Das gelegentlich aufflammende, kollektiv vertuschte Gefühl, dadurch keinen Boden unter den Füßen zu haben, hat mich, wenn ich es wahrgenommen habe, immer wieder verwirrt. In einem der Filme ist die alte Aufnahme eines Statements von Andreas Baader zu sehen. Man muss nur seine selbstgefällige Miene sehen, die unerträgliche Arroganz, die er zur Schau stellt, dann wird sofort deutlich, was ich meine. Ein Jahrzehnt später hatte es dann die Maueröffnung gegeben, die Ostdeutschen waren dazugekommen, und ich war in ihr früheres Zentrum gezogen. An einen Ort, wo sich damals etliche Leben vermischt haben, deren Hintergründe nicht zueinanderpassten.

Ich komme jetzt noch mal zurück zu dem Tag, an dem ich zum zweiten Mal versucht habe, den Brief an Ina und ihre Familie zu schreiben. Ich saß erneut da und grübelte. Mehrmals versuchte ich, mir Inas Familie vorzustellen. Von ihrer Schwester hatte ich seit dem Telefongespräch ein ungefähres Bild. Ich stellte mir vor, dass sie Ina ähnlich sah: schlank, dunkelhaarig, mit schmalem Gesicht, spitz zulaufendem Kinn und lebhaften Gesten, nur dass alles an ihr etwas matter wirkte und gewöhnlicher. Aber ihre Mutter? Von ihr wusste ich so gut wie nichts. Warum war mir das damals nicht aufgefallen? Wenn viel geredet wird – so war es in den Stunden mit Ina gewesen –, fühlt man sich bei meiner Arbeit oft auf der sicheren Seite. Aber das ist ein Fehlschluss. Sollte ich den Frauen das schreiben? Dass die Worte, die in meinem Raum fallen, oft nur der Ersatz sind für andere Worte? Für etwas, das nicht immer in Sprache zu fassen ist, manchmal auch für ein Schweigen?

Ein lautes Klacken ließ mich hochfahren. Die fremde Frau war wieder da, sie stand dicht am Fenster. Gerade hatte sie sich gebückt und einen Beutel abgestellt und war dabei mit etwas Metallischem, dem Verschluss ihrer Jacke vielleicht, an meine Scheibe gestoßen. Die Abschürfung an ihrem Knie war schlecht verheilt. Wahrscheinlich war die Wunde nicht richtig versorgt worden. Ihre Ruppigkeit hatte, zusammen mit der leichten Verwahrlosung, die sie umgab, etwas Rührendes. Konnte ich deshalb den Blick nicht von ihr abwenden, von ihrer abgestumpften, zugleich trotzig wirkenden Miene, der etwas plumpen Gestalt mit den kurzen Haaren und ihren Händen, die den Griff der Tasche umschlossen, kräftige kurze Finger, die mir energisch vorkamen und gleichzeitig etwas kindlich? Nein, das war es nicht. Da war noch etwas anderes. Ich kam nicht gleich darauf. Umständlich holte sie eine Glasflasche aus ihrem Beutel, der geblümt war, aus Nylon. Diese Art Taschen kamen zur Vermeidung von Plastiktüten damals gerade überall auf. Aber im Gegensatz zu den glänzenden Dingern in leuchtenden Mustern, mit einem Griff im Nu entfaltet, und ebenso schnell wieder zu einem winzigen Päckchen zusammen geknöpft, war dieser hier alt, verblichen. Nur ein kleines Stück Stoff, das mich aber plötzlich verunsicherte.

Warum gab es gerade hier in Berlin so viele von diesen gemusterten Beuteln, lag dahinter vielleicht auch etwas, das ich wissen sollte? Claire, die Französin aus meiner Austauschgruppe »Nicht deutschen Psychotherapeuten in Berlin« hatte uns vor einiger Zeit eine Begebenheit erzählt, die in der Gruppe seitdem nur noch die »Stalingrad-Anekdote« genannt wurde. Wenn ein Franzose im nordöstlichen Paris Metro fährt und von der Linie Fünf in Richtung Bobigny in Stalingrad auf die Sieben umsteigen muss, er das aber wegen Bauarbeiten gerade nicht kann, dann flucht er, nimmt ein Taxi oder läuft. Zwei Deutsche dagegen, ein Touristenpaar um die fünfzig, so wollte sie es im vergangenen Sommer beobachtet haben, sagen: Stalingrad ist geschlossen. Dann stutzen sie kurz und schauen ernst. Und anschließend lachen sie. Weil der Satz für sie absurd ist. Wenn man das nicht versteht, hatte Claire uns erklärt, kann man als Ausländer hier nicht praktizieren. Ich hatte geschmunzelt, so wie die anderen auch, aber nicht geglaubt, dass das Gesagte für mich relevant war. Jetzt war ich mir plötzlich nicht mehr sicher. War mir überhaupt klar gewesen, was sie damit gemeint hatte?

Susan, meine britische Patientin, hat es anfangs große Überwindung gekostet zu mir zu kommen. Ich weiß noch genau, wie sie jedes Mal zögerlich die Schwelle überwand, als wäre sie zu viel für den Raum.

Um Ina hatte ich wegen ihrer enormen Gesprächigkeit nie Angst gehabt. Bei Susan dagegen war ich verrückt gewesen vor Sorge. Sie war eine steife, zurückhaltende und nicht besonders attraktive Frau, meistens trug sie lange formlose Kleider und Schuhe mit schief getretenen Absätzen. In den Stunden schwieg sie manchmal minutenlang und wir hörten uns bloß atmen. Sie war mit einem deutschen Bauingenieur verheiratet. Er hatte in den Jahren davor mit den großen Baustellen am Potsdamer Platz zu tun gehabt und kam schon seit langer Zeit oft nachts nicht nach Hause. Behutsam hatte ich sie dazu gebracht, darüber nachzudenken, ob es wirklich immer noch am Bauboom lag, dass er so oft wegblieb, die wichtigsten Vorhaben dort waren zu der Zeit ja schon längst abgeschlossen, und natürlich: Das war nicht der Grund.

Als der Ehebruch auf dem Tisch lag, legte sie ihre Zurückhaltung ab, innerhalb von Minuten. Wie man ein Kleid ablegt. Ich dachte zuerst, das wäre der Durchbruch. Aber stattdessen passierte etwas Merkwürdiges: Wir sprachen zwar viel mehr als vorher, aber nur noch über Belangloses. Zum Therapeuten gehen, um über das Wetter zu sprechen, das hört sich seltsam an, vielleicht sogar amüsant. Aber für mich war es beunruhigend.

Bei Freud haben Details, die dem unerfahrenen Beobachter unwichtig erscheinen, manchmal große Bedeutung. In der *Psychopathologie des Alltagslebens* gibt es zum Beispiel die berühmte, heute etwas verstaubt anmutende Geschichte vom Ehemann, der nach einem Streit mit seiner Frau auf einen anderen Kontinent flüchtet und von dort einen Versöhnungsbrief schreibt, mit einem Schiffsticket und der Bitte, sie möge ihm folgen, aber dann nennt er in den Zeilen an sie statt ihres Passagierdampfers versehentlich den Namen eines anderen Schiffes, das im Ersten Weltkrieg versenkt wurde. Oder die Entlastung des Hauptverdächtigen mit dem Brudermordschuldkomplex in Hitchcocks Film *Spellbound*: Ein auf den ersten Blick völlig unwichtiges Detail, die Erinnerung an einen Skihang im Urlaubsort, an dem der Patient vor dem Mord ein paar Tage verbracht hat, führt die Psychoanalytiker zur Lösung des Falls.

Um solche bedeutungsvollen Nebensächlichkeiten handelte es sich aber nicht, sondern wirklich um Belangloses. Susan wusste, dass es wesentlich Schlimmeres gab als das, was ihr widerfahren war, so meine Vermutung. Und daher war sie entschlossen, nicht nur den Ehebruch, sondern auch die zusätzliche Bürde der Lächerlichkeit, die er mit sich brachte, alleine zu tragen. Aber warum kam sie dann noch zu mir, fühlte sie sich einsam? Und war eine so extreme Verschlossenheit nicht gefährlich? Ich habe es bis zum Schluss nicht herausgefunden. Gegen Ende der Zeit, als wir uns noch regelmäßig sahen, schlief ich schlecht und dachte ständig an sie, an ihr blasses hermetisches Gesicht, und einmal war ich drauf und dran gewesen, spät abends zu ihrer Wohnung zu fahren, um nachzusehen, ob es ihr gut ging.

Ina war im Gegensatz dazu immer offenherzig gewesen und außerdem auch ziemlich wortgewandt. Sie schien reflektiert und munter über nahezu alles sprechen zu können und das trotz ihres schwierigen familiären Hintergrunds auch zu wollen. Auch wenn diese Offenheit wie erwähnt nicht unproblematisch ist, überwog bei mir oft das Gefühl, sie brauche mich gar nicht.

Und dann hatte sie die Therapie abgebrochen, ihr Leben nicht mehr hinbekommen und ihren Sohn vernachlässigt. Einige Tage nach dem Polizeieinsatz war sie wieder aufgetaucht und, erfuhr ich von ihrer Nachbarin, selbst schockiert gewesen über den Vorfall. Julius war schon ein älteres Kind, er hatte gewusst, wo sie war, und hätte jederzeit dorthin gehen können, aber es blieb doch Vernachlässigung. Es nagte an mir, dass ich so viel Energie darauf verwendet hatte, herauszubekommen, was sich hinter Susans geheimnisvoll verschlossenem Gesicht verbarg, bei Ina hingegen nicht erkannt hatte, dass ihr Verhalten mir gegenüber bloß eine perfekte Tarnung gewesen war. Wie hatte ich das übersehen können?

Die Frau draußen hatte inzwischen ihre Flasche geleert, schraubte sie langsam wieder zu und starrte vor sich hin. Während ich sie beobachtete, erschien vor meinem inneren Auge eine graue Fläche. Sie bewegte sich, helle und dunkle Bereiche schälten sich heraus, unscharfe Übergänge. Es dauerte einen Moment, bis ich begriff, dass ich gerade die verwischten Konturen sah, die bei schlechten Kopien älterer Filme Menschen, Dinge oder Landschaften oft mehr wie ein Teil dieses Material erscheinen lassen, als dass sie sie abbilden. Mir wurde vor Aufregung kalt und im nächsten Moment heiß.

Das Bewusstsein kann nicht alles überblicken, nicht das gesamte Denken und alle Erinnerungen. Das Gehirn arbeitet und verknüpft pausenlos, ohne dass wir es mitkriegen. Es ist also kein Wunder, dass wir manchmal unser Denken und Handeln nicht verstehen und uns dafür, um uns selbst nicht eigenartig und rätselhaft zu erscheinen, allerlei Erklärungen zurechtlegen. Seit ich mir das klargemacht und die Ereignisse von damals halbwegs verarbeitet habe, stehe ich dem Unbewussten, den Überraschungen, die es bereithält, gelassener gegenüber. Aber zu der Zeit brachten mich solche Bruchstücke von Erinnerungen, die ich nicht einordnen konnte, ziemlich aus der Fassung.

Hastig griff ich nach meinem Mantel. Ich hatte diese Frau schon mal gesehen. Da war ich mir jetzt sicher. Und das war wahrscheinlich von Anfang an auch der Grund meiner besonderen Aufmerksamkeit für sie gewesen. Wenn ich ihr folgte, bestand vielleicht die Aussicht, herauszufinden, was sie hier machte und wo sie herkam. Ich musste die Gegend, in der ich lebte, unbedingt noch besser verstehen. Vielleicht gelang mir das dann in Zukunft auch bei Menschen wie Ina.

Im Flur drehte ich mich noch einmal um. Mein Blick wanderte durch den Raum, in dem alles aussah wie immer. Meine Sessel, ein gläserner Medizinschrank, eine Liege mit einem Schafsfell für Körperübungen. Aus heutiger Sicht würde ich sagen, nichts spiegelt meine damalige Verunsicherung deutlicher wider als dieser Moment des Innehaltens. Als befürchtete ich, dass etwas passieren würde. Dass ich diesen vertrauten Ort längere Zeit nicht wiedersehen oder nicht mehr dieselbe sein würde, wenn ich zurückkam.

Als ich draußen stand, war die Frau bereits weitergegangen. Ich folgte ihrer rasch kleiner werdenden Gestalt mit schnellen Schritten. Lichtkegel eines Autos schoben sich dabei durch meinen Blick, sie leuchteten schwach auf den Bürgersteig, bewegten sich im Schritttempo durch eine plötzlich von mir wahrgenommene Dunkelheit. Ich sah auch Stufen vor mir, die identisch waren mit denen, die ich jeden Tag passierte, aber sie führten zu schmutzigen Kellereingängen hinter rissigen braunen Flügeltüren. Kleine Haufen Bauschutt und graue Platten säumten den Weg, sie waren an vielen Stellen gebrochen oder aufgeworfen zu einer dicken Welle oder Falte, als wäre der Boden irgendwann einmal unter dem Raster der Steine wie ein Meer in Bewegung geraten.

In der Zeit meines Umzugs hierher habe ich häufig bis spät nachts gearbeitet. Bücher einräumen, Unterlagen sortieren, nachgrübeln über die Lichtfrage. Über das ständige Dämmerlicht in meinem Arbeitszimmer hat sich nicht nur Susan beschwert, und es hat eine Weile gedauert, bis es mir gelungen ist, meinen Arbeitsort heller erscheinen zu lassen, mit Spiegeln, weißen Möbeln und indirektem Licht.

Einmal bin ich um zwei Uhr morgens den Weinbergsweg hinuntergelaufen. Der Spielplatz neben dem Park – vermutlich derselbe, an dem du damals deinen Vater wiedergetroffen hast, Julius – war verlassen. Damals gab es auf diesem Platz eine Schaukel mit Ketten von drei bis vier Metern Länge. Ich war schon häufig daran vorbeigegangen, aber erst zu dieser Tageszeit fiel mir die Seltsamkeit des Spielgeräts auf. Nur Erwachsene können die Schaukeln benutzen, für Kinder sind sie nicht geeignet, da man bei einem so langen Schwungkreis enorm viel Kraft benötigt, um in Fahrt zu kommen, und wenn man es tatsächlich schafft, in schwindelerregende Höhe gelangt. Im Nachhinein scheint mir diese Schaukel ein passendes Symbol zu sein für viele typische Bewohner der Gegend in diesen Jahren und ihr anstrengendes euphorisches Lebensgefühl. Ich erreichte den Rosenthaler Platz. Er war noch belebt. Hinter den drei Scheiben der großen Buchhandlung war es dunkel. Ich trat näher und sah an der Eingangstür ein Schild, aus dem hervorging, dass der Laden bald aufgegeben wurde. Die Restaurants und Imbisse ringsum leuchteten dagegen wie immer hell.

Ich überquerte die Torstraße, um zur Nachtbushaltestelle zu gelangen. Damals habe ich noch nicht im selben Haus gewohnt. An der Hauswand eines Plattenbaus in der Rosenthaler Straße lehnte ein Pärchen, beide vielleicht Ende dreißig, verliebt, das war offensichtlich, und völlig betrunken. Was für große Kinder, dachte ich. Vielleicht hilft uns diese Szene ja, zu verstehen, warum wir heute hier sind. Der Mann presste die Frau an den Sockel und fasste ihr unter den Rock. Sie drängte sich an ihn und stöhnte und er zog ihr langsam mit der anderen Hand den Pullover hoch, bis im Licht einer Straßenlaterne ihre Brüste zu sehen waren. Die beiden bemerkten mich nicht, sie starrten einander wild in die Augen und schienen vollkommen vergessen zu haben, wo sie sich befanden.

Die Bilder, die sich während der Verfolgung der fremden Frau zwischen meinen Blick auf die Straße geschoben hatten, stammen von einem Dokumentarfilm aus dem Jahr 1985, den ich ein paar Monate vorher in der Nähe in einem kleinen Kino gesehen hatte. Er beobachtet die Arbeit einer

Polizeiwache in der Brunnenstraße und zeigt mehrere Straßen und Wohnungen meines Viertels in den letzten Jahren der DDR, die Swinemünder Straße, die Griebenowstraße, die Zionskirchstraße. Die Frau lief auf den Arkonaplatz zu und hatte ihn jetzt fast erreicht. In den Filmszenen von damals, erinnerte ich mich, hatte es dort einen Holzzaun gegeben und einen weiteren Bauwagen, und wenn man um die Ecke bog, stieß man auf die Bushaltestelle einer Linie, die es inzwischen nicht mehr gab.

Mir war noch nicht ganz klar, warum ich der Unbekannten hinterherlief. Wo die Bushaltestelle gewesen war, machte sie kurz halt und blickte auf ihre Armbanduhr, als studierte sie den Fahrplan. Dann wechselte sie zur anderen Seite und bog von da in die Straße ein, die direkt neben meiner wieder zurück zur Kirche führt. Ich weiß nicht mehr, ob sie ihren Schritt bereits verlangsamt hatte, sodass klar war, sie würde in die nächste Toreinfahrt einbiegen, und mir das Haus auf einmal bekannt vorkam oder ob ich in Gedanken inzwischen alle Filmszenen durchgegangen war, an die ich mich noch erinnerte, jedenfalls begriff ich plötzlich, dass sie eine der Personen aus diesem Film war.

Damals hatte sie im Hochparterre gewohnt, acht Stufen hoch, und die Frau, die sie geliebt hatte, stand an der Tür, als die Polizisten kamen. Ob es die Wohnungsinhaberin selbst gewesen war, die angerufen hatte, weil sie sich gestört fühlte, oder Nachbarn, wurde nicht klar. Unter ihr, am Fuß der Treppe, saß die Verlassene. Schon damals trug sie einen dieser Beutel, er stand vor ihr auf der untersten Stufe. Sie weinte. Es klang nach einer Mischung aus Trauer und Wut. Und offensichtlich war sie betrunken. Unter Tränen erklärte sie den Polizisten, sie sei vor Kurzem von ihrer Partnerin rausgeworfen worden. Wahrscheinlich hatte sie im Treppenhaus Lärm gemacht, geschrien oder an die Tür gehämmert. Die Männer in Uniform redeten beschwichtigend und auf eine täppische Weise mitfühlend auf die Verlassene ein, um sie dazu zu bewegen, das Treppenhaus die Nacht über zu verlassen. Dann ließen sie sich von ihr den Personalausweis zeigen. Als die eigentliche Mieterin, die die ganze Zeit skeptisch dagestanden hatte, ebenfalls nach dem Ausweis gefragt wurde, drehte sie sich um und verschwand in einem anderen Teil der Wohnung. Für einen längeren Moment hielt die Kamera einen Ausschnitt ihrer Küche fest, die sich fast direkt hinter der Eingangstür befand. Man konnte Schränke sehen, eine Spüle, Kohleneimer und rechts neben dem Herd ein kleines Fach in der Wand, das wahrscheinlich zu einem Ofenabzug führte.

Die Frau, die ich verfolgt hatte, bog jetzt in den Hof dieses Hauses ein. Die Tür blieb offen, ich ging ihr nach. Vor dem Eingang zur Parterrewohnung blieb sie stehen. Um nicht aufzufallen, überholte ich sie und nahm mit langsamen Schritten die Treppe nach oben. Als ich mich zu den Stufen des zweiten Absatzes umdrehte, sah ich sie ein letztes Mal kurz von oben, wie sie ihren Beutel absetzte und in kleinen Schritten nervös hin und her lief. Kurz darauf war zu hören, wie die Haustür laut wieder ins Schloss fiel. Sie war gegangen.

Ich bin den kurzen Fußweg zurück zu mir nach Hause gegangen, ohne ihr noch einmal zu begegnen. Und dabei dachte ich zurück an das Innere der Wohnung von damals, das man in der Aufnahme sehen konnte. Sicher wohnten die Bewohner aus der alten Zeit nicht mehr in diesem Haus, und die Wohnungen sahen jetzt innen ganz anders aus.

Die Verbindung zu Ina verstand ich nicht sofort. Ihr

wohntet ja damals in die andere Richtung, Julius, ein Stück den Berg runter, in einer Seitenstraße gegenüber dem Park. Ich setzte mich wieder an den Schreibtisch, kam aber mit dem Brief ebenso wenig voran wie vorher. Und dann wurde mir auf einmal klar, dass die Parallele die Küche war.

Inas Wohnung lag im zweiten Stock, die Küche ging links vom Flur ab. Dort, wo früher wahrscheinlich genauso ein kohlenbeheizbarer Herd gewesen war wie in dem Film, gab es in der gekachelten Wand eine ähnliche Klappe.

Ich verließ ein zweites Mal meine Praxis. Vor Inas Haus zögerte ich kurz, drückte dann aber doch den Klingelknopf der Nachbarin. Sie ließ mich herein und bat mich drinnen in ihren Flur, eine energische, etwas geschwätzige Frau, die gegenüber von Ina allein lebte. Ich erfuhr, dass sie und Julius für einige Zeit bei Inas Familie waren. Das erklärte das gemeinsame Schreiben. Die Nachbarin hatte einen Schlüssel zur Wohnung. Als ich sie fragte, ob sie einmal kurz mit mir hineingehen würde, da ich dort etwas vergessen hätte, willigte sie nicht nur ein, sondern drückte mir gleich vertrauensselig den Schlüssel in die Hand. Ich schloss die Wohnung auf und betrat Inas Küche. Die Klappe entdeckte ich sofort. Sie war mit einem groben Riegel verschlossen, den man mit etwas Mühe beiseiteschieben konnte. Im Innern befanden sich Streichhölzer, verschiedene alte Nägel und Schrauben und ein Aschenbecher, in dem ein weiterer Schlüssel lag. Auf dem Plastikschild, mit dem er beschriftet war, standen ein Vorname und eine Adresse in Pankow. Ich legte ihn zurück in das Fach, zog die Tür hinter mir zu, dankte der Nachbarin und verabschiedete mich. Dann nahm ich die nächste Straßenbahn nach Norden bis in die Nähe des Pankower Schlossparks, durchquerte ihn und stand kurze Zeit später vor einem gesichtslosen Haus aus den Neunzigern dort in einer Seitenstraße. Die Gegend um den nahe gelegenen Park war öde und nicht sehr wohnlich, schräg gegenüber dem Haus befanden sich eine Autowerkstatt und eine Fabrik für Metallbau, dazwischen wieder einzelne Wohnhäuser. Auf einer der Klingeln stand ein Vorname, der dem auf dem Schild entsprach. Ich schaute an dem Gebäude hoch und spürte, wie ich von einer Sekunde zur nächsten innerlich abstürzte. Was sollte ich jetzt machen? Etwa klingeln und den Mann zur Rede stellen? Ihm vorwerfen, dass er mit einer Frau in einer schwierigen familiären Situation zusammen war, ihr Kind völlig ignorierte und ihr Leben damit fast zum Absturz brachte? Was hatte ich mir dabei gedacht? Ich konnte froh sein, wenn ich wegen des Gesprächs mit der Nachbarin und dem Betreten von Inas Wohnung keine Probleme bekam.

Ernüchtert fuhr ich nach Hause. Ich musste noch einmal an Susan denken, vor deren Wohnungstür ich vor Jahren einmal gestanden hatte. Was war damals der Grund gewesen für mein Distanzproblem, Heimweh nach England? Und woran lag es jetzt? Was Ina mir damals über die schrecklichen Verhöre ihres Vaters erzählt hat, habe ich unmittelbar danach komplett vergessen. Aber nachdem ich jetzt wieder in meine Notizen geschaut hatte, musste ich ständig daran denken.

Letztendlich konnte ich trotz meines eifrigen Bemühens, die Deutschen mit ihren Nazi- und Kriegserlebnissen und den Auswirkungen, die sie in den Familien gehabt hatten, nicht wirklich einschätzen. Ich wusste ja nicht mal von meinen eigenen, mit Erinnerungen und Gefühlen stets sparsamen Eltern, wie es zu dieser Zeit für sie in England gewesen war. Meine Mutter wurde mit neun Jahren aus London evakuiert und musste lange Zeit bei einer Pflegefamilie leben. Mein Vater, der einige Jahre älter war und als das mit Ina passiert ist schon nicht mehr lebte, hat zusätzlich zu seinen Schultagen als Helfer beim Flugzeugbau gearbeitet.

Bei mir im Vorraum, wo die Patienten warten, hängt an einer Pinnwand ein Bild. Es ist schon alt und wellig, ein Zeitungsausschnitt. Ich weiß nicht mehr genau, wo ich ihn herhabe, nur dass er aus einer britischen Zeitung stammt. Der Ausdruck »elephant in the room« kommt ja ursprünglich aus dem Englischen.

Ein Zimmer mit einem großen Esstisch ist auf der Aufnahme zu sehen, eine vierköpfige Familie von Erwachsenen sitzt daran vor einem üppigen Essen, lacht und scherzt und prostet sich zu. Und dann ist da der Elefant. Er beherrscht das Bild. Nicht nur, weil ein Elefant in so eine Szene nicht hineingehört, sondern auch, weil er mit seinen großen flatternden Ohren und seiner Haltung – er steht aufgerichtet auf den Hinterbeinen und wenn er das Gleichgewicht verlöre, würde er sofort auf den Tisch stürzen – eigentlich eine Bedrohung darstellt. Die Aufnahme müsste düster sein, denn es gibt zwar ein großes Fenster in dem Zimmer, aber genau genommen dürfte es keine Helligkeit hereinlassen, da der Elefant es mit seinem massigen Körper fast verdeckt. Der Widerspruch mit dem dennoch hereinströmenden Licht – viele bemerken ihn vielleicht überhaupt nicht – leuchtet ein: Wäre der Raum düsterer dargestellt, würde die Familie wesentlich weniger heiter wirken; der graue Koloss könnte dann nicht so uneingeschränkt als autonomes, mit der Umwelt scheinbar in keiner Verbindung stehendes Symbol des Uneingestandenen oder Verdrängten gelten.

Ich habe das Bild damals aufgehängt, weil mir seine Symbolkraft gefiel, und über kulturelle Unterschiede nicht weiter nachgedacht. Dabei war Verdrängung in Deutschland, wie ich jetzt begreifen musste, etwas anderes als in England.

Hier wird das Wort Verdrängung bis heute auffallend häufig benutzt. Als müsste man sie erst einmal beschwören, um dann behaupten zu können, man bekämpfe sie. Im Bericht von britischen Militärs, die sich Notizen gemacht haben über das Verhalten von Deutschen nach Kriegsende in ihren zerstörten Städten, gibt es die Anekdote einer Frau, die täglich in ihre nach einem Bombenangriff fast völlig zerstörte Wohnung zurückkehrt. Sie hat keine vier Wände mehr, keine Zimmer und keine Möbel, aber vor die Fenster, die nur noch Löcher sind, hat sie Topfblumen gestellt und gießt sie jeden Tag. Ist das Verdrängung? Oder ist in einem solchen Kopf schon alles so entkernt und leer gefegt, dass es gar nichts mehr gibt, das man so nennen könnte? Vielleicht ist das ja der Grund, weshalb man den Begriff hier bis heute ständig verwenden muss. Wenn ja, was bedeutet das für meine Arbeit hier? Habe ich das nicht erkannt und mich deshalb so stark in die Geschichte von Bruno und Ina verstrickt?

Ich habe über die Ereignisse von damals lange nachgegrübelt. Ich wollte die Stadt verstehen, in der ich als Ausländerin so bequem leben und die – so empfand ich es damals – wesentlich engeren Grenzen und Zwänge meines Herkunftslandes ablegen konnte. Bin ich auch deshalb vorhin spontan, fast ohne nachzudenken, Bruno, den ich mehr als ein Jahrzehnt nicht gesehen habe, in den Park gefolgt?

Ich bezweifle, dass ich eine so gute Erzählung hinkriege wie ihr. An warmen und sachlichen Orten, wo man ein sicheres Fundament hat für seine Gedanken, könnte ich das viel besser. Was treibt Menschen wohl dazu, Geld auszugeben für eine Führung durch diesen Schuttberg? Oder zu einer der Klettertouren, die man hier auch machen kann, runter in die Tiefe, wie ein Bergsteiger, aber in umgekehrte Richtung? Im Frühjahr, Sommer und Herbst finden hier täglich Rundgänge statt, auch auf Englisch und Spanisch, eigentlich könnte an diesem Ort viel los sein, wir haben nur leider gerade Pech. Es ist Winter.

Und während wir hier drinnen festsitzen, geht draußen, wie Julius schon gesagt hat, das Leben weiter. Ordnungen entstehen oder brechen auseinander, Menschen werden geboren und sterben, Feste werden gefeiert, Kriege geplant. Vor ein paar Monaten sind über fünfhundert Menschen vor Lampedusa ertrunken, und wir wissen, es werden nicht die Letzten sein.

Werden wir noch Zeit haben, zu verstehen, was Verdrängung ist? Werden wir diese Erkenntnisse brauchen?

Ich merke, dass ich ungeduldig werde. Wir müssen langsam hier raus.

Berlin, Humboldthain

Helen und ich sind 2001 das erste Mal aufeinandergetroffen, erinnert sich Bruno. Nur wenige Stunden, nachdem ich Ina und Julius verlassen habe.

Er spürt, dass ihm jetzt alles zu schnell geht. Er muss das viele, das er gehört hat, verstehen, sich erinnern und eine Position dazu finden. Dabei sehnt er sich gerade danach, ein paar Dinge in seiner Umgebung in Ruhe zu betrachten: die mit Ruß überzogenen Bruchstücke von Backsteinen, die fast in Reichweite vor ihm liegenden, aus einem Schutthügel ragenden Enden von Holzleisten, Spuren einstiger Verschalung vor ihm an den Wänden, die Säcke, den Eimer.

Er sieht sich im Schlafzimmer der früheren Familienwohnung am Rosenthaler Platz vor dem Kleiderschrank stehen. Er öffnet ihn. Obwohl er weiß, dass in den nächsten Stunden niemand kommen wird, achtet er sorgfältig auf jedes Geräusch. Das Quietschen der Schranktür hat er für immer im Ohr, sie hängt schief und klemmt an der unteren Kante. Ebenso die schrappenden Geräusche, mit denen zur selben Zeit unten im Hof jemand sein Fahrrad anschließt. Er nimmt den kleinen Rucksack, der schon seit längerem mit dem Nötigsten gefüllt im hinteren Teil des Schranks unter aufgehängten Blusen, Hemden und Jacken liegt. Dramatische Veränderungen setzen sich aus schlichten, unauffälligen Handlungen zusammen, denkt er, während er sich jetzt wieder daran erinnert. Fünf Nägel in ein kleines Brett schlagen und es dicht bei sich tragen. Schon ist man auf der sicheren Seite. Oder Jahre später, nachdem Julius auf der Welt ist: ihn hochheben, ihm etwas zu trinken geben, ein paar Schritte laufen, bis er nicht mehr weint. Es gab nie Wichtigeres.

Ina fiel der fertig gepackte Rucksack wochenlang nicht auf. Ebenso wenig der silberne Ring von Anna, eine der beiden Frauen, mit denen er damals eine heimliche Beziehung führte. Sie hatte ihn mehrmals unter Tränen zu überzeugen versucht, ihr wenigstens einmal den Ort zu zeigen, an dem er mit seiner Familie lebte. Und schließlich gab er nach und verbrachte mit ihr an einem Vormittag, als Ina und Julius nicht da waren, eine unwirkliche Stunde in seinem Zuhause. Während sie unbeholfen zuerst in der Küche saßen und später im Wohnzimmer, fror Anna, und ihre Augen hatten vor Angst und Anspannung eine völlig andere Farbe als sonst. Beim Verlassen der Wohnung trat sie einmal kurz über die Schwelle zu Julius' Zimmer, um sich dort umzusehen. Er schob sie unsanft zur Seite und schloss hastig die Tür, und daraufhin entwickelte sich zwischen ihnen im Flur ein heftiger, lauter Streit. Danach lief sie ins Bad und wusch sich das Gesicht, und als er am frühen Abend wieder nach Hause kam, entdeckte er ihr schweres, auffälliges Schmuckstück auf der Flurkommode. Er wurde panisch. Es dauerte zwei Stunden, bis er einen günstigen Moment fand, um den Ring unauffällig wieder an sich zu nehmen. Ina ging währenddessen immer wieder durch den Flur, schien aber nichts zu bemerken. Wie konnte sie so abwesend sein, in einem Moment, in dem es doch zwischen ihnen um alles hätte gehen müssen? Zum ersten Mal hatte er das Gefühl, dass er es nicht schaffen würde, die im Laufe der Jahre gewachsene Mauer aus lieb gewonnenen Gewohnheiten und zunehmender Gleichgültigkeit zwischen ihnen zu durchbrechen und über das, was ihm in den Monaten davor passiert war, mit ihr zu reden: Wie etwas innerlich bei ihm weggebrochen war, als der Verdacht aufkam, Julius könnte schwer krank sein. Die darauffolgenden, immer öfter vorkommenden Verabredungen in Bars, nach abendlichen Supervisionsterminen oder Besprechungen. Die sich häufenden Lügen.

Ich kenne diese merkwürdige Art, etwas Wichtiges einfach zu ignorieren, eigentlich selbst, denkt Bruno. Sie breitet sich aus, wenn etwas unerträglich wird. Bilder von einer Waldlichtung erscheinen jetzt vor seinem inneren Auge, er sieht die Ecke eines dunklen Raumes, in dem etwas auf dem Boden liegt, dann sich selbst, auf der Brücke.

Er ging an diesem letzten Tag, mit dem fertig gepackten Rucksack, durch den Flur bis zur Wohnungstür und zählte die Schritte: Es waren vierzehn. Im Flur ließ er das Schloss leise einschnappen. Unten überquerte er die Straße und setzte sich – eine seltsame Idee, findet er im Rückblick – nach einem kurzen Fußweg gegenüber im kleinen Weinbergspark an einer etwas versteckten Stelle zwischen Büschen auf eine Bank. Es war ein Uhr mittags. Zunächst würde niemand bemerken, dass er noch einmal in der Wohnung gewesen war. Aber Julius wusste, dass sein Vater krankgeschrieben war, er würde bald nach Hause kommen und sich wundern, dass niemand da war. Sein Herz hämmerte, als er dort saß, beruhigte sich und schlug dann wieder schneller, ein Auf und Ab, lange Zeit. Er hörte allen Geräuschen aufmerksam zu. Dem Quietschen der Tram, den rauschenden Blättern im Park, den vielen Stimmen, fernem Hupen. Auf seinem Heimweg von der Schule lief Julius manchmal hier vorbei. Was wäre, wenn er ihn hier entdecken würde? Er musste unbedingt bald weg, das war ihm klar, aber er schaffte es nicht. Die Parkbank war jetzt sein Zuhause. Sie ist meine Insel, dachte er, genauso wie die Büsche und Beete und Bäume um mich herum. Mehr Schritte, weg aus den Straßen, in denen er zu Hause gewesen war, dem Viertel, in dem er das letzte Jahrzehnt verbracht hatte, schienen ihm unmöglich. Die ganze Stadt erschien ihm jenseits dieser Parkbank in dem Moment riesengroß, fremd und viel zu laut.

Am frühen Abend saß er immer noch da. Niemand, den er kannte, war vorbeigekommen. Kein Elternteil von Julius' Freunden oder aus der Schule. Auch keiner der Nachbarn, die er hier sonst gelegentlich traf. Wäre mir jemand begegnet, denkt Bruno, und hätte ein Gespräch mit mir geführt, egal, worüber, dann wäre ich vielleicht nicht gegangen. Oder wenn Julius aufgetaucht wäre. Wir wären einfach zusammen nach Hause gelaufen. Gegen halb sieben bekam er Durst. Er ärgerte sich, dass er kein Wasser dabeihatte, und konnte spüren, wie er langsam einknickte, bis zurück nach Hause war es nicht weit. An den Kühlschrank, Wasser rausholen, dann schnell ein Glas, er stellte es sich vor. Er hatte Sehnsucht nach Julius. Was würde passieren, wenn er zurückginge? Es wäre nur ein Aufschub. Irgendwann würde die ganze Situation, in die er sich hineinmanövriert hatte, auffliegen. Was sollte er tun? Er wusste es nicht. Er blieb sitzen.

Kurz darauf erschien Helen. Er hatte gerade ängstlich auf sein Handy gestarrt, einundvierzig Anrufe von zwei Frauen. Er schaltete es aus und spielte mit dem Gedanken, es in den Papierkorb zu werfen, da näherte sie sich. Sie setzte sich auf das kleine Mäuerchen neben einem Rosenbeet, holte eine Wasserflasche heraus und sah ihn an.

Eine Zeit lang passiert nichts. Wenn Bruno sich konzentriert, kann er dicht an seinem Ohr die drei anderen atmen hören. Und er hört sich selbst. Sie atmen zusammen.

Er würde die Bilder, die jetzt wieder aufsteigen, gerne verdrängen. Er weiß, er darf nichts verpassen, wenn die drei gleich weiterreden. Vielleicht kann ich die Aufnahme anhalten, überlegt er, aber er sieht keine Taste dafür, nur das Display, dessen Licht sich immer wieder abschaltet, sodass er es mit einer umständlichen, schmerzenden Handbewegung erneut berühren muss, um etwas darauf zu erkennen. Die Zeit, denkt er, kann man auch nicht anhalten. Die Überlegung beunruhigt ihn, er versucht, sie wegzuschieben, und starrt erschrocken auf das blau schimmernde Feld dicht vor seinen Augen.

Lydia und Helen haben beide erwähnt, wie er damals in Frohnau im Wald gezeltet hat. Er erinnert sich jetzt an einen Sturm, den es an dem Ort, an dem er sich damals aufhielt, einmal gegeben hat, an das Rascheln kleinster Teile, Tannennadeln, Baumrinde, trocken gewordenes Herbstlaub. Er hört wieder, wie mit Sand durchsetzte Erde dicht am Boden entlangweht, an eine Zeltstange geschleudert wird, hochwirbelt, sich in einer Stoffausbuchtung sammelt und mit der nächsten heftigen Böe auf den Boden zurückfällt.

In den Phasen ohne Wohnung hatte er häufig Albträume gehabt. Wenn er wieder zu Bewusstsein kam, wusste er meistens nicht mehr, worum es im Traum gegangen war, fühlte sich aber noch lange danach ängstlich. Einmal war er aufgewacht und sein Schlafsack war völlig verdreht gewesen, der Reißverschluss auf den Rücken gerutscht, das

Innenfutter feucht von Schweiß und Panik. Er hatte sich wie in einem Tunnel gefühlt, während er danach länger dalag, zwischen viel zu vielen, muffig riechenden Gepäckstücken, die um ihn herum aufgestapelt waren. War das im Sommer gewesen? Oder während seiner zweiten Phase des Campierens, zwanzig Jahre später, nach der Trennung von Ina und Julius? Beide Male hatte er nach ein paar Wochen gewusst, dass es so nicht weitergehen konnte. Dass er sich aufrappeln musste.

Die Lichtung liegt hinter einem Pfad, der nach fünfzig Metern von einem breiten Waldweg abzweigt, an der B96, zwischen Frohnau und Hohen Neuendorf. Der Pfad endet in einer schmalen Schneise, hinter der man auf unebenem Waldboden und an dicht wachsenden Büschen und Bäumen vorbeistapft, bis sich nach wenigen Minuten ein freier Platz auftut, der vom Weg aus nicht zu sehen ist. Im Sommer 1982 ist er tagsüber zur Schule gegangen und am frühen Abend zurück in den Wald. 2001, in den ersten Herbst- und Wintermonaten ohne Ina und Julius, machte er tagsüber ausgedehnte Spaziergänge oder hielt sich in Bibliotheken auf und fuhr am Nachmittag, bevor es dunkel wurde, zurück zum Zelt. In der Zeit redete er über Wochen mit kaum jemandem, sodass sich manchmal für ihn alles ganz unwirklich anfühlte und ihm damals und heute durcheinandergerieten.

Beide Mal gab es Wettertiefs. Einmal war sein Zelt in der Nacht zusammengefallen und er war unter den Stoffplanen ins Freie gekrochen und hatte ein paar Meter entfernt in der Nähe eines Stapels gefällter Baumstämme Schutz gesucht. In plötzlicher, mit Tropf- und Knackgeräuschen durchsetzter Stille. Die Stille hatte ihm ebenso zugesetzt wie die Nässe, und er erinnert sich auch an einen ätzenden, durchdringenden Geruch, der an diesem Ort manchmal in ihm hochstieg.

Vorhin, als ich hier drinnen aufgewacht bin, habe ich diesen Geruch auch wahrgenommen, denkt Bruno. Deshalb habe ich geglaubt, ich liege auf Kalk.

Ein dumpfes rumpelndes Geräusch holt ihn zurück. Er hört Stimmengewirr, undeutlich, aus der Ferne. Sie brechen auf, denkt er, und lassen das Gerät und den Ort der Aufnahme hinter sich. Er malt sich aus, wie es wäre, Julius nicht mehr eingeschlossen zu wissen, sondern draußen, in Sicherheit. Für einen Moment fühlt er Glück.

Helen, bleib hier!

Das dumpfe rumpelnde Geräusch ist plötzlich weg. Dann hört Bruno einen Schlag.

Da hinten ist eine Absperrung, hört er Lydia rufen. Wenn du sie überschreitest, musst du alleine auf feuchtem Geröll nach unten klettern. Das ist gefährlich. Und außerdem ist es sinnlos. Da unten ist nichts. Von dort führt kein Weg nach draußen. Wir können nur hoffen, sie lacht, aber es klingt angespannt, dass wir vielleicht irgendwo einen Schlüssel für die Tür finden. Also setz dich bitte wieder hin.

Er hat den Eindruck, sie nähern sich und versammeln sich erneut. Oder hatte Helen das Gerät in der Hand, wollte sich davonmachen und kehrt jetzt zu den anderen zurück?

Du hast natürlich den Durchblick, sagt sie nach einer Weile, ihre Stimme kling gereizt, man spürt die Anspannung. Dass du dich hier von früher noch so gut auskennst, hat uns bloß leider bisher nichts genutzt.

Lasst uns bitte nicht streiten, sagt Julius. Das hilft uns

jetzt nicht weiter. Und, nach einer kurzen Pause: Wollen wir die ersten Stunden noch mal zusammen durchgehen?

Einverstanden, antwortete Lydia. Am besten fangen wir mit dem Moment an, als Helen und ich zu euch kamen und Bruno von uns weggegangen ist.

Wir haben vor dem Eingang kurz zusammengestanden, nachdem er weg war, und dann beschlossen, uns gemeinsam noch etwas im Bunker umzusehen, bevor wir diesen Ort wieder verlassen. Als wir uns die zwei weiträumigen Ebenen im fünften und vierten Stock auf dieser Seite angeschaut hatten, alte Grundrisse und Fotos, gerahmt an den Wänden, und die mit Schwertern und Lorbeerkränzen verzierten schweren Steinquader, mit denen der Bau nach dem Endsieg hätte verziert werden sollen, sind wir wieder nach oben gegangen, und die Tür war plötzlich verschlossen. Wir haben versucht, uns bemerkbar zu machen, geschrien, und du hast gegen die Tür gehämmert, Julius, ohne Erfolg. Auf unsere Rufe nach Bruno kam keine Antwort. Dann haben wir ihn überall, wo wir gefahrlos hinkamen, gesucht. Er ist, dachten wir schließlich, durch einen anderen, uns nicht bekannten Zugang entkommen. Hat er später die Tür von außen abgeschlossen? Da sonst niemand hier gewesen ist, schien uns das die einzige logische Erklärung zu sein für unsere Situation. Als wir vorhin versucht haben, seinen Weg nachzugehen, fiel Julius dann auf, dass ein paar Werkzeuge, die vorher auf einem Gitter im Schacht des ehemaligen Munitionsaufzugs lagen, nicht mehr da sind, unter anderem eine Schaufel, und das bestärkte uns in dieser Vermutung.

Bruno muss am Eingang die kurze Treppe nach unten genommen haben, ergänzt Julius, so wie wir später auch. Sie führt zum Schacht im zerstörten Wendeltreppenhaus und mündet in einen provisorischen Steg im Stockwerk darunter. Der Steg führt in den großen Zwischenbereich, und von da aus, vermuten wir, ist er dann in den zweiten noch erhaltenen Gebäudeflügel gegangen. Dort gab es früher eine baugleiche Wendeltreppe, die aber nicht völlig zerstört ist. Sie bricht etwa zwei Meter vor der untersten Ebene ab. Lydia hat uns erzählt, dass sie vor zwei Jahrzehnten mit Bruno und ein paar anderen genau an dieser Stelle eingestiegen ist. Sie haben damals von außen gegraben, bis sie auf eine Öffnung stießen. Von dort haben sie mit Taschenlampen ins Innere geleuchtet, sind nacheinander auf einen großen Berg Schutt gesprungen, halbwegs sicher gelandet und so in der Nähe dieser anderen zerstörten Treppe ins Gebäude gelangt. Dort wollte Bruno offenbar mit mir hin. Er wollte mir dort etwas zeigen. Lydia meinte, dass sie sich unsicher ist, was das sein könnte, und daher lieber nichts vermuten will, sie erinnert sich nicht mehr in allen Details daran, was hier drinnen damals passiert ist, aber wir wissen von ihr, dass der Einstieg der zweite Teil einer Mutprobe war, die die Bande, der sie angehörte, von Bruno gefordert hat. Er ist in derselben Nacht auch auf die Swinemünder Brücke geklettert. Sie glaubt, dass sie damals auf einem anderen Weg wieder hier rausgekommen sind. Es gab mehrere Löcher im Gebäude, die als illegale Einstiege dienen konnten, später hat man sie aus Sicherheitsgründen zubetoniert. Sie hat auch erzählt, dass Bruno zu den Aktionen gezwungen und dabei gedemütigt wurde und dass sie heute nicht mehr gerne daran denkt, du nickst, Lydia.

Ich muss mich ebenfalls auf den Grundriss konzentrieren, denkt Bruno. Vielleicht fällt mir dann auch wieder ein, was in den letzten Stunden passiert ist. Auf der dem Freien zugewandten Seite ragt der Bunker gerade auf. Die Mauern, die noch intakt sind und nach Nordwesten zeigen, bilden eine Fassade, hinter der sich Fußböden, Treppen und Schächte auftun, die nach ein paar Metern abbrechen. Wo der zerstörte Teil in den mit Trümmern aufgeschütteten Berg übergeht, ragen Armierungen ins Nichts, und Wände, Türen und Säulen sind an verschiedenen Stellen in die Tiefe gestürzt, wo sie in Bergen von zermahlenem Stahlbeton versinken. Über allem wölbt sich, höhlenartig, die abgesackte Decke. Als er neulich das erste Mal hier drin war, hat er längere Zeit vor dieser Decke gestanden und sie betrachtet. Höhlen, war dabei sein Gedanke, sind die primitivste Form der Behausung, Wand und Decke sind noch nicht voneinander geschieden. Er hat es in dem Moment kaum fassen können, wie viele Jahre er an der Außenseite dieser Höhle arglos entlanggelaufen ist. Als Junge, als junger Erwachsener und später zusammen mit Julius. Ich war schon einmal drinnen, denkt er, und bin später trotzdem, als wäre das nie passiert, immer wieder über diesen riesigen Hohlraum gelaufen. An vielen Nachmittagen sind Julius und ich, egal, bei welchem Wetter, hochgegangen zur Aussichtsstelle auf den ehemaligen Türmen. Julius mochte es, von oben auf die Stadt zu blicken, auf kleine und größere Häuser, Kirchtürme und Bahnschienen. Wir haben beide oft lange dagestanden, und ich habe jedes Mal an nichts gedacht als an das, was ich gerade vor mir sah. Und ich bin mir sicher, bei ihm war es ebenso. Im Winter hatten wir manchmal eine Thermoskanne mit Tee dabei. Jeder von uns hat ein paar Schlucke genommen, und danach haben wir einfach, ohne viel zu sagen, wieder in die Ferne geblickt.

Schon zu Tagesbeginn, viele Stunden vor der geplanten Familienzusammenkunft auf der kleinen Anhöhe, war er gestern – er schlussfolgert, dass es gestern gewesen sein muss – hier im Park. Auch zwischen dem ersten und zweiten Treffen mit Lydia ist er hierhergekommen, da hatte er ihr das Areal bereits für eine Zusammenkunft vorgeschlagen. Er wollte auf den Ort, den er über zehn Jahre nicht gesehen hatte, vorbereitet sein. Gestern in den Morgenstunden hat er den Hauptweg genommen, an den noch immer gleichen Rasenstücken vorbei, bis hin zur Stelle des Treffpunkts. Seit den Neunzigern, fiel ihm auf, hat sich hier kaum etwas verändert. Der künstliche Bach. Die kleine Quelle auf der Anhöhe. Die etwas verblichenen Holzbrücken, in deren Nähe Julius als Kleinkind gerne Biber gespielt und mit Zweigen Wasser gestaut hat. Er ist an der großen Wiese und dem Schwimmbad vorbei rechts abgebogen, bis er vor der vertrauten hohen grauen Wand stand. Auch hier war noch fast alles beim Alten. An einer Stelle, wo früher alles zugewuchert war, erkannte er zwischen zwei Büschen eine Sitzbank. Als er den steil aufragenden Beton eine Weile betrachtete, fielen ihm blitzende Metallpunkte auf, Ösen zum Einhaken für die Kletterer, die immer wieder üben, hier hochzusteigen und sich danach wieder abzuseilen.

Wenn man von dort ein Stück um den Gebäuderest herumläuft, wie er es bei seinem ersten Spaziergang gemacht hat, entdeckt man, dass eine der kurzen, noch verbliebenen Seiten des Baus mit einem riesigen, plump aufgemalten Pfeil beschriftet ist. Die Bemalung hat ihn gestört. Weil sie mich, denkt er jetzt, an die Beschriftungen erinnert hat, die ich in der einen Nacht als Kind im Innern dieses Baus gesehen habe. Im Dunkeln hellgelb leuchtende Pfeile, sie sind hier immer noch irgendwo, denkt Bruno, ich weiß nicht genau, wo, seltsamerweise war ich mir bis gerade eben, als ich daran gedacht habe, noch nicht mal sicher, ob es wirklich stimmt, dass ich als Kind hier drin war. Alle Jungen aus dem Viertel haben damals damit geprahlt, in den Bunker einzusteigen. In den meisten Fällen waren das nur Angebereien. Wenn ich hätte beweisen müssen, hier gewesen zu sein, wäre das schwierig geworden, wahrscheinlich hätte mir niemand geglaubt. Genau dieser Gedanke, es anderen zu erzählen, es ihnen dann aber auch beweisen zu müssen, schließt er, hat die eigentliche Erinnerung, die ich sowieso nicht gerne zugelassen habe, zusätzlich blockiert. Aber jetzt weiß ich es wieder: Ich war hier. Und die Beschriftungen aus Phosphorfarbe, die ich damals gesehen habe, lauteten: Aufsicht. Zur Einweisung. Gasschleuse.

Es ist ein Irrtum, zu glauben, dass dieser halb zertrümmerte Ort tot ist.

Bei seinem ersten Spaziergang ist er zögerlich um den neuen Eingang herumgeschlichen, und hat an der Türklinke gerüttelt, und plötzlich stand ein Mann vor ihm, etwa in seinem Alter, in einem grauen Cordjackett, und wandte sich mit diesen Worten an ihn. Der Mann musste ihn von Weitem beobachtet und sich ihm dann unauffällig, mit leisen Schritten genähert haben. Er hat ihn augenblicklich wiedererkannt. Auch der andere muss sofort gewusst haben, wer er war, aber trotzdem hat er zunächst so getan, als müsste er ihm diesen Ort erklären.

Von außen, fuhr er mit einem unverändert freundlichen, harmlosen Ton in der Stimme fort, hat man jedes Mal den Eindruck, der Park verfügt über einen Berg. Man läuft hoch und bildet sich ein, festen Boden unter den Füßen zu haben. Weil hier Sträucher und Gräser und kleine Bäume wachsen. Aber das ist eine Illusion. Unter der Erde und einer darunterliegenden Schicht ineinander verkeilter Betonplatten ist es hohl. Und der riesige Trümmerhaufen, der den Hohlraum umschließt, ist immer noch in Bewegung. Ich gehöre zu einer Gruppe von Leuten aus unserem Viertel, die hier Besichtigungen durchführen. Wir warnen die Besucher stets, bevor sie reindürfen. Wir erinnern sie daran, dass es im Innern des Berges Abstürze gab, Unfälle, Bergungen. Einen Todesfall in den Achtzigerjahren und einen kurz nach dem Krieg. Aber wir beruhigen sie auch. Wenn sie sich an unsere Anweisungen halten, ist alles, was sie sich hier anschauen, sicher, erklären wir. Darauf können sie sich verlassen, denn wir überprüfen regelmäßig die Statik dieses Baus, mit Lasermessungen und einem speziell für diesen Zweck entwickelten Computerprogramm.

Du bist also hierher zurückgekehrt, Andi, hat er gedacht, während er dem Mann zuhörte. Und dabei hat er in seine Augen mit den bernsteinfarbenen Sprenkeln gesehen, als wäre es nichts.

Vor der Zerstörung, fuhr Andi fort, ohne jede Begrüßung und ohne ihn zu fragen, wieso er hier war, gab es in dem Gebäude auf allen Stockwerken zahlreiche Zimmer. Zum Arbeiten, Wohnen und Essen. Schlafräume mit Doppelstockbetten. Komplett ausgestattete Küchen, Lagerräume für Medikamente und Lebensmitteln, sogar einen Operationssaal. Orte für beinahe alles im Leben. Bruno versucht, sich diese Räume vorzustellen. Sahen sie aus wie normale Räume? Nicht ganz, nimmt er an, aber man hat natürlich versucht, sie wohnlich zu machen. Gerade weil sie so klamm und stickig waren und ohne Licht. Sich in ihnen aufzuhalten, denkt er, muss sich an jeder Stelle so angefühlt haben, als würde man in einem Keller hausen. Egal, auf welcher Etage man gerade war. Möbel, verzierte Wände und hübsche wohnliche Gebrauchsgegenstände – auf den vergrößerten alten Aufnahmen, die oben für die Besucher ausgestellt sind, kann man sehen, dass es das alles gegeben hat – müssen hier, im Innern, so sehr man sich auch darum bemüht hat, Behaglichkeit herzustellen, stets gewirkt haben wie eine Täuschung. Denn in jeder der vier Ecken des Baus gab es ja, immer in Reichweite, immer nur ein paar Schritte entfernt, einen der vier langen schmalen Schächte, die vom Keller bis hoch in die Türme reichten und in deren Innern Tag und Nacht Munitionsaufzüge im Minutentakt neue Geschosse hoch zu den Flaks brachten. Und daneben, jeweils unterhalb der Türme, ein Wendeltreppenhaus. Die Kindersoldaten, die hier in den letzten Monaten alles am Laufen hielten, wurden manchmal von den Befehlshabern in den Gefechtspausen schikaniert. Sie waren nur wenige Jahre älter gewesen als er zu dem Zeitpunkt, als er Jahrzehnte später mit der Bande hier hineinging. Mit vollem Marschgepäck schickte man sie auf der sich kreisförmig windenden Treppe endlos hoch und wieder runter, bis sie vor Erschöpfung zusammenbrachen. Da, wo ich jetzt liege, denkt Bruno, am Fuße dieser Treppe, war dabei ihr Wendepunkt. Er stellt sich das laute Getrampel vor und den dumpfen Ton, mit dem ein Körper, wenn er nicht mehr konnte, auf die Treppenkante schlug. Ein unauffälliges Geräusch, stellt er sich vor, das untergeht im Dröhnen der Geschütze. Und ebenfalls hier unten, aber außerhalb, jenseits der dicken Mauern, vielleicht von hier aus gar nicht hörbar, hämmerten Menschen, die Schutz suchten und zu spät gekommen waren, vergeblich an die

Tür und baten um Einlass. Nur das war echt. Dazu passten die Stickigkeit und Muffigkeit hier drinnen bestens, und auch das künstliche Licht.

Fieberhaft versucht er, sich vorzustellen, wie Julius, Lydia und Helen, nachdem er sie, jetzt hat er es auch selbst wieder vor Augen, kurz nachdem sie hier reinkamen, verlassen hat, durch das Gebäude gestreift sind. Sie haben nach ihm gesucht, im anderen Gebäudeteil – und dann? Der heute noch übrig gebliebene Eingang führt durch einen der beiden erhaltenen nördlichen Türme. Früher gab es davon drei weitere, insgesamt vier achteckige klobige Aufsätze, der Bau muss ausgesehen haben wie eine primitive, trostlose Burg. Neben dem runden Gang, der Kiste mit Schutzhelmen, fällt ihm jetzt ein, gibt es noch eine Hinweistafel, die mitteilt, dass es verboten ist, bei Lebensgefahr, Absperrungen zu überschreiten. Oder irrt er sich, stand das auf dem Zettel? Er hätte den Hinweis jedenfalls beherzigen sollen. Wenn man den Gang im Uhrzeigersinn weitergeht, kommt man links an einer Tür vorbei, hinter der für die Leute, die hier Führungen machen, eine Toilette und eine kleine Küche eingebaut wurden. Andi war bei ihrem ersten Aufeinandertreffen mit ihm hier drin. Er hat für sie beide die Tür aufgeschlossen, nach ihrem ersten, etwas vorsichtigen und zögerlichen Gespräch, und ihm alles voller Stolz gezeigt. Der Strom, hat er ihm eifrig erklärt, ist im Winter normalerweise abgestellt. Eigentlich ein guter Ort, um sich zu versammeln, wenn man eine Weile hier drinbleiben muss. Halten sich Julius, Helen und Lydia dort auf, während sie ihre Erzählungen aufnehmen? Während sie sprachen, überlegt er, hat es sich nicht so angehört, als ob sie in einem kleinen Raum dicht beieinanderstehen.

Andi hat ziemlich schnell gemerkt, dass er inzwischen nicht mehr in Berlin lebt. Wenn man sich auf eine schräge Weise so nahekommt, wie es uns damals passiert ist, denkt Bruno, behält man wahrscheinlich für immer einen Instinkt füreinander. Er kennt sich hier immer noch einigermaßen aus, fühlt sich aber heimatlos, haltlos, das hat Andi sofort gesehen. Und ihm, Bruno ist klar gewesen, dass Andi ein verlässlicher – sonst hätte er die Schlüssel nicht bekommen –, wenn auch etwas kauziger Typ geworden ist, er stellt sich vor, dass er immer noch irgendwo hier in der Nähe lebt, vermutlich allein. Eine Initiative für diesen Bunker zu gründen passt nicht zu ihm, er glaubt nicht, dass Andi hier federführend war, auf seinen Namen hat er im Internet nichts gefunden. Er kann sich aber vorstellen, dass er einer von denen ist, die mit dabei sind, und dass er gerne damit prahlt. Bleibst du länger?, hat Andi ihn zum Schluss mit erstaunlich weicher Stimme gefragt. Bruno hat nur ausweichend geantwortet. Wir haben hier zwei Feldbetten, hat Andi ihm erklärt und Bruno zu einer kleinen Kammer hinter der Küche geführt. Dort standen die Gestelle zusammengeklappt nebeneinander, dazu Decken und Kissen.

Nachdem sie wieder draußen waren, sind sie beide den Weg bis zum Parkausgang zusammen gelaufen. Kurz bevor sie sich an der Brunnenstraße verabschieden wollten, hat Andi ihn plötzlich gefragt, ob er mit ihm noch ein Bier trinken geht. Bruno hat zu seiner eigenen Überraschung zugesagt. Sie haben die Straße überquert und sind zu einem italienischen Lokal gegangen. Andi schien den Wirt zu kennen.

Dort sind sie versackt. Sie haben erst Pizza bestellt und Bier, später auch Rotwein, und stundenlang und viel zu schnell geredet. Über den Wedding, über Berlin im Allgemeinen, ihre alte Schule. Auch über Frauen. An die Inhalte erinnert Bruno sich nur noch vage. Irgendwann hat Andi ihn forschend angeschaut, und ihn gefragt, ob er einen Schlüssel zum Bunker will. Du hast doch keine richtige Unterkunft hier, oder? Über sein Zimmer in Pankow hat Bruno nichts sagen wollen. Er hat den Schlüssel am Ende einfach genommen.

Warum hat er mich das überhaupt gefragt, denkt Bruno jetzt. Warum hatten wir dieses seltsame Vertrauen zueinander, diesen Zusammenhalt.

Man kann sich hier drinnen nicht in allen Stockwerken länger aufhalten, überlegt er weiter. Eigentlich nur im vierten oder fünften. Ab dem dritten Stock wird es zu feucht und zu kalt. Je tiefer man von da nach unten kommt, umso unbehauster wird es. Vieles, was ganz unten herumliegt, ist übel riechend und formlos. Es ist als Unrat schon gar nicht mehr erkennbar. Auf der Ebene im Erdgeschoss, wo ich jetzt liege, denkt er, ist es am schlimmsten. Der ganze Abfall der letzten Jahrzehnte sammelt sich hier, der Bodensatz.

Früher war hier der Eingang.

Julius hat recht, denkt er dann. Ich war zuerst im anderen Gebäudeteil. Aber jetzt bin ich nicht mehr dort. Ich bin wieder am Treppenschacht mit dem vergitterten Steg, nicht weit vom Eingang. Wo bin ich abgestürzt? Und wenn es drüben war und die anderen mich deshalb nicht finden konnten, wie bin ich danach hierhergekommen?

Lydia hat mich verletzt, mit dieser Stange, und ich bin weggegangen.

Anfangs war ich mit Julius allein hier. Er würde mir zuhören, dachte ich. Und ich würde ihm, als dem ersten Menschen überhaupt, erzählen, was sich hier damals abgespielt hatte.

Dann hat es geklopft. Das kam überraschend, ich wurde nervös, wollte Julius etwas beweisen und habe ihm von irgendwelchen schrägen Leuten erzählt, Nazis und anderen Spinnern, die manchmal hier einsteigen. Ich habe zwei Stangen aufgeklaubt, die in der Nähe auf dem Boden lagen, zu unserer Verteidigung. Ich weiß nicht mehr, was mich in dem Moment dazu getrieben hat. Julius hat den Kopf geschüttelt und seine gleich wieder an die Wand gelehnt.

Wir sind wieder hochgegangen und haben die Tür aufgemacht. Dann gab es, bevor ich irgendwas begreifen konnte, einen Kampf. Mir wurde die Stange entwunden und im Handgemenge ist sie auf meinen rechten Fuß gefallen. Ich bin zu Boden gegangen. Erst als ich unten lag, in gekrümmter Haltung, und das erste Mal wieder Luft holen konnte, habe ich begriffen, dass Lydia und Helen uns nachgegangen sind und dass es Lydia war, die mir soeben die Eisenstange, auf welche Art auch immer, abgenommen hatte. Julius und Helen waren zutiefst erschrocken, sie sind zurückgewichen und Lydia und ich haben uns angeschrien. Aber ich musste die Situation unbedingt wieder unter Kontrolle bringen, wegen Julius, also habe ich danach nichts mehr gesagt, und eine komische Ruhe kehrte ein. Ich habe mich aufgerichtet. Die Wunde am Fuß schmerzte, aber das wollte ich mir nicht anmerken lassen. Mit leiser, bedächtiger Stimme habe ich alle gefragt, ob sie nicht einfach mitkommen wollen. Dass ich mich hier auskenne, dass es um die Ecke eine kleine Küche gibt, wo wir uns einen Tee kochen können. Und ich habe diesen Satz mit der Erkenntnis gesagt, der Julius in Erinnerung geblieben ist. Lydia hat hysterisch aufgelacht, während die beiden mich nur angestarrt haben. Mir wurde klar, dass sie meinen Vorschlag absurd fanden. Und ich spürte, wie sie alle drei auf einmal auf Distanz gingen. Also habe ich mich einfach umgedreht und bin den Weg, den ich mit Julius vorher schon gemacht hatte, humpelnd wieder zurückgegangen.

Wollt ihr meine Meinung hören?, hört er Helen jetzt fragen. Ihre Stimme klingt grell. Man merkt, sie ist mit ihren Nerven am Ende, von der ruhigen Überlegtheit, mit der sie eben noch den anderen aus ihrem Leben erzählt hat, ist nichts mehr zu spüren.

Er hat den Schlüssel abgezogen, fährt sie fort, ist die Treppe runtergerannt, die sie in den letzten Jahren an der Ostseite – von uns aus gesehen ist das aktuell hinter mir – im Zickzack in den Hang gebaut haben, und dann hat er den Weg genommen, der parallel zu den Bahnschienen verläuft, und sich davongemacht. Natürlich, er könnte nett sein und von unterwegs einen Telefonanruf machen, damit uns jemand hier rausholt. Aber ich kenne ihn, er ist nicht wirklich nett. Daher ist das keineswegs sicher.

Blödsinn, sagt Julius. Seine Stimme klingt zu Brunos Erstaunen immer noch ruhig. Warum sollte er denn so handeln? Er ist doch mein Vater.

Wie lange sitzen wir jetzt schon im Kreis um die Baulampe herum, fragt Lydia nach einem Moment des Schweigens, zwischen Betontrümmern, Nässe und verrotteten Waffenteilen, in einer zertrümmerten Kulisse aus Angst und Gewalt, drei Stunden vielleicht? Oder schon länger? Ihr starkes grelles Licht hat uns anfangs schmerzhaft geblendet, aber wir haben uns über die Helligkeit gefreut, und schließlich wärmt sie uns auch. Mir wird immer stärker bewusst, wie hysterisch und verängstigt und überdreht wir gerade sind.

Als Helen sich vorhin von uns entfernt hat, bin ich kurz zu der wackeligen kleinen Mauer mit den unverbunden aufgestapelten Ziegeln gegangen, hinter der, dekorativ drapiert, wie ein Zuckerhut ein Schuttberg aufragt, der die Veranstalter der Führungen wahrscheinlich stundenlange Mühe gekostet hat. In jedem der drei zugänglichen Stockwerke findet sich so ein Ziegelsockel mit aufgeschütteter grauer Steinmasse. Ich habe tief hineingegriffen und etwas daraus hervorgeklaubt, schaut mal, auf den ersten Blick sah es aus wie ein Stein, aber dann wurde mir klar, es ist ein Ring, silberfarben und stumpf.

In den Fünfzigerjahren, fährt sie fort, wurde lauter Schutt aus der Umgebung hierhertransportiert. Ihre Stimme ist für einen kurzen Moment wieder warm und ruhig, fast wie vorhin auf dem Hügel. Auf dem Gelände gab es ja noch nicht den Berg, den wir vorhin hochgeklettert sind. Nur eine staubige Ebene. Die Arbeiter, die hier zur Räumung verpflichtet wurden, sollen sich auf jede neue Ladung gestürzt und sie erst mal nach irgendwas Wertvollem abgesucht haben. Meistens sind sie nicht fündig geworden. Denn ein großer Teil der Haufen, die sie in Loren herangeschoben haben – es gab sogar Schienen dafür im Park, man kann es auf den Fotos in den an mehreren Stellen aufgestellten Schaukästen sehen –, war schon zerkleinert und zermahlen. Hier drinnen ist das wahrscheinlich anders. Hier hat nach der Sprengung niemand mehr nachgeschaut. Vielleicht kann man noch alles Mögliche finden.

Ganz am Anfang der Aufnahme, erinnert sich Bruno, habe ich das Geräusch gehört, mit dem die große Lampe eingeschaltet wurde. Man muss dafür an der Seite einen großen schwarzen Schalter umlegen – Andi hat es mir gezeigt, wie bei einem Sicherungskasten – und hört ein lautes, klackendes Geräusch.

Sie steht in einer Ecke im fünften Stock. Aber dort ist es sehr kalt und es gibt viele Öffnungen in den Wänden, daher vermute ich, sie haben sie in die Mitte des Raumes verschoben. Sie haben das Aufnahmegerät gefunden, überlegt er weiter. Und jetzt weiß ich auch wieder, woher sie es haben. Der Wirt vom Italiener hat es Andi am Ende des Abends in die Hand gedrückt. Das ist von der Frau, mit der du neulich hier warst, hat er ihm erklärt, die Journalistin, weißt du noch, sie hat dich etwas über den Bunker gefragt. Dann wurden dir ihre Fragen plötzlich unangenehm, sie wollte wissen, warum du dich engagierst, was dich persönlich mit diesem Gebäude verbindet. Du warst genervt, bist einfach gegangen und hast sie hier sitzen lassen. Sie war ziemlich sauer. Sie hat nichts von dir erfahren und musste trotzdem deinen Kaffee bezahlen. Und am Ende hat sie ihr Gerät auch noch hier liegen lassen. Ich gebe es dir. Sie wird sich bestimmt noch mal bei dir melden.

Wahrscheinlich hat Andi das Aufnahmegerät hier irgendwo deponiert, denkt Bruno, und die anderen haben es dann gefunden. Ich habe es draußen schon mal gesehen, das wusste ich gleich, als ich aufgewacht bin und es vor mir liegen sah.

Er horcht noch eine Weile, aber sie sagen nichts mehr. Dann verändert sich die Anzeige auf dem Display. MEMO I, Ende, steht da, blinkend, und es ist nichts mehr zu hören.

Die ganze Zeit hatte er das Gerät dicht vor seinen Augen. Einmal hat er es auch umklammert und so nah wie möglich an sein Ohr gehalten, aber jetzt lässt er los, legt es flach vor sich auf dem Boden ab und fängt an zu schluchzen.

Sie glauben, es ist meine Schuld, dass sie hier eingeschlossen sind, denkt er dann. Und nur ich habe, das stimmt jedenfalls, einen Schlüssel.

Nachdem er sich wieder beruhigt hat, schiebt er den Arm nach unten und tastet vorsichtig unter den Bauch, nach den Verschlüssen seines Wollmantels, er ist bis oben hin zugeknöpft. Verbissen versucht er, an einen der mittleren Knöpfe heranzukommen, merkt aber, es ist aussichtslos, seine Hand ist eingeklemmt und er kann den Oberkörper nicht anheben. Eine Weile nestelt er hilflos herum. Schließlich findet er doch einen Spalt, schiebt die rechte Hand hinein, sucht nach der Brusttasche und spürt etwas Hartes, Metallisches. Er ist noch da, denkt er und ist im ersten Moment erleichtert. Ein flacher kleiner Sicherheitsschlüssel. Sie haben vor dem Eingang ein Eisengitter angebracht, fällt ihm wieder ein, mit diesem Schlüssel kann man es öffnen. Dann überkommt ihn Entsetzen und er begreift plötzlich, dass es keine gute Nachricht ist, dass er den Schlüssel hat. Er müsste den dreien helfen, sie hier rausbringen, aber wie soll er das in seiner jetzigen Lage machen? Wo sind sie überhaupt? Von wann stammt diese Aufnahme und warum ist sie plötzlich abgebrochen? Wie lange ist er schon hier?

Er bemüht sich, das Gefühl der Aussichtslosigkeit zu bekämpfen, das ihn jetzt erneut überkommt. Er hat Durst. Aber eigentlich, versucht er sich zu sagen, ist es gar nicht meine trockene Kehle und der verstummte Apparat, die mir zu schaffen machen. Eher fürchte ich mich vor meinen Gedanken.

Die drei Jungen aus der Bande von damals. Konzentriert starrt er ihr Bild an, das sich jetzt in seinem Innern erneut aufgebaut hat. Ihr wart immer zusammen, denkt er grimmig. Nur so konntet ihr es schaffen, mich nachts alleine auf diese Brücke zu bringen.

Er schließt die Augen und sieht ihre geschwungenen Eisenstreben jetzt wieder vor sich. Sie ist nur ein paar Hundert Meter Luftlinie von ihm entfernt. Auf ihren höchsten Punkten gab es früher Spitzen, auf jeder Seite der Fahrbahn zwei. Als kleiner Junge hat er bei einer Nachbarin mal eine Postkarte mit einem Foto aus dem Jahr ihrer Fertigstellung gesehen. Vier lange Stangen, die einen Zipfel bildeten, thronten dort oben, sie sahen aus wie verzierte Harpunen.

Zu der Zeit, als sie gebaut wurde, nannten die Leute im Viertel sie Millionenbrücke. Das wussten die älteren Leute im Haus damals noch, und so stand es auch auf der Karte. Weil es so viel Reichsmark gekostet haben soll, sie zu bauen, sagten einige. Andere glaubten, dass so viele Nieten nötig gewesen waren, um sie zusammenzuhämmern. Die Geschichte mit den Nieten hat ihm immer besser gefallen, die Vorstellung, dass ganz viele ganz winzige unscheinbare Gebilde ein solches Konstrukt zusammenhielten, ihm eine so große Kraft verliehen, dass es eine größere Anzahl von Menschen und Fuhrwerken mühelos tragen konnte.

Wenn man die Brücke zur Zeit ihrer Entstehung betreten hat, egal, von welcher Seite, passierte man zwei Laternen, eingearbeitet in einen Bogen, der, je nachdem, von wo aus man ihn anschaute, die Gestalt eines Pferdekopfes in einer Rüstung oder die eines Ritters mit Helm und Brustharnisch annahm. So hell und friedlich und ruhig, wie die Straßen auf der alten Aufnahme waren – Menschen liefen nur vereinzelt herum, dazwischen Pferdewagen –, wirkte das im Jugendstil verzierte Bauwerk auf spröde Art modern, und die militärischen Ornamente darauf sahen elegant aus, fast harmlos. Dreißig Jahre später, auf anderen Bildern, bedeckte dieselbe Straße eine enorme Helligkeit, die des Mörtelstaubs aus zerbombten Häusern. Die Brücke war zu der Zeit stark beschädigt und in der Mitte auseinandergebrochen. Beim Wiederaufbau wurden die Schnörkel und Verzierungen entfernt oder blieben abgeschlagen. Seitdem sieht die Konstruktion nüchtern und unscheinbar aus, es gibt an den entsprechenden Stellen nur noch schlichte Kanten.

Vor einer von ihnen sitzt er jetzt wieder, bäuchlings. Seine Beine umschlingen den darunterliegenden Pfosten. Er hat mehrere Stellungen ausprobiert, bis seine Füße einen Punkt gefunden haben, an dem sie sich festhaken können. Langsam lassen seine Hände das Gerüst los, aber die Tüte, die um seinen Hals hängt, abzunehmen, wagt er nicht, aus Angst, sie könnte ihm entgleiten.

Unter ihm erstrecken sich verschiedene Formen und Abstufungen von Dunkelheit. Die längs verlaufende Fläche, die nach Westen zeigt, scheint fast schwarz zu sein. Grasbüschel heben sich etwas heller davon ab. Sandhaufen und Pfützen, zu klein, als dass sich etwas darin spiegeln könnte. Die zwei Bahnsteige des Bahnhofs Gesundbrunnen, die zu der Zeit noch in Betrieb sind, grau, in die Jahre gekommen und in diesem Moment unbeleuchtet, beginnen fast direkt unter ihm. Weit weg, an ihrem Ende, liegen Treppen, die zu dem verglasten, tunnelartig überdachten und beleuchteten Quergang führen, zu dem er während des komplizierten und gefährlichen Aufstiegs mehrmals ängstlich herübergeschaut hat und den er auch jetzt wieder sorgsam fixiert. Der dritte Bahnsteig, der dazwischen liegt, ist niedriger als die anderen, scheint seit langer Zeit schon verödet und ist vollkommen verwittert. Als kleineres Kind hat er ihn besonders gemocht und immer geglaubt, er müsste schon früher entstanden sein als die anderen und wäre so etwas wie das Gedächtnis des ganzen Areals. Von oben wirkt es so, als wäre dieser Bahnsteig im Laufe der Zeit allmählich tiefer in den Boden eingesunken und würde bald darin verschwinden.

Zuerst haben sie ihn angesprochen. Dann haben sie ihn erpresst. Aber er konnte ihnen nichts geben, er hatte damals nie Geld. Also haben sie ihn als Nächstes zu diesem Treffen gezwungen. Sie haben sich mit Fahrrädern am U-Bahnhof Osloer Straße getroffen und sind nach Norden geradelt. Immer geradeaus, die Residenzstraße hoch, an deren Ende ihr Viertel mit schmucklosen Wohnhäusern aus den Dreißiger- und Fünfzigerjahren, vereinzelten Bauten und kleinen Gewerbehöfen schon ausfranst. Sie sind in die Lindauer Allee eingebogen, er weiß die Straßennamen jetzt wieder, als wäre es gestern gewesen, weiter geradelt auf einem Fahrradweg zwischen Autohändlern und zerzausten Grünstreifen, und schließlich haben sie ein Gewerbegebiet erreicht und dahinter die ersten vorstädtischen Einfamilienhäuser. Jetzt sind sie umgeben von flachen, ein- bis zweistöckigen Bauten mit gesichtslosen Läden an einer breiten, mehrspurigen, dennoch immer weniger befahrenen, wie ausgestorben wirkenden Straße. Wenn wir uns auf die Grenzen der Stadt zubewegten, gelangten wir immer an ein Ende, das eher einer Leere ähnelte, denkt

Bruno. Der Dicke fährt vornübergebeugt und mit großer Anstrengung voran, mit dem massigen Oberkörper hängt er über dem Lenker seines Bonanzarades. Andi und Eladio halten sich dicht links und rechts neben ihm und spielen die gelangweilten Wachhunde. Das Rad von Eladio muss geliehen oder geklaut sein, es ist ihm zu klein, aber er schafft es trotzdem, darauf eine bessere Figur zu machen als er, Bruno, der vor Aufregung, Anstrengung und Angst ständig zittert und immer in ihrer Mitte bleiben muss. Der Weg, der schnurgerade verläuft, dehnt sich endlos. Dahinter beginnt ein Waldgebiet. Die Straße wird zu einer leeren Landstraße, Autos fahren bald keine mehr. Der Dicke bremst. Sie biegen rechts ab auf einen breiten Weg mit Kopfsteinpflaster. Nach hundert Metern ragt zu ihrer Linken plötzlich ein Gebäude auf, drei Stockwerke, etwas Fachwerk, ein Anbau, es ist erleuchtet und bewohnt und steht einzeln im Wald. Ich war mir sicher, das ist das letzte Haus, das ich sehen werde, denkt Bruno. Sie steigen ab. Er folgt ihnen in einen Waldweg. Sie schieben die Räder, biegen bald in einen holprigen Pfad ein und kommen nur noch mühsam voran. Nach einigen Minuten schweigenden Stapfens dicht hintereinander tut sich vor ihnen plötzlich mitten im Nichts eine Lichtung auf, oder eher ein großer Kahlschlag in der ansonsten gleichmäßigen Dichte der Bäume. Er sieht totes Gehölz und auf der einen Seite mehrere dicht mit Gräsern bewachsene Krater. In der Mitte sind drei abgeschnittene Baumstämme zu einem Dreieck hingelegt, und etwa zwei Meter davon entfernt bilden sorgsam an einen anderen Stamm gelehnte aufeinandergeschichtete Stöcke und Zweige einen kleinen Unterstand. Darüber hängt eine schmutzige, an mehreren Stellen durchlöcherte Plane. Sie legen die Fahrräder auf den Boden. Er folgt den drei Jungen zu den Baumstämmen. Sie geben ihm den Wink, sich hinzusetzen, und setzen sich ebenfalls. Ganz kurz ist er irritiert. Weil sie sich jetzt nicht mehr anblicken und nichts sagen, sondern auf einmal zögerlich, fast verzagt wirken. Als wäre ihnen die Luft ausgegangen. Im nächsten Moment begreift er, dass sie nicht alleine sind. Die Plane bewegt sich, und ein zierliches Mädchen kriecht heraus. Sie wendet ihnen seelenruhig den Rücken zu und rückt das nasse Gewebe über den Ästen sorgfältig wieder zurecht. Dann richtet sie sich auf und schaut hochmütig umher. Bruno kennt sie vom Sehen, sie ist in seiner Parallelklasse. Worauf ihre Herrschaft über die drei beruht, ist ihm auf beunruhigende Weise unklar, beunruhigend deshalb, weil er im Grunde eben doch eine Ahnung hat, wo sie herrührt, die damit zusammenhängenden Gedanken aber nicht haben will, er schüttelt sie ab. Schon jetzt, nach den ersten Sekunden dieser Begegnung, schwört er, sich niemals einer derartigen Macht, die unter den Jungen, so grob sie auch miteinander sein mögen, niemals denkbar wäre, zu unterwerfen.

Sein Vater kommt ihm in den Sinn, ausgerechnet jetzt, er denkt sonst nie an seinen Vater. Er erinnert sich an alte Aufnahmen von ihm als junger Mann, lange vor seiner Geburt, als er noch eine andere Familie hatte, er hat damals in Pont-à-Mousson, einem kleinen Ort in der Nähe von Nancy, in einem Stahlwerk gearbeitet. Auf den Fotos sieht man ihn zusammen mit anderen Männern in einer gerade verlaufenden Straße mit niedrigen, schlichten Häusern auf dem schmalen Bürgersteig stehen, er steht aufrecht und wirkt vergnügt und kraftvoll, und sein Haar ist noch dunkel und voll.

Das Leben seiner Eltern ist eine unglückliche Zwangsgemeinschaft. Seine Mutter schimpft täglich mit dem Vater, sodass die Nachbarn es, was für ihn demütigend ist, durch die Wände hören können. Mehrmals im Monat, wenn sie sich besonders in Rage geredet hat, schickt sie ihn zum Schlafen in den Keller, wo er sich neben einer kleinen Werkbank ein Bett aufgestellt hat. An solchen Abenden liegt Bruno in seinem eigenen Bett und ballt unter der Decke vor mitgefühlter Demütigung und unterdrückter Wut die Fäuste.

Warum, fragt er sich oft, hat er wegen meiner Mutter, die ihn so schlecht behandelt hat, sein früheres Leben verlassen? Wenn er über den Durst trinkt, was nicht oft vorkommt, erzählt er manchmal, dass seine Familie in der Résistance war und er als Junge seinem eigenen Vater bei Botengängen geholfen hat. Aber Bruno glaubt ihm nicht. Er ist sich sicher, dass es ihm dafür an Mut gefehlt hat. Manchmal argwöhnt er, dass sie Kollaborateure waren. Warum sonst könnte er Deutschland so toll finden? Die meisten Franzosen, das hat er mir erklärt, mögen die Deutschen nicht. Warum lebt er selbst dann hier?

Das Mädchen steht plötzlich dicht vor ihm. Es ist nicht so schmächtig, wie er glaubt, man denkt es bloß zuerst, erinnert er sich, weil sie Jeans und Turnschuhe trägt und darüber einen viel zu großen Parka. Sie beugt sich über ihn und greift dann nach etwas, das hinter dem Baumstamm liegt, auf dem er sitzt, eine Tüte, sie streckt sie ihm entgegen.

Das hier haben wir für dich aus den Trümmern geholt.

Er nickt.

Sie mustert ihn. Ihre Lippen sind ein skeptischer schmaler Strich.

Du weißt, welchen Ort ich meine?

Er nickt wieder. Obwohl er in dem Moment überhaupt nichts weiß, sein Kopf ist bis zum Bersten gefüllt mit Anspannung.

Du wirfst etwas davon auf das Dach eines vorbeifahrenden Zuges, okay? Dafür kletterst du auf die Brücke. Die am Fußballstadion.

Über Andis Gesicht huscht ein Gedanke.

Warte …

Andi fühlt sich offenbar unbehaglich. So unsicher hat Bruno den brutalen Blonden noch nicht erlebt.

Was willst du?, zischt sie ihn an.

Das geht nicht. Da ist tagsüber die Bahnaufsicht. Wenn sie sehen, dass jemand von uns hochklettert, rufen sie die Polizei.

Sie zögert.

Er setzt nach.

Willst du das etwa? Polizei?

Ein kurzes Schweigen entsteht. Ich fühle Hoffnung, denkt Bruno. Spüre, wie die Anspannung, das harte Band, das meinen Kopf eingequetscht hat wie ein Schraubstock, sich lockert.

Sie denkt nach.

Dann machen wir es eben im Dunkeln.

Solange die Bahn fährt, ist immer eine Aufsicht da, sagt der Dicke.

Im Dunkeln kann man aber nicht sehen, dass jemand hochklettert.

Doch, ergänzt Andi. Wenn man genau hinguckt, schon. Auch Leute, die abends da einen Spaziergang machen, könnten aufmerksam werden.

Hoffnung keimt in ihm auf. Die Jungen werden sich gegen sie zusammentun. Ihre Herrschaft ist in Gefahr, gleich wird sie schwächer werden, er kann es fast schon fühlen, als wäre die Lichtung ein Zimmer und ihre Macht ein Gas, das an undichter Stelle entweicht.

Okay, stimmt. Sie wirkt jetzt etwas blass. Ihr Gesicht kommt ihm härter und kälter vor, die Stimme lauter.

Ihr habt recht. Wir machen es nach Betriebsschluss.

Eladio hebt fragend eine Augenbraue.

Andi runzelt die Stirn.

Und er wirft die Steine nicht auf das Dach, sondern auf einen der Bahnsteige.

Der Dicke, der etwas weiter weg sitzt, näher bei ihm, lacht leise in sich hinein. Der Vorschlag reißt niemanden vom Hocker, und ich vermute, gerade er kennt die Regeln. Demütigung ist wahrscheinlich ein Bestandteil seines Lebens, seit er denken kann. Sie mag den schärfsten Verstand haben und sie hat dieses ganze Gehabe. Aber die Person vor uns ist ein Mädchen. Also schwach. Sie darf keine Furcht zeigen und muss die anderen pausenlos anstacheln.

Andi lacht jetzt auch, kurz und fast verächtlich. Er steht auf.

Eladio dagegen, auf einmal die Karikatur eines Ehrenmanns, schaut sorgenvoll zu ihr hin.

Ihre Stimme verändert sich. Etwas Starres ist jetzt darin enthalten, aber noch ist ihr Klang nicht kraftlos.

Ihr wisst nicht, was ich meine. Er soll gehen. Und er soll die Steine mitnehmen, dann erkläre ich es euch.

Ein Drang, aufzubegehren, hat jetzt auch mich, das Opfer, erfasst, denkt Bruno. Ohne weiter nachzudenken, stehe ich auf und stelle mich neben Andi.

Nein, sage ich, ich gehe noch nicht. Ich bleibe bei euch. Wenn ich so was Heikles für euch machen soll, muss ich genau darüber informiert sein, was ihr vorhabt.

Darauf hat das blonde Mädchen, Lydia, nur gewartet. Sie sagt nichts, macht nur eine kurze, ruckende Kopfbewegung in meine Richtung. Augenblicklich erheben sich die beiden anderen und stellen sich vor mir auf.

Bevor er die neue Situation richtig begriffen hat, steht Andi schon neben ihm und packt ihn hart am Arm. Diesmal ist es der Dicke, der den Platz auf der anderen Seite einnimmt, Eladio steht etwas entfernt, seine Miene bleibt abwartend und höflich und in dieser Höflichkeit unerbittlich. Er ist der Härteste von allen, in dem Moment begreife ich es, denkt Bruno, der unterste in der Hackordnung, ihr Ausputzer. Aber gleichzeitig auch der, den sie am meisten braucht und daher respektiert.

Sie schleifen ihn zu den Kratern. Er muss sich davor hinknien. Eladio tritt von hinten heran und hält etwas Kaltes, Metallisches in seinen Nacken. Irgendwo hinter seinen Augen reißt etwas, wandert als Stromschlag durch seinen Körper. Er pinkelt sich ein. Sie lachen. Eladio tritt zurück, nähert sich dann wieder, legt eine Hand auf seinen Hinterkopf und drückt sein Gesicht auf den Boden.

Du willst also Bescheid wissen. Dann rate mal, was das hier ist.

Ich kann nicht antworten, denkt Bruno. Das Metall ist weg, das fühle ich, aber ich habe es noch nicht ganz verstanden.

Gut, ich sage es dir. Ein Bombenkrater. Woher weißt du doch hoffentlich, oder?

Ich habe mich wieder gefangen und zucke mit den Schultern, obwohl es mir klar ist.

Der Dicke nimmt Anlauf und tritt ihn. Er schreit auf.

Sicher nicht?

Minen …

Genau. Sie sind im Boden vergraben, ruft Andi.

Genau. Hier ist Zonenrandgebiet, sagt Eladio, deshalb läuft auch kein Schwein außer uns hier rum.

Das Wort Zonenrandgebiet hört sich seltsam an aus Eladios Mund. Wie er das r rollt. Für einen kurzen, irren Moment habe ich Angst, dass ich lachen muss, denkt Bruno.

Du kannst sie mit bloßem Auge nicht sehen. Aber ein falscher Schritt in diese Richtung, er geht um ihn herum, zeigt mit dem Finger dorthin, wo die Bäume beginnen, und du gehst hoch.

Wie wäre es, wenn du da durchläufst, und wir schauen dir zu. Wenn du es geschafft hast, weißt du Bescheid. Willst du Bescheid wissen?

Er schüttelt den Kopf. Unvermittelt lassen sie ihn los und grinsen ihn plötzlich ganz kumpelhaft an.

Und jetzt?

Beinahe lächeln sie.

Willst du noch mit in den Verschlag?

Er schaut Andi verständnislos an. Vom immer noch durch die Plane verschlossenen Unterstand ertönt ein mädchenhaftes Kichern. So, wie es sich anhört, sind sie da drinnen mindestens zwei.

Er schaut zu Lydia hin, die wiederum zu dem Dicken schaut, der gerade mit etwas anderem beschäftigt ist. Er kniet vor einem der Baumstämme und betrachtet einen hilflos auf dem Rücken liegenden Käfer. Der Insektenkörper ist mit Sprenkeln eines hellen Pulvers bedeckt, und ein seltsamer Geruch breitet sich aus.

Bruno schüttelt auf die Frage hin den Kopf, wartet hilflos ab. Nichts passiert.

Eine Viertelstunde später ist er wieder auf dem Nachhauseweg, immer geradeaus. Zwischen Bäumen, in allmählich einsetzender Dämmerung. Dorthin, wo es wieder Häuser gibt.

Inzwischen ist ihm klar, woher sie die Steine haben. Als sie ihm zum Schluss den geöffneten Plastikbeutel gezeigt haben – er ist zerknittert, die weiße Aufschrift, BASF in einem schwarzen, mit Schallwellen durchsetzten Quadrat schon stark zerkratzt –, haben sie ihn nur einen der Brocken herausnehmen lassen. Es sind insgesamt vier. Sie sind groß und mit einer Hand gerade so zu umschließen. Er hat das Teil unter ihren Augen hochgehalten und in der Hand gewogen. Es war leichter, als er gedacht hatte, von mehreren Seiten rau und rissig, wie herausgebrochen aus einem größeren Zusammenhang, und an einer Stelle war es übersät mit hell leuchtenden gelben Flecken aus Phosphorfarbe. Ich habe die Flecken genau betrachtet, während ich das Ding in der Hand hielt, denkt Bruno, aber das war nicht lange möglich, Andi fiel mein forschender Blick sofort auf.

Das reicht, zischt er. Du nimmst sie nicht mit. Du kriegst sie morgen. Wir geben sie dir, bevor es losgeht.

Meine Aufgabe ist eine einfache Mutprobe, denkt Bruno jetzt, wie in den Abenteuern der Kinderbücher, die ich damals manchmal gelesen habe. Was die Figuren dort erleben, ist schlimm und gefährlich, geht aber immer gut aus und hinterlässt am Ende keinerlei Spuren. Ich versuche, nicht an den kalten Abgrund unter mir zu denken und auch nicht an die eisige Luft hier oben. Ebenso wenig daran, wie haarsträubend riskant es ist, große Brocken aus solcher Höhe nach unten zu werfen. Stattdessen erinnere ich mich daran, wie Michel aus Lönneberga einmal fast erfriert, als er allein im eisigen Schneesturm mit dem Schlitten losfährt, um den schwer verletzten Knecht des Hofes zum Arzt zu fahren, aber am Ende schafft er es. Und ich denke an Donald Duck als Duck Ent Amun, wie er bei einem Abenteuer in der Wüste eine umgedrehte Pyramide von oben betritt und, da er sich über das Innere des Hohlkörpers keine Gedanken macht, sofort nach unten in die Spitze fällt. Sein Aufprall ist so stark, dass dabei eine Steinplatte zerbricht, aber er zupft sich nur achtlos ein paar Federn weg und macht sich anschließend lustig über die schlampige Arbeit der Baumeister. Jahrzehnte später, denkt Bruno, werde ich noch einmal an dem Pfeiler stehen, an dem ich soeben hochgeklettert bin. Um mich herum wird dann gleißendes blendendes Licht sein. Es wird herüberscheinen von den breiten spiegelglatten Bahnsteigen unter mir und von riesigen, grauweiß verputzten Gebäuden, die sich auf beiden Seiten über die Bahnböschungen wölben. Und laut wird es sein, das ganze Gelände von Geräuschen durchdrungen, ein Kessel aus Hall. Er flutet aus Lautsprechern über die Bahnsteige, vermischt sich mit dem Murmeln und Kofferziehen der Reisenden, mit ihren Schritten und ihrem Gelächter. Obwohl diese Menschen direkt unter mir sind, werden sie mir in dem Moment weit entfernt vorkommen, fast unerreichbar. Der Hall und die vielen Lichtreflexe werden sich unangenehm an meinen Körper heften, und ich werde das Gefühl haben, dass sie mich nicht nur blenden und beinahe taub machen, sondern auch mein Denken verwirren. Aber dieser Eindruck ist nur vorübergehend. Ich weiß ja, die Übersicht, um die ich in dem Moment ringe, ist mir schon vor langer Zeit verloren gegangen. Jeden Morgen, wenn ich an dem stillen, fast menschenleeren Ort, an dem ich seit fünfzehn Jahren lebe, aus dem Fenster hinunter in den Garten schaue, werde ich daran erinnert. Immer aufs Neue bin ich dann erleichtert, dem wachsenden, lärmenden, sich umwälzenden Berlin, in dem ich mit meinem ersten Leben gestrandet bin, den Rücken gekehrt zu haben, während ich mich gleichzeitig von einer Trostlosigkeit und Einsamkeit umgeben fühle, die ich gut aushalten, aber nicht mehr wirklich überwinden kann. Alles, was ich in dem Moment, der sich immer zu Tagesbeginn wiederholt, vor mir sehe, kommt mir dann abgegrenzt und überschaubar vor, eine kleine gepflegte Grünfläche mit kurzem Rasen, ein paar Blumenbeete am Zaun, ein anderes Haus, in dem ich arbeite, es liegt nur einen Fußweg entfernt, und ein paar Orte entfernt, erst seit Kurzem wieder, eine Frau, die oft an mich denkt und an die ich auch denke. Ich darf nie zu lange am Fenster stehen bleiben, denn nach einer Weile verändert sich das Licht, und die Klarheit und der Überblick gehen verloren. Dann sind alle Ecken und Winkel des Gartens unter mir plötzlich gleichmäßig erhellt, und alles zerfällt vor meinen Augen in zahllose Details. Blätter, Halme, Steine, so viele, dass ich sie niemals alle zählen und erfassen kann, und hastig und angestrengt suche ich dann Bilder von einer stillen nächtlichen schwarzgrauen Brache mit Pfützen, umrahmt von Gleisen, Baracken und Bahnaufgängen, und anfangs finde ich sie nicht und habe große Angst, sie könnte mir verloren gegangen sein.

Vier Steine. Das bedeutet vier Würfe. Zwei von ihnen, haben sie mir gesagt, sollen auf einem der Bahnsteige landen. Ich versuchte, tief Luft zu holen. Mich zusammenzureißen. Ich kriege das hin. Bei der Besprechung im Wald dachte ich anfangs, dass ich den zweiten Teil der Prüfung nicht ganz ernst zu nehmen brauche. Ist es nicht das Erklimmen des Pfeilers, wofür man den größten Mut aufbringen muss? Wenn ich das geschafft habe, die Steine aber nicht richtig platzieren kann, werden sie mir sicher trotzdem auf die Schultern klopfen. Mir sagen, dass ich aufgenommen bin, was, wie ich von anderen Jungs aus der Klasse weiß, einfach nur bedeutet, dass sie mich in Zukunft in Ruhe lassen. Aber Eladio hat mich genau angesehen und begriffen, was in mir vorgeht. Er ist der Aufmerksamste von allen. Er ist zu Andi gegangen und hat ihm etwas zugeflüstert, und daraufhin ist Andi, bevor sie mich auf der Lichtung entlassen haben, ein letztes Mal dicht an mich herangetreten, wie in der Woche davor auf dem Schulhof. Ich konnte ihn wieder riechen, seinen ungewaschenen Hals und die üble Luft, die aus seiner verstopften Nase dringt. Beides, hat er gesagt. Du machst beides. Dann ist er zurückgetreten, hat auf den aneinandergelegten Daumen und Mittelfinger seiner rechten Hand gestarrt. Als gäbe es da etwas, das er loswerden müsste. Dieses Etwas hat er dann scheinbar auch gefunden und die erforderliche Miene dazu gemacht, bevor er es von sich wegschnippte, und seinem Blick war anzusehen: Dieser winzige, nichtswürdige Partikel bin ich.

Vorsichtig versuche ich jetzt, einen der beiden Griffe über meinen Kopf zu ziehen, um die Tüte an meinem Bauch zu öffnen. Aber die Plastikschlaufe kommt mir viel enger vor als vorhin auf dem Bürgersteig, sie würgt an meinem Hals. Nachdem ich daran herumgenestelt habe, streift ein Teil des Griffes mein Kinn, der andere steckt oben an der Mütze fest. Ich versuche, die Mütze abzunehmen, aber innen gibt es einen Knopf oder eine Öse, die sich in meinen Haaren verhakt und am Hinterkopf schmerzhaft ziept. Ich spüre einen Würgereiz und zwinge mich, ruhig zu bleiben und durch die Nase zu atmen.

Ich muss die Sache jetzt hinter mich bringen, dann wird die Tüte leichter sein. Mit meinen starren kalten Fingern bearbeite ich den Plastikbeutel. Es gelingt mir, ein Loch zu bohren und den ersten Brocken daraus hervorzuziehen. Ich schleudere ihn von mir, wütend, mit aller Kraft, höre, wie er laut am Brückengeländer abprallt, herunterfällt und mit einem kollernden Geräusch irgendwo landet.

Jetzt, mitten in der Nacht, ist die Stadt leise, die tief ausgeschachtete Bahnstrecke unter mir ein großer dunkler Raum. Habe ich ein Kichern gehört? Oder bilde ich mir das nur ein? Weiter weg, hinter dem überdachten Gang sehe ich etwas aufblitzen. Sie haben sich in der Nähe versteckt, vermute ich, und beobachten mich.

Der zweite Stein ist größer. Ich muss die Öffnung in der Tüte noch mal weiten. Es gelingt müheloser, als ich gedacht hätte, mein Atem ist trotz des schmerzhaften Würgens am Hals jetzt wieder etwas ruhiger geworden.

Ich hole aus, um zu werfen. Der Stein fliegt in viel höherem Bogen, reicht aber, wie mir gleich klar wird, dadurch natürlich nicht weit. Hinter dem Geländer saust er gerade nach unten, und ich höre einen dumpfen Aufprall dort in der Brache, als wäre er auf hartem Boden gelandet oder auf einem Brett.

Mir wird klar, denkt Bruno, dass ich Stein gedacht habe. So wie Lydia und wie Andi, Eladio. Und wie der Dicke, ich werde nie erfahren, wie er wirklich heißt, weil ich mich nicht traue, nach seinem Namen zu fragen, ich habe mich, bis auf das eine Mal in der Lichtung, nie getraut, die vier etwas zu fragen.

Ich denke Stein, aber es sind keine Steine, die ich um den Hals trage, hier oben auf der Brücke, sondern Betonstücke. Es gibt in der Sprache der Bande noch mehr solcher

Ungenauigkeiten. Den kleinen Unterstand mit der Plane darüber in dem Waldstück nennen sie Haus, und sie sagen Stift zu dem Stück Kohle, mit dem das blonde Mädchen, Lydia, scheinbar gelangweilt auf einem großen Stein herumgekratzt und die anderen dabei beobachtet hat, wie sie mich drangsalieren. Ich habe mich von Anfang an unwohl gefühlt mit diesen falschen Bezeichnungen. Kleine Kinder verwenden ganz einfache Worte, wenn sie die genaueren noch nicht kennen, sie können noch nicht Unterstand sagen oder Betonbrocken oder Kohlestück. Aber die vier sind nicht klein. Und ich auch nicht. Die Macht, die sich in dieser Situation zusammengeballt hat, begreife ich, wird nicht nur von Taten getragen, sondern auch von Worten. Bande, das ist auch so ein unschuldiger Begriff. Die scheinbar harmlosen Worte sind ihr Schlupfloch, ihre Grauzone. Sie machen mir Angst.

Andi und zwei andere aus unserer Klasse lesen noch nicht flüssig, spielt das vielleicht eine Rolle? Und der Dicke kann nicht schwimmen, ebenso wenig Lydia. Letzten Sommer habe ich im Freibad Plötzensee beobachtet, wie sie mit einem viel zu großen Badeanzug im Wasser stand und die Kleinen andauernd nass spritzte und verscheuchte. Sie hat sich kein einziges Mal in die Nähe der Absperrung getraut, hinter der es tiefer wird.

Aber auch wenn einigen von uns Fertigkeiten fehlen, denkt er, die man in unserem Alter längst haben sollte, schlau sind sie trotzdem. Und ich, Bruno, bin es ebenso. Niemand ist so richtig daran interessiert, uns etwas beizubringen, nicht mal die Lehrer, aber wir müssen trotzdem ständig dazulernen. So wie ich jetzt gerade. Ich weiß noch nicht, wie, aber mir ist klar, ich muss das hier irgendwie hinkriegen.

Letztes Jahr wurde im Sportunterricht monatelang Weitwurf trainiert, ohne dass es ihn im Geringsten interessiert hätte. Er hat sogar darüber gelacht, einen Moment lang spürt er schmerzhafte Reue. Der stinkige graue Sand in der kleinen Grube des Sportplatzes ist ziemlich eklig. Deshalb wünscht er sich immer, dass die Stunde schnell vorbeigeht, wenn Weitwurf dran ist. Das Werfen findet auf einem schmalen, lang gestreckten Rasenstück direkt neben der Weitsprungecke statt. Sie beginnen in einiger Entfernung, auf gleicher Höhe der Linie, bei der sie auch beim Springen starten. Ziel ist es, den uralten, speckigen kleinen Lederball, möglichst ans Ende der Rasenbahn zu bringen. Wer zuerst dran war, muss die Messlatte ablesen, den Ball wieder aufheben, zurücklaufen und ihn dem Nächsten übergeben. Wenn seine Flugbahn nicht völlig gerade ist, landet das Ding häufig direkt in der stinkigen Sandgrube, und der Ballholer muss den Ball dort unter dem hämischen Gelächter der anderen wieder herausholen. Weil ich vor dem Wurf immer alberne Grimassen schneide und mir überhaupt keine Mühe gebe, sodass meine Bälle es praktisch nie bis zum Ende der Wurfbahn und damit nie auch nur in die Nähe der stinkigen Sandmasse schaffen, erinnert sich Bruno, wollen alle vor mir in der Schlange stehen. Das sind die wenigen Momente, wo die anderen mich beachten. Bloß, was nutzt mir das jetzt?

Frau Schmidt, unsere Sportlehrerin, wird von allen gehasst. Für eine Gruppe von Jungen in unserem Alter ist es an und für sich schon nicht einfach, sich von einer kleinen, rundlichen, fast weißhaarigen Lehrerin, die kurz vor der Rente steht, einer Frau mit Brille und einem unvorstellbar dicken Hintern, Sportunterricht erteilen zu lassen. Sie ist aber nicht bloß unförmig, sondern auch furchteinflößend.

Ich sehe sie jetzt dort oben in der nächtlichen Kälte vor mir, denkt Bruno. Sie hasst Jungen. Nur die Mädchen behandelt sie gut. Wenn eine von ihnen es geschafft hat, eine lächerlich niedrig hängende Latte zu überspringen, und sie sich dann langsam und ohne Eile zurück zu ihren Freundinnen am Rand der großen blauen Sprungmatte begibt, wo die Mädchen in Grüppchen zusammenstehen und pausenlos quatschen und kichern, dann leuchten ihre Augen. Das wäre bei uns unvorstellbar. Denn Jungen sind anders, das predigt sie uns jedes Mal, und das fängt schon mit dem Unterrichtsbeginn an. Bei den Mädchen ähnelt er einer lockeren Zusammenkunft, beinahe einer Party. Langsam schlendern sie in den Raum, trödeln, zupfen an ihren Frisuren oder bleiben mit einem weichen, träumerischen Ausdruck im Gesicht mitten in der Halle einfach stehen. Bei uns dagegen ist der Beginn der Sportstunde wie ein Grenzübergang. Schlag zwölf müssen wir der Größe nach an einer weißen Linie Aufstellung nehmen, und sie brüllt: Hände an die Hosennaht! Frau Schmidt kommt aus einem ganz anderen Leben, das wissen wir. Schon allein wegen der Art, wie ihr Gesicht immer wieder ganz kurz, für weniger als eine Sekunde, grellweiß wird, bevor sie einen Wutanfall bekommt und uns Schimpfworte an den Kopf wirft, von denen sie ganz genau weiß, dass Lehrer sie nicht sagen dürfen: Schlappschwanz zum Beispiel, Bettnässer. Oder Weichei.

Ich hole noch einmal aus, erinnert sich Bruno. Der dritte Stein fliegt, endlich, weit über das Geländer nach unten in die Brache. Wohin genau, kann ich von hier oben nicht sehen. Weil jetzt nur noch der Bahnsteig auszumachen ist und die Leere dazwischen, alles andere, Erde, Gras, herumliegende Gegenstände, ist im Dunkeln nicht mehr zu erkennen. Weit weg von mir zeichnet sich nur noch der schwach erleuchtete Überführungstunnel ab. Ich erinnere mich an die drei letzten Fahrgäste, die in Richtung Ausgang unterwegs waren, plötzlich befürchte ich, sie könnten stehen geblieben sein, und bilde mir ein, hinter der Verglasung einige vage Umrisse zu sehen, als würden sie dort hinter den alten, zum Teil zersprungenen Scheiben kauern und zu mir hinsehen.

Ich klaube den vierten Brocken aus der Tüte und hebe wieder den Arm. Kurz darauf sehe ich den Brocken weit nach vorne fliegen, in Richtung des Bahnsteigs, auf den ich gezielt habe, es ist derjenige, der von mir aus am nächsten liegt. Dort liegt etwas, erst jetzt sehe ich es, am Anfang des gepflasterten verwitterten Sockels, ein schmutziges rotes Bündel. War es schon die ganze Zeit da, habe ich es nur nicht bemerkt? Ich sehe meinem Wurfgeschoss zu, wie es auf dem mit Stoff bedeckten Etwas auftrifft. Ich kann nicht identifizieren, was das ist. Und gleich darauf wird mir klar, ich will es auch nicht. Ich hörte nichts. Keinen Aufprall, gar nichts. Als würde über der ganzen Plattform, es ist die mittlere, nach unten gesunkene, zu der ich mich schon immer so hingezogen fühle, ein zweiter Raum schweben, der alle Laute verschluckt. Aber das kann nicht sein, das weiß ich. Der Brocken muss auf etwas Weiches gefallen sein.

Ich spüre jetzt eine neue, ganz andere Art von Panik. Die Tüte entgleitet mir. Ich sehe ihr nach, wie sie in langsamem, segelndem Sinkflug nach unten schwebt. Später werde ich nicht mehr wissen, wie ich abgestiegen bin. Erst an den Moment, als ich wieder unten auf der Straße stehe, kann ich mich wieder erinnern.

Es ist Nacht, denkt Bruno. So wie jetzt auch wieder Nacht ist. Ich stehe auf der Straße, rücke meine Mütze zurecht und habe die Tüte endlich wiedergefunden, die sich im Geländer verfangen hatte. Ich stopfe den zerrissenen Plastikbeutel in meine Hosentasche, laufe zum nördlichen Ende der Brücke, sehe mich um. Das Stadion liegt schweigend da. Links die große Aufschrift LOTTO TOTO, nah am Himmel, in kaltem Weiß, wie ein künstlicher Mond. Halb rutschend, halb kletternd überwinde ich die Böschung und überquere die Schienen.

Sie stehen auf dem mittleren, abgesackten Bahnsteig und winken mir zu. In einem Halbkreis, umgeben von einer Helligkeit, die mir plötzlich seltsam erscheint. Das Mädchen wirkt ungewohnt zappelig, gleichzeitig auch abwesend, auf eine überreizte Art verträumt. In regelmäßigen Abständen streicht sie sich durch die Haare und über ihren kurzen schmuddeligen Rock, zu dem sie trotz der Kälte nur Halbschuhe und eine viel zu dünne Strumpfhose trägt. Ich kann plötzlich erkennen, wer sie wirklich ist, ein frierendes, nervöses Kind. Für einen kurzen Augenblick hat sie keine Macht mehr, sie ist keine Stelle mehr im Raum, deren Einfluss ich lenken oder umgehen muss, keine Geberin von Stichworten, zu der ich nervös hinstarre, und auch keine Verführerin. Sie ist einfach ein frierendes Kind.

Die anderen stehen in der Nähe des mittleren Bahnsteigs. Dort leuchtet es tatsächlich, das war keine Einbildung. Die Quelle des Lichts muss sich direkt hinter ihnen befinden. Langsam nähere ich mich. Mir fällt auf, dass sie viel dichter zusammenstehen als in den Tagen davor, zwischen mir und dieser Helligkeit. Als wollten sie mir auf etwas die Sicht versperren. Der Dicke sieht mich herankommen und macht eine grobe, winkende Handbewegung. Es soll wohl eine herrische Geste sein, aber sie gelingt ihm nicht. Während ich mich in der Dunkelheit zwinge, ruhig und beherrscht zu erscheinen, vorsichtig einen Fuß vor den anderen setze, wird mir klar, dass er der Schwächste ist, dass sie sich bald von ihm trennen werden. Von der Brücke aus hat es noch so ausgesehen, als ob das Gelände, das ich durchschreite, dunkel und leer wäre, aber jetzt erkenne ich zwischen meterhohen Unkrautpflanzen allerlei Dinge, die mir oben nicht aufgefallen sind. Morsches Holz und Metall, umgekippte Eimer, kleine Teile von ausrangierten Möbeln. Teppichreste. Viele aus dem Viertel laden hier offenbar nachts etwas ab. Wahrscheinlich durchstreifen die Betreiber der Schrottplätze frühmorgens das Gelände und nehmen mit, was sie noch verwerten können, warum ist mir das noch nie aufgefallen? Ich habe immer nur auf die Bahnsteige geachtet, die in Betrieb sind, denkt Bruno.

Aus der Ferne ist immer alles einfacher und übersichtlicher, denke ich, ein zerstreuter Versuch, mir Mut zu machen, während ich weiterstapfe, aber das täuscht. Wenn man mit der Wirklichkeit auf Tuchfühlung gehen will, muss man näher herankommen. Man muss da sein, wo ich jetzt bin. Ich merke, dass diese Überlegung, so klug sie mir einerseits vorkommt, mich andererseits bedroht. Und dafür gibt es einen Grund. Er setzt sich zusammen aus dem, was ich ahne, gleich vor mir zu sehen, ohne dass es mir bisher klar war, und der Kette von Indizien, die zu dieser Ahnung geführt hat, unauffällige Dinge wie das mir in der Dunkelheit völlig fremd erscheinende Gelände, aber auch die Körperhaltung der vier anderen, die mir jetzt wie eine Mauer gegenüberstehen, ihre kaum zu erahnenden Mienen.

Ich werde noch langsamer. Mir ist klar, ich will nicht dorthin.

Das Blut kann man kaum sehen, weil die Decke rot ist. Andi erklärt mir das, erinnert sich Bruno weiter, und ich verstehe es sofort. Licht aus einer Taschenlampe huscht über den Stoff, während er spricht.

Kurz darauf erkenne auch ich, dass es gar kein Bündel ist, dass ich mit meinem Wurf oben auf der Brücke getroffen habe, sondern ein Körper, gerade ausgestreckt, in mehrere Decken gewickelt, darunter die, die ich aus der Ferne erkannt und für einen Lumpen gehalten und auf die ich den Brocken geworfen habe. Sie war fest um den Kopf des Mannes geschlungen, vielleicht als Ersatz für eine Mütze, und jetzt bedeckt sie auch sein Gesicht. Wenn man das Blut nicht sehen kann, müssten da dunkle, feuchte Stellen sein, denke ich und suche danach, aber vergeblich, alles geht viel zu schnell. Der Mann ist groß und schwer, hat einen stattlichen Bauch, trägt Arbeitsschuhe, wie sie auf Baustellen üblich sind, zu einer groben schwarzen Cordhose, wie sie Zimmermänner anhaben, oder manchmal auch einfache Arbeiter, die auf Baustellen die schwere Drecksarbeit machen, Schutt und Bauteile abtragen. Wenn er wirklich Arbeiter wäre, müsste er aber zumindest irgendwo ein Zimmer haben, wahrscheinlich ist er doch ein obdachloser Betrunkener, der auf dem ungenutzten Bahnsteig übernachten wollte und es im Rausch nicht mehr bis zu dem Unterstand in der Mitte geschafft und sich daher einfach im Freien zusammengekauert hat.

Ich reagiere auf Andis Kopfnicken, erinnert sich Bruno weiter, bücke mich und packe den letzten von vier Zipfeln. Ich bin schuld an dem, was passiert ist, das ist klar. Obwohl es mir seit dem Moment, wo ich auf der Brücke den Arm gehoben, den Wurf gemacht und das dumpfe, viel zu weiche Aufprallen des Steins beobachtet habe, so vorkommt, als hätte das, was passiert, überhaupt nichts mehr mit mir zu tun. Sie waren die ganze Zeit in der Nähe und scheinen zu wissen, was jetzt zu tun ist. Und sie haben mir gerade nacheinander die Hand auf die Schulter gelegt, um mir zu zeigen, dass sie mir beistehen. Ich kann den Zipfel kaum halten, er ist nass, mich ekelt vor ihm. Meine Finger sind so kalt und starr und unbeweglich, als säße ich immer noch in fünfzehn Metern Höhe auf dem Eisengerüst, das sich jetzt in meinem Rücken befindet, und krallte mich dort fest. Auch meine Beine, deren Innenseiten bei jedem Schritt schmerzen, scheinen noch immer dort oben zu sein. Wenn ich mich umdrehen würde, davon ist etwas in mir überzeugt, könnte ich mich selbst dort sehen.

Andi, Eladio, der Dicke und ich schleifen das Bündel langsam den Boden entlang. Der Bahnsteig ist etwa zweihundert Meter lang, und es dauert ewig, bis wir die Bahnüberführung erreicht haben. Hier ist es noch kälter. Die Kälte scheint aus dem Boden zu dringen, wahrscheinlich kommt hier auch im Sommer nie Sonne hin. Obwohl wir uns draußen befinden, verströmen Grasbüschel, Steine und Sand einen muffigen Geruch, wie in einem ungelüfteten Raum. Oben hören wir ein einsames Auto durch die Nacht fahren, und wir erstarren und bleiben dann für eine Weile einfach stehen. Dieses Verharren ist besonders unerträglich. Wir vier, die Dunkelheit, der Tote. Eine Lage, aus der man nicht heraustreten, sich nicht selbst beobachten kann. Das kann ich auch später nicht mehr, in den folgenden Jahren. Ich kann nicht mehr innehalten, zu Situationen Distanz gewinnen und sie realisieren, ich weiß nicht mehr, wie mein Verhalten auf andere wirkt. Es gibt ganz harmlose Begebenheiten, bei denen man das ohne Weiteres kann. Ich weiß das. Die überwiegende Mehrheit aller Lebenslagen erlaubt es, für einen kurzen Moment Beobachter zu sein oder auch einfach nur zur Nebenfigur zu werden und andere handeln zu lassen. Aber es gibt diese Nacht, den Mann und diese zwei Brücken. Es gibt für immer dieses eine Mal, in dem ich nicht wirklich begreifen darf, was passiert. Und von nun an werde ich daher immer, wenn ich mit anderen zusammen bin, schon vorher genau wissen wollen, was zu sagen oder zu tun ist.

Eladio erlöst uns aus der Starre. Er läuft zu einem der Pfeiler. Dort liegen Kartons und Lumpen herum, ein alter Reifen, eine Schubkarre. Er zieht sie aus dem Gerümpel, schaut triumphierend herüber, dreht sie schließlich herum, sodass die Räder auf dem Boden stehen. Andi schüttelt den Kopf, und das Mädchen, das die ganze Zeit langsam voranschreitend unsere Spitze gebildet hat, läuft zu ihm hin. Sie gestikulieren und reden. Eladio bückt sich. Sie hilft ihm nicht. Sie schaut weg, während er herumwühlt, als ginge sie dieser Moment gar nichts an.

Erst als Eladio zu uns zurückläuft, mit einem Bündel auf dem Arm, wird Lydia wieder etwas lebendiger und scheint uns auch wieder zu beobachten, wie aus größerem Abstand und in Nachdenken versunken.

Eladio kniet sich neben den Mann und entrollt einen schmutzigen Schlafsack. Er hat vorne einen Reißverschluss, mit dem er sich wie ein Strampelanzug öffnen lässt. Wir fassen den Mann mit der Decke und heben ihn rüber. Ich versuche, ihn dabei nicht anzuschauen, ich finde ihn seltsam leicht.

Wir schleifen den Schlafsack die Böschung hoch, dann schieben wir das Bündel mit der Schubkarre endlos lange durch den Park bis zum Bunker. Wenn man direkt vor dem früheren Gebäude steht, geht es rechts den Hang hoch. Dort gibt es eine Öffnung und durch sie gelangt man ins Innere, erklärt mir der Dicke. Wir klettern hoch, Andi hat zwei Schaufeln dabei, mit denen wir den schmalen Eingang erweitern.

Er springt als Erster, dann der Dicke, der Angst hat und sich zuerst sträubt. Lydia und ich schleifen das Bündel zur Öffnung und lassen es fallen. Den wird dort nie jemand finden, haben mir die anderen erklärt. Und wenn, dann werden sie sich denken, es war ein Absturz.

Ich springe als Vorletzter, Lydia zum Schluss. Wir landen weich, es ist viel einfacher, als ich dachte. Drinnen laufen wir eine Weile mit der Taschenlampe herum, sichten zerbrochene Möbel, Kisten und Eimer, stoßen auf Berge von weiterem Schutt. Es ist feucht, aber immerhin nicht so kalt wie draußen, denke ich, denkt Bruno, und im nächsten Moment frage ich mich, warum das noch wichtig sein soll.

Ich schlage vor, wir legen ihn in einer Ecke ab und decken ihn zu, sagt Lydia. Dann sind wir hier fertig und können durch einen anderen Ausgang wieder rausklettern.

Wir ziehen ihn in die Nähe einer Wand.

Du musst den Schlafsack jetzt öffnen, erklärt mir Andi.

Ich gebe einen entgeisterten Laut von mir.

Vielleicht sprichst du noch ein Gebet für ihn oder sagst ein paar Worte, schlägt Eladio vor.

Ich ringe tonlos nach Luft.

Mach dir keine Sorgen, ergänzt Lydia. Ihre piepsige Kinderstimme klingt seltsam getragen, etwas schwingt darin mit, das ich nicht einordnen kann, ein Hauch von Albernheit, denkt Bruno, das ist unpassend, es verwirrt mich. Du wolltest das doch nicht, fährt sie fort. Die Nacht ist heute sehr kalt. Der Mann lag stundenlang auf dem Bahnsteig. Vielleicht hat er schon gar nicht mehr richtig gelebt, als du den Stein geworfen hast.

Mach schon, drängt auch der Dicke.

Eladio nickt.

Ich bin ratlos und fühle mich in die Enge getrieben. Aber ich will andererseits auch so schnell wie möglich von diesem Ort wieder weg, also mache ich es. Ich öffne den Schlafsack, sehe die Decken.

Du musst ihn auswickeln, sagt Lydia. Schau ihm ins Gesicht.

Ich zittere, denkt Bruno, als ich die Decke, die den Körper bedeckt, schließlich wegziehe. Der Leib des Mannes sieht seltsam aus, weich, konturlos. Als hätte er keine Knochen.

Jetzt noch den Kopf, höre ich Andi.

Als ich den Zipfel der roten Decke packe, leuchtet der Dicke mit der Taschenlampe auf meine Hände, denkt Bruno. Und in dem Moment, in dem ich den Kopf anhebe, um die Decke abzuwickeln, wird mir klar, dass hier irgendwas nicht stimmt.

Ich ziehe die Decke weg und erkenne, dass ich reingelegt wurde. Der Mann ist gar nicht echt, ich schaue in das maskenhafte Gesicht einer Puppe.

Die anderen klatschen in die Hände, klopfen mir auf die Schulter und grölen.

Ich lache mit. Aber mir tut der Bauch weh, und ich habe Tränen in den Augen. Kurze Zeit später trete ich beiseite und übergebe mich.

Für mehr als eine Stunde habe ich geglaubt, ich hätte einen Mann umgebracht. Dieses Gefühl werde ich nicht mehr vergessen.

Sie warten, bis ich wieder zurückkomme, dann klopfen sie mir erneut auf die Schultern.

Das war's. Du bist aufgenommen.

Die Puppe haben wir bei Woolworth geklaut, erzählt Eladio, nicht schlecht, oder?

Damit sie schwerer wirkt, sagt Andi, haben wir Steine drangeklebt, schau mal!

Sie zeigen mir die Stellen, an denen sie die Steine befestigt haben, aber ich sage nichts, und irgendwann wissen sie auch nicht mehr, was sie sagen sollen.

Eine bedrückende Stille tritt ein.

Lasst uns von hier verschwinden, ruft Andi. Wir stapfen einen dunklen, mit Brettern und alten Kisten verstopften Gang entlang, bis wir auf eine weitere Außenwand des Gebäudes stoßen. Dort steht eine Leiter. Der Dicke legt sie an.

Weiter oben ist eine große Öffnung, erklärt er mir. Von da kommt man auf eine der äußeren Plattformen und zurück auf den Berg, den können wir dann einfach wieder runtergehen, nur ein Spaziergang.

Schweigend winden wir uns heraus. Bis wir die Brunnenstraße wieder erreicht haben, spricht niemand, und danach gehen wir auseinander, ohne uns zu verabschieden.

Ich habe nach der Puppe von damals gesucht, als ich von den anderen weggegangen bin, denkt Bruno, und eigentlich wollte ich sie Julius zeigen. Das Gebäude war jahrzehntelang sich selbst überlassen, daher hatte ich die Hoffnung, dass sie noch dort ist, wo wir sie damals abgelegt haben. Ich wollte Julius die Geschichte unbedingt erzählen.

Aber ich habe mir das alles zu leicht vorgestellt. Ich war im falschen Stockwerk, damit fing es an, zu weit oben.

Aber das wurde mir erst klar, als ich das andere Ende des Gebäudes schon fast erreicht hatte. Ich lief auf Steinboden, fiel mir auf, damals war der Untergrund aber unbefestigt gewesen. Bei so vielen Stockwerken würde ich eine Weile suchen müssen, bis ich an der richtigen Stelle wäre. Ich kam zu dem Schacht. Die Treppe führte nach unten. Ich habe sie genommen, bis zur letzten Stufe, und habe mich vorgebeugt, und dann ist sie unter mir weggebrochen und ich bin gestürzt.

Anfangs habe ich gerufen. Zumindest glaube ich, mich daran zu erinnern. Aber das Gebäude ist groß, die dicken Wände könnten meine Rufe verschluckt haben. Die anderen waren ja auch erst viel später dort in der Nähe.

Längere Zeit bin ich den Boden entlanggerobbt und habe niemanden gehört und war mir deshalb sicher, hier alleine zu sein.

Irgendwann habe ich dann diese Stelle hier erreicht. Ich habe mich zuerst zu dem hölzernen Eimer gehangelt. In meiner Kindheit waren solche Eimer schon nicht mehr im Gebrauch, fest aneinandergeschmiegte gebogene Latten, zusammengehalten durch zwei eiserne Bänder. Wasser war darin, brackig und eklig, aber ich habe es getrunken. Und dann habe ich wahrscheinlich zum ersten Mal das Bewusstsein verloren.

Bruno starrt wieder das blaue Feld an, aus dem jetzt schon länger kein Laut mehr dringt. Ein Stück des Bodens in seiner Nähe wird schwach beleuchtet, kleine Gesteinsbrocken sind zu sehen, Sand und rostige Metallteile, eingehüllt in ein kaltes Glühen.

Es stimmt nicht, dass ich das erste Mal nach langer Zeit wieder an Schöneweide gedacht habe, als ich vor einer

Woche am Hauptbahnhof in die S-Bahn stieg, denkt er jetzt. Ich bin schon ein paar Tage vor meiner Reise im Internet wieder auf die Gegend gestoßen, in die wir seinerzeit so eigenartig überstürzt, als wären wir einem Sog ausgesetzt, hineingeraten sind. In den späteren Jahren, als wir am Rosenthaler Platz wohnten, wollten Ina und ich nie mehr dorthin zurück, nicht mal für einen Ausflug.

Er sieht Ina jetzt wieder vor sich, wie sie damals ausgesehen hat. Ihre dichten schwarzen Augenbrauen, die gelegentlich trotzig-verschlossene Miene, die, wenn Freude und Begeisterung dann wieder überwogen, unvermittelt in Offenheit und Unbeschwertheit umschlagen konnte. Als er vor Kurzem die Fotos angeschaut hat, die er aus dem ersten Jahr mit ihr noch besitzt, ist ihm zum ersten Mal aufgefallen, was für eine Wut ihr manchmal im Gesicht stand, als sie noch jung war.

Dann denkt er wieder an die Baracken. Die vom Bahnhof Gesundbrunnen, die er aus seiner Kindheit noch so gut in Erinnerung hat. Und die in Schöneweide. Als Ina und er damals dort wohnten, sind sie mehrmals an ihnen vorbeigekommen, ohne sie richtig wahrzunehmen, man findet sie in einer Seitenstraße, etwas abseits vom Weg zum Bahnhof. Er hatte nicht gewusst, dass es dort schon seit Längerem eine Gedenkstätte gab. Am Tag vor dem Familientreffen war er noch mal hingefahren und hatte sie aufgesucht, und was er dort sah, führte dazu, dass er die ganze Gegend, das bedrückende Gefühl, das er dort immer gehabt hat, zum ersten Mal besser verstand. Schnee lag dort am Tag seines Besuches auf den flachen Dächern und ist an den Hauswänden still und allmählich heruntergetropft, das hat ihn traurig gemacht. Es sind niedrige, schlichte Gebäude, zum großen Teil noch intakt, weil man sie, ähnlich wie viele im Viertel seiner Kindheit, einfach jahrelang als Werkstätten, Läden oder Amtsstuben benutzt hat, ohne an ihre Geschichte zu erinnern.

Ein weiterer Spaziergang an seinem dritten oder vierten Tag in Berlin fällt Bruno jetzt ein. Er wollte Teile Ostberlins, die er noch nicht gut kannte, gründlicher erkunden und war dabei durch Weißensee gelaufen. Sofort war er begeistert von dem an die Neunzigerjahre erinnernden bröckelnden Charme, den die Gegend in einigen Straßenzügen noch aufweist. Nach einem Gang rund um den Weißen See und das kleinere Gewässer dahinter entdeckte er eine kleine Villa, die öffentlich zugänglich war. Er erfuhr, dass es der letzte Mies-van-der-Rohe-Bau war, bevor der Architekt vor den Nazis nach New York flüchtete. Schon vorhin, als er Julius' Bericht von New York gehört hat, dachte er wieder daran. Mit großer Scham, sodass ihm in der Kälte heiß wurde und seine Wangen glühten, hatte er, während er beim Spaziergang durch den Garten auf die wintergrauen Grashalme und das eiskalte Wasser blickte, noch einmal an seine Arroganz und Überheblichkeit in den letzten Berliner Jahren zurückgedacht. Er hatte Ina betrogen und Julius und zahlreiche andere Menschen, vor allem aber sich selbst. Er hatte damals alles gehabt, was man im Leben brauchte, um glücklich zu werden. Einen Beruf, der angesehen war, eine schöne, erfolgreiche Frau. Ein Kind, das er liebte. Und dann hatte er alles zerstört, in nur wenigen Monaten, und sich selbst die ganze Zeit hilflos dabei zugesehen.

Die Baracken in Schöneweide und die anderen damals, rechts und links von den Gleisen am Gesundbrunnen, waren auch schlicht gewesen. Aber es handelte sich um eine ganz andere Schlichtheit, eher eine der Enge und Knappheit, die einen auch heute noch genauso beklommen macht, denkt er, wie man sich von der Einfachheit des großzügigen Hauses am Wasser getragen und beflügelt fühlt. Derselbe Gedanke: beim Bauen den geraden und einfachen Weg zu gehen, aber er war in die gegensätzliche Richtung ausgeführt worden, nicht aus einem Gedanken der Schönheit und Freiheit, sondern aus dem des Hasses und der Kleinlichkeit und Gier, mit der Menschen billig zusammengepfercht und noch die letzte Kraft aus ihnen herausgepresst wurde.

Auch dieses Gebäude, das ehemals viele kleine Räume hatte und sich jetzt zu einer großen, höhlenartigen zerbrochenen Leere zusammenfügt, denkt er, war ein Bau des Hasses.

Ein Gelände, hinter dessen hohem Zaun sich eine Reihe unscheinbarer barackenartiger Gebäude auftat. Er fuhr am nächsten Tag hin. In der Gedenkstätte sah er Fotos von Bahnhöfen kleinerer und größerer Städte, Maschinenhallen, Handwerksbetriebe, Bauernhöfe, öffentliche Plätze. Überall waren Arbeiterinnen und Arbeiter mit einem deutlich sichtbaren Abzeichen an der Jacke oder am Kleid zwischen anderer Bevölkerung auf Bürgersteigen und in Läden unterwegs gewesen. Ihre Unterkünfte befanden sich manchmal außerhalb der Städte, häufig aber auch mitten in Wohngebieten. Es hatte sie überall gegeben. Inmitten des Lebens aller hatten Menschen unter Bewachung Sklavenarbeit verrichtet. Das zumindest hatten alle täglich gesehen.

Unter den Fotos fiel ihm eine Aufnahme an einem Kiefernwaldrand irgendwo in Brandenburg auf. Sie zeigte einen großen Platz, von drei Seiten mit langen niedrigen Holzbauten umschlossen. Männer standen allein und in kleinen Gruppen vor ihren Unterkünften. Die Szene wirkte friedlich, hatte aber dennoch etwas Verlorenes, weil um diese Menschen herum nichts war außer den Türen zu ihren Unterkünften, unbefestigter Boden, ein Zaun und der nahe Waldrand. An einer Stelle standen zwei Männer in Uniform. Für einen Moment war er sich absolut sicher gewesen, in einem von ihnen Inas Vater zu erkennen. Bei einem Besuch bei Inas Eltern hatte er einmal in einem Familienalbum geblättert und dort eine alte Aufnahme von ihm als jungem Mann mit nacktem Oberkörper an der Spitze eines Leitungsmastes gesehen. Sah er dem Mann auf dem Foto an diesem großen Platz nicht frappierend ähnlich? Und war der Ort, an dem Inas Eltern in ihrer Kindheit in den Siebziger-, Achtziger- und Neunzigerjahren gewohnt hatten, hohe Hauspreise hin oder her, nicht ziemlich seltsam gewesen? Neben einer Fabrikhalle, hinter Bahngleisen, an einer Ausfallstraße. Er dachte wieder an den Sog, der ihn und Ina erfasst und nach Schöneweide gebracht hatte. Starrte erneut auf das Foto. Nichts war sicher oder ließ sich ergründen.

Irgendwann bin ich am Schacht dieses Treppenhauses hier angekommen, denkt Bruno, habe getrunken und bin vor Erschöpfung eingedöst. Als ich aufgewacht bin – er ist aufgeregt, während ihm alles wieder einfällt –, habe ich oben Stimmen gehört, und Schritte. Hinter dem provisorischen Durchgang gelangt man durch eine Tür zurück in den Vorraum. Diese Tür war offen, Licht drang herein. Ich hätte etwas sagen müssen, auf mich aufmerksam machen.

Aber ich konnte nur den Mund aufsperren und in meiner Kehle ein Knarzen erzeugen, das niemand gehört hat.

Er hebt die Hand. Das Display vor ihm flammt wieder auf. Bruno starrt auf die Anzeige, die Zeit läuft weiter, die Zehntelsekunden rasen dahin. Er versucht, sie mit seinem Blick zu erfassen, erhascht aber nur flimmernde graue Striche. Er atmet ein, fixiert die dunkelgraue, nach innen gewölbte Wand vor seiner Nase, ihren muffigen, stechenden Geruch.

Ich bin an einem ganz anderen Ort mehrere Meter nach unten gestürzt, überlegt er. Wie konnte es sein, dass das Gerät, mit dem die Aufnahme gemacht wurde, nachdem ich zu Bewusstsein kam, hier direkt neben mir lag?

Denn genau so war es, denkt er. Und wie es glänzt, das kleine Gerät. Wie unversehrt es aussieht. Ich bin aufgewacht von ihren Stimmen. Ich habe mich herumgewälzt, nach oben geschaut. Drei Stockwerke über mir der Gitterboden. Ein Geländer. Gestalten, wie eingewickelt in helles Licht, von hier unten nicht voneinander zu unterscheiden, das hat mich in Panik versetzt. Julius ist fast zwei Meter groß und ragt aus jeder Gruppe hervor. Unter normalen Umständen würde ich ihn sofort erkennen. Aber in dem Moment sahen alle gleich aus.

Ich habe hochgeblickt, denkt er. Da war andauernd dieser Lichtstrahl, der um die runde Außenmauer kroch und einen Teil der Plattform mit erhellte, wahrscheinlich der Schein einer starken Taschenlampe. Sie standen hintereinander, nebeneinander kann man auf dem Steg ja nicht stehen, und sprachen. Ich habe nicht gehört, was sie sagten, nur die verschiedenen Klangfarben der Stimmen. Andi laut und polternd. Wahrscheinlich ist er hergekommen, hat aufgeschlossen und sie gefunden. Lydia schrill. Julius' Stimme warm und tröstlich, wie immer, Helen habe ich nicht gehört. Sie trafen sich auf dem schmalen Steg und haben sich von mir wegbewegt, Lydia habe ich dann doch erkannt, sie lief hinten.

Und dann war da plötzlich ein Schlag, und etwas fiel hinunter, auf meinen Kopf, das Aufnahmegerät. Ich sah es kurz an und verlor dann wieder das Bewusstsein.

Über sich im Mauerwerk macht er jetzt winzige helle Punkte aus. Kaum größer als die vielen hellen Körner auf dem Boden, und so weit entfernt, denkt er, wie die Sterne. Draußen ist wieder Tag.

Er zuckt zusammen. Hört hinter sich, wie schon einige Male vorher, ein Knacken. Diesmal kommt es ihm lauter vor. Er stellt sich vor, wie der Beton um die zahlreichen Armierungen, die wie riesige verbogene Stifte in den für immer zerborstenen Wänden steckten, teils immer noch fest an sie angegossen, teils um sie herum zerbrochen, sich in wechselnden Wetterlagen immer wieder verschiebt, wie er sich zusammenzieht oder ausdehnt und so den gesamten Raum, in dem er gefangen ist, laufend unter Spannung hält.

Aber diesmal ist da mehr. Er hört ganz leise, von oben und in seine Richtung sich nähernd, Geräusche.

Dann sieht er einen schwachen Schein, hoch über sich, durch den Helligkeit zu ihm dringt, und er hört Stimmen und noch mehr Schritte. Sie klingen gedämpft und sie sind noch weit entfernt, denkt er, aber ich bin mir sicher, sie kommen.

Über die Autorin

© Graziela Diez

Inka Parei wurde 1967 in Frankfurt am Main geboren und lebt in Berlin. Ihre Werke handeln von geschichtsträchtigen Orten und fragilen Lebensläufen. Schon ihr erster Roman *Die Schattenboxerin* wurde mit dem Hans-Erich-Nossack-Preis ausgezeichnet und in 13 Sprachen übersetzt. Für *Was Dunkelheit war* erhielt sie 2003 den Ingeborg-Bachmann-Preis und zahlreiche weitere Auszeichnungen. Zuletzt erhielt sie das New-York-Stipendium des Deutschen Literaturfonds.

Inka Parei
Die Kältezentrale
Roman

216 Seiten. Gebunden.
ISBN: 978-3-89561-107-0

Berlin im Jahr 2006: Ein Mann hat in den achtziger Jahren im Gebäude des Neuen Deutschland als Handwerker gearbeitet und später die DDR verlassen. Eines Tages bekommt er einen Anruf von seiner früheren Frau. Sie wartet in einem Krankenhaus auf die exakte Diagnose ihrer Krebskrankheit. Um ihr zu helfen, reist er zurück in die Stadt und versucht, die Ereignisse einiger Tage Anfang Mai 1986 zu rekonstruieren. War ein aus der Ukraine kommender Lastwagen, mit dem sie in Berührung kam, verstrahlt? Und warum erscheint der Tod eines Kollegen, an dem er sich die Schuld gab, zweifelhafter denn je?

Sind die Geschehnisse von damals der Grund dafür, dass er in dem Leben, das er bis vor Kurzem geführt hat, nie wirklich Fuß fassen konnte? Schnell beginnen die Tage in Berlin ihm zu entgleiten, werden zu einer verzweifelten Suche nach Orientierung angesichts eines nie verkrafteten Bruchs in seinem Leben.

»Eine spannende, fast kriminalistisch organisierte historische Recherche; eine lakonische, sachlich-nüchterne Sprache … *Die Kältezentrale* ist ein raffiniertes Verwirr- und Puzzlespiel.«
Sigrid Löffler / rbb-Kulturradio

»Durch die Raffinesse der Konstruktion und ihr sprachliches Vermögen hält Parei die schneidende Kälte der DDR auf konstantem Niveau […]; ihrem Bann entkommt man nicht.«
Katrin Hillgruber / Die Rheinpfalz

»Das ›neue deutschland‹ als ein Ort der permanenten Improvisation und Neuregulierung; das ist ein starkes Bild.«
Christoph Schröder / Süddeutsche Zeitung

Schöffling & Co.